逃

RUN

Blake Crouch

布萊克・克勞奇——著　卓妙容——譯

臉譜小說選 30

逃 *Run*

作者	布萊克・克勞奇（Blake Crouch）
譯者	卓妙容
封面設計	許晉維
業務	陳玫潾
行銷企畫	陳彩玉、蔡宛玲
責任編輯	林欣璇
編輯協力	陳禹慈
總編輯	劉麗真
總經理	陳逸瑛
發行人	凃玉雲
出版	臉譜出版 104臺北市中山區民生東路二段141號5樓 電話：02-25007696　傳真：02-25001952 臉譜部落格：facesfaces.pixnet.net/blog
發行	英屬蓋曼群島商家庭傳媒股份有限公司城邦分公司 104臺北市中山區民生東路二段141號11樓 客服服務專線：02-25007718；25007719 24小時傳真專線：02-25001990；25001991 服務時間：週一至週五上午9：30-12：00；下午13：30-17：00 劃撥帳號：19863813　戶名：書虫股份有限公司 讀者服務信箱：service@readingclub.com.tw
香港發行	城邦（香港）出版集團有限公司 香港灣仔駱克道193號東超商業中心1樓 電話：852-28778606／傳真：852-25789337 Email：hkcite@biznetvigator.com
馬新發行	城邦（馬新）出版集團Cite(M)Sdn Bhd (458372U) 41, Jalan Radin Anum, Bandar Baru Sri Petaling 57000 Kuala Lumpur, Malaysia. 電話：603-90563833／傳真：603-90576622 Email：services@cite.com.my
初版一刷	2015年1月6日 版權所有，翻印必究（Printed in Taiwan）
ISBN	978-986-235-414-8 定價360元 （本書如有缺頁、破損、倒裝，請寄回本社更換）

城邦讀書花園
www.cite.com.tw

國家圖書館出版品預行編目資料

逃／布萊克・克勞奇（Blake Crouch）著；卓妙容譯. -- 初版. -- 臺北市：臉譜出版：家庭傳媒城邦分公司發行, 2015.01
面；　公分. --（臉譜小說選；30）
譯自：Run
ISBN 978-986-235-414-8（平裝）

874.57　　　103026612

獻給 Joe Konrath

「觀光客意外拍攝到的兩段令人震驚的影片證實了這些謀殺。本來以為是海豚追捕鮭魚的畫面，細看之後卻發現是海豚殘忍地在攻擊江豚……研究團隊描述這隻哺乳動物的傷勢『可能是我們所見過物種間最嚴重的的惡意攻擊。小母江豚被活活咬死，體無完膚。』」

——《每日電訊報》（*The Daily Telegraph*），二〇〇八年一月二十五日

「這次的攻擊是……有史以來第一次拍攝到黑猩猩自相殘殺的畫面。在此之前……科學家一直認為人性中可怕的暴力是人類的特有本質。科學家本來以為只有人類才會故意挑釁及殘殺自己的同類。」

——節錄自理查．倫漢（Richard Wrangham）和戴爾．彼得森（Dale Peterson）的《雄性暴力》（*Demonic Males*）

破舊的風標布軟軟地垂在桿子旁。她腳底下的跑道年久失修，柏油路面的裂縫都長出草來了。遠處原本可以停放六架單引擎或雙引擎小飛機的三個機棚早已崩塌，樑架從歪歪扭扭的金屬堆伸向天空。她看著載她來的小飛機起飛，螺旋槳咆哮著爬升到跑道尾端後四分之一里處的松樹林上方。她走向現場。上午的陽光暖暖地曬著她的肩頭。穿著涼鞋的雙腳走過還帶露珠的草地，覺得仍然有些涼意。有人跑向她。她可以看到更後方的團隊已經開始工作，她猜他們應該從黎明時就開工了吧？

來接她的年輕人面帶微笑地想接過她的旅行袋，但她卻只是說：「不用了，我自己拿就好。謝謝。」然後繼續往前走。她注意到幾個足球場長度外的森林北緣有一大群白色帆布帳篷。要是吹南風的話，這種距離可能還是會聞到惡臭吧？

「路上還好嗎？」他問。

「有點顛簸。」

「終於有機會見到你，我實在太開心了。我讀過你所有的作品，甚至還在論文裡引用了其中兩本書。」

「那很好。希望你的論文可以順利過關。」

「你知道嗎？鎮上有幾家還不錯的酒吧。也許等你有空的時候，我們可以聚一聚，聊一聊。」

她將沉重的旅行袋從一邊肩膀換到另一邊，蹲低身子從圍住犯罪現場大坑的黃色封鎖線下鑽了過去。

他們走到大坑洞旁。

年輕人說：「我的論文是關於——」

「對不起，你叫什麼名字？」

「麥特。」

「我沒有不禮貌的意思，麥特，可是你能不能讓我一個人在這裡待一會兒？」

「喔，可以。是的，當然。」

麥特往帳篷的方向走，她讓旅行袋從肩膀掉到地上。她估計大土坑長約三十五公尺，寬二十公尺。現場有九個全神貫注的工作人員，顯然完全不將蒼蠅和惡臭當一回事，全沉浸在自己的世界裡，做自己該做的事。她坐下看著他們工作。附近一個灰髮及肩的男人拿著鶴嘴鋤敲向土牆。可能也是實習生的年輕女生拿著桶子在工作人員間來回穿梭，將挖出的廢土集中倒在大坑南緣的土堆上。以戳進土裡的小紅旗標記所有挖掘出屍體的地點。她數到第三十面小紅旗後就停了。離她最近的人類學家跪在一具已化成骨頭的屍體旁，拿著筷子小心翼翼地清除肋骨間的塵土，進行瑣碎的蒐證。其他的骨頭部分暴露在上層的土壤中。她知道這些就是接下來好幾個星期的工作對象。屍體埋得愈深，木乃伊化的可能性就愈高；如果陳屍處水質適合，說不定甚至還留有肌肉。除了另一側的驗屍帳篷，草地上也擺放了不少桌子。其中一張桌子旁，一個她在出聯合國任務時認識的女人正在黑絲絨布上重新排列一組尺寸較小的骨骸，準備照相。

她發現自己在哭。流淚其實無妨，對做這行的人來說甚至是件健康的事。只是絕不能在值勤的時候哭，絕不能在陳屍處哭。因為你一旦在現場失控，很有可能就再也回不去了。

愈來愈近的腳步聲一下子將她拉回現實。她擦乾臉，抬頭，看到又瘦又禿的澳洲領隊山姆穿著橡膠長靴越過草叢向她走來。他總是戴著領帶，尤其在現場時更是堅持。他在她身旁坐下，全身都是屍臭味，用力將一雙髒兮兮、長及手肘的手套脫下，扔向草地。

「到目前為止你們找到多少具屍體？」她問。

「二十九。光譜影像系統顯示底下還埋著一百五十到一百七十五具殘骸。」

「性別、年齡分布呢？」

「男人、女人、小孩。」

「都是高速彈藥槍擊傷口嗎？」

「對，我們找到一大堆雷明登點二二三口徑的彈殼。不過這個也很怪。和丹佛的亂葬崗一樣。也許你已經聽說了？」

「我沒聽過。」

「肢解。」

「你知道分屍用的工具是什麼了嗎？」

「大多數的屍體切口不整齊，應該是用彎刀或斧頭砍的。骨頭都碎裂了。」

「電鋸也會讓骨頭碎裂。」

「很聰明。」

「天啊！」

「所以，我在想他們應該是用AR-15自動步槍掃射，然後再用電鋸分屍，好確定沒有人能活著爬出去。」

她脖子後的金髮全豎立起來，寒意像把錐子滑下脊椎。火熱的太陽高掛在明亮的六月天空。高海拔更加強了它的熱度。遠處樹林上方的高山頂峰還有未融的白色殘雪。

「你還好嗎？」山姆問。

「還好。只是這是我在西部的第一個任務。之前我工作的地點全在紐約市。」

「聽著，你需要的話，可以先休息一天。讓自己適應一下環境。要做好這個工作，頭腦清楚很重要。」

「不用了。」她站起來，一邊將大袋子從草地上拖起來，一邊將腦袋裡訓練有素的冷靜淡漠召喚出來。「我們動手吧！」

「在大屠殺中，不管你站在哪兒都不對。」

——李歐納・柯恩（Leonard Cohen）

總統剛結束對全國民眾的演說，電視畫面切回攝影棚內，主播和評論家一如過去三天依舊喋喋不休地嘗試為眼前的亂象理出頭緒。

蒂依．科爾克拉夫躺在離家十分鐘的旅館九樓房間床上看著平板電視，雙腿纏著床單，空調系統送出的冷風吹在她出了一身汗的皮膚上，感覺相當清涼。

她看著基亞安說：「連主播看起來都很害怕的樣子。」

基亞安將香菸在菸灰缸壓熄，對著電視吐出一條長長的煙霧。

「我接到電話，被召回了。」他說。

「防衛隊嗎？」

「明天早上之前要報到。」他點燃另一根香菸。「我聽說的是，我們只需要在社區裡巡邏。」

「在風暴過去前確保和平，是吧？」

他歪著頭看她，臉上掛著孩子氣的笑容。六個月前，她以專家身分為一件他承辦的醫療過失案出庭作證，對這張笑臉一見傾心。「為什麼你會覺得風暴就要過去了？」

螢幕下方出現一條新的跑馬燈——「南卡羅來納州哥倫比亞市美南浸信會發生槍擊案，四十五人死亡。」

「我的天啊！」蒂依失聲叫道。

基亞安用力吸入一大口菸。「事情不大對勁。」他說。

「這還用說。整個國家——」

「我不是在講這個，親愛的。」

「不然你指的是什麼？」

他沒有立刻回答，只是靜靜地坐在那裡吸菸。

「好幾天了，愈來愈嚴重。」他終於說。

「我不懂。」

「我自己也還不大明白。」

遠處的槍響和警笛聲透過旅館窗戶的裂縫傳進房裡。

「這個星期應該是屬於我們的。」她說，「你要和瑪拉攤牌，而我——」

「你應該回家，待在你家人身邊。」

「你也算是我的家人啊！」

「至少要和你的孩子們在一起。」

「這算什麼？基亞安？」她可以感覺到怒火已經燒上她的喉嚨。「我們在這件事上看法分歧了嗎？你改變心意了，是不是？」

「不是這樣的。」

「你知不知道我已經為你犧牲了多少？」

她無法從對面牆上的鏡子看見他整張臉，可是她可以看到他的眼睛。茫然失焦。他的心不在這個房間裡。他有心事。其實她在之前就發現了，在他們做愛時就發現了。他的注意力不完全在這裡，顯得心不在焉。

她爬下床，走向兩小時前她扔向牆面的洋裝。

「你感覺不到嗎？」他問，「一點都感覺不到嗎？」

「我不懂你在問——」

「算了。」

「基亞安——」

「他媽的算了。」

「你到底有什麼問題？」

「沒什麼。」

蒂依將肩帶拉上，基亞安透過他吐出的煙霧看著她。四十一歲的他留著俐落的黑短髮，兩天沒刮的鬍渣讓她想念起自己的爸爸。

「你為什麼那樣看我？」

「我不知道。」

「你不知道？」

「你和我再也不一樣了，蒂依。」

「是我做了什麼事嗎？還是——」

「我指的不是我們的關係。而是更深入……更深層的東西。」

「我完全聽不懂你在說什麼。」

她站在窗戶旁。外頭吹進來的空氣很涼爽，聞起來的味道像是城市和環繞它的荒漠融合在一起。她聽到兩聲槍響，然後透過玻璃看見整個城市的街區一塊接著一塊暗了下來。

蒂依轉頭看基亞安，她正要開口說話時，房間裡的電燈和電視突然全熄了。

她打了個冷顫。

心跳加速。

除了基亞安叼著的香菸一明一暗的橘光外，什麼都看不見。

聽到他在黑暗中吐氣，然後聽到他的聲音。沒有起伏的語調聽起來更加可怕。

「你必須馬上離開我。」他說。

「你在胡說什麼？」

「我的心裡有個部分，蒂依，我每吸入一口空氣，想傷害你的衝動就變得更加強烈。」

「為什麼？」

她聽到床單撕裂聲。聽到基亞安在地毯上迅速移動。

他在她面前停下。兩人相距僅數英寸。

她聞到他呼吸中的菸草味。當她的手掌碰到他的胸膛時，感覺到他全身都在發抖。

「你怎麼了？」

「我不知道，可是我無法控制。蒂依。請記得我愛你。」

他的雙手搭上她的裸肩，她以為他要吻她，可是下一秒她的身體卻在黑暗中被擲飛，越過了整個房間。

她撞向電視架，嚇呆了，肩膀被撞得不停抽痛。

基亞安對著她大叫：「趁現在還來得及，他媽的趕快離開我。」

傑克・科爾克拉夫從走廊經過孩子們的臥室，走進廚房。四根蠟燭放在大理石流理臺上，還有兩根在早餐桌上，讓這個房間成了整棟屋子裡最亮的地方。蒂依站在陰暗的水槽旁，繼續用塑膠牛奶桶接盛自來水。她身邊所有櫥櫃都被打開清空，爐臺上擺滿陳年的食物罐頭。

「我找不到地圖。」傑克說。

「你找過床底下了嗎？」

「找過了。」

「我最後一次看到它是在床下。」

傑克將手電筒放在流理臺上，看著坐在早餐桌噘嘴的十四歲女兒不高興地用手指玩弄挑染成紫色的金髮。

「你的衣服收拾好了嗎？」他問。

她搖搖頭。

「快點去，娜歐蜜，馬上。順便也幫柯爾打包。我相信你弟弟一定沒在認真收拾。」

「我們不是真的要走吧？」

「趕快去！」

娜歐蜜雙手撐住桌面站起來，椅子刮過硬木地板發出刺耳的聲音，粗手粗腳地離開廚房，進入走廊。

「嘿！」他在她背後大叫。

「不要罵她。」蒂依說，「她嚇壞了。」

傑克站到太太身旁。

窗外的夜色漆黑，沒有月亮，沒有一點點燈光。這已經是斷電的第二個晚上了。

「最後一桶了。」蒂依說，「我一共裝了八加侖。」

「只夠我們喝一陣子。」

放在水槽上方窗臺的電池收音機突然冒出一個老女人的聲音，取代了過去六小時的靜電干擾。

傑克伸手調高音量。

他們聽著她在收音機裡唸出一個又一個的名字，一個又一個的地址。

傑克說：「這些人全他媽的瘋了。」

蒂依關上水龍頭，鎖上最後一個塑膠牛奶桶的蓋子。「你覺得真的會有人照著做嗎？」

「我不知道。」

「我不想走。」

「我先把這些桶子搬上車。你去看看孩子們打包好了沒。」

傑克習慣性地壓下電燈開關，可是門一拉開，車庫裡還是一片漆黑。他用手電筒照亮從洗衣房到車庫的四個臺階。只穿襪子的腳踩在平滑水泥地上，感到一陣寒意。他打開行李廂，車頂燈照亮了雙車位的車庫。他把第一桶水放進路華越野車後車廂，然後把勾在冷凍櫃上方的登山包和露營用具一一從牆面拿下。完全沒用過，一點灰塵都沒有。四個全新的睡袋掛在天花板的網袋裡。

他從紅色工具櫃抽屜前拖來工作檯，站上去把睡袋拿下來。自從他花了三千美元買了登山用具後，蒂依一直哀求他帶全家去露營。他真的很想每兩週就帶著全家到山上或荒漠去，可是過了兩年，很多事都變了，優先順序也不一樣了。移動式瓦斯爐和濾水器根本還沒拆封，連價錢標籤都還貼在盒子上。

蒂依在屋子裡很大聲地倒吸了一口氣。他一把抓起手電筒，掙扎通過散了一地的背包和睡袋，衝上臺階，穿過房門，進入洗衣間，經過洗衣機和烘乾機，回到廚房。娜歐蜜和他七歲的兒子柯爾站在走廊，燭光下兩張半明半暗的臉一起望著水槽旁的媽媽。

傑克將手電筒的光束射向蒂依。她滿臉淚水，全身發抖。

她指著收音機。

「他們剛剛唸了馬堤．安德森的名字。他們現在正在唸人文學院的名單，傑克。」

「開大聲一點。」

「新墨西哥大學宗教系教授吉姆．波本。」收音機裡的老女人緩慢而清晰地唸著。「他家的住址是木匠弄二號。住在大學校園附近的人，馬上出發。當你們到那個社區時，順便去一下傑克．科爾克拉夫的家。」

「爸爸——」

「噓。」

「——他是新墨西哥大學的哲學系教授。」

「噢，我的天啊！」

「噓——」

「——住址是峽谷道十四之十四號。重複一次。峽谷道十四之十四號。馬上行動。」

「噢，我的天啊！傑克。噢，我的天啊！」

「把食物搬進後車廂。」

「這不會是——」

「聽好。把食物搬進後車廂。娜歐蜜，把你和柯爾的衣服背到車庫。一分鐘後，我們在那裡碰面。」

他往走廊跑，轉彎跑進主臥室時，只穿襪子的腳差點在滿是灰塵的硬木地板上滑倒。衣物散落一地。兩個五斗櫃的抽屜全被拉開。床尾的橡木貯藏箱裡的厚棉衫散了一地。他走進衣帽間，踩上早就不流行的鞋子、大衣和手提袋，伸手在最裡頭、牆面最高的那個櫃子上摸索，直到手指碰到藏在他卡其褲裡的塑膠硬盒和兩個小盒子。

他回到主臥室，趴下，肚子貼在地板上爬進床底，抓住已經上膛但鎖上保險的散彈槍鋼製槍管。

他站起來，跑進走廊，穿過廚房、起居室、玄關，衝向大門。手電筒光束掃過貼滿好久以前的度假、耶誕節家庭照片的磚牆。他從擺在門邊的鑄鐵玻璃桌上抓起他的鑰匙、錢包，甚至還拿了已經兩天沒有訊號的手機。他匆忙將腳塞進泥濘的越野慢跑鞋裡，那是不到一個星期前，他還在伯克基慢跑時弄髒的。一直到試了兩次都沒能綁好鞋帶，他才發現自己的手抖得好厲害。

他跑下臺階進入車庫，蒂依正努力地將睡袋塞回壓縮袋裡。

「沒時間了。」他說，「丟進去就好。」

「放不下了。」

他一把抓起她手中的睡袋塞入路華行李廂裡裝滿食物罐頭的紙箱上。

「把背包丟進去。」他一邊說，一邊將散彈槍放在靠著後座椅背的後車廂底部。

「你找到地圖了嗎？」蒂依問。

「沒有。其他的都不要拿了。這個給你！」他將塑膠槍盒和一盒點一八五格令半包裹銅皮的空頭彈遞給她。「看你能不能把子彈裝進這把四五口徑半自動手槍。」

「我從來沒用過這把槍，傑克。」

「我也是。」

蒂依繞過車子走向副駕駛座，在傑克用力關上行李廂車蓋時爬進車子。他伸手去拉車庫門上手動的長索鏈，很順利地拉開了車庫的門，荒漠清涼的空氣瞬時湧入。微風中潮濕的鼠尾草味道讓他聯想到他父親使用的便宜刮鬍水。對街草地傳來單隻蟋蟀的歌聲。沒有一棟房子裡有燈，沒有一盞街燈是亮的，家家戶戶前的自動灑水系統也全停了。如果不是天上還有非常微弱的星光，他連周遭的房子都看不見。

他聽到草地上的腳步聲，同時聞到菸味。

一個黑影越過他家草坪向他走來。那人手上拿的東西反射出路華的車頂燈閃了一下銀光。

「是誰？」傑克斥喝。

沒人答話。

紙菸扔向地面，火花四射在草地上。

傑克正要走向車庫、坐上駕駛座，卻突然明白一切發生得太快，他來不及阻止即將要發生——

「不要再過來。」他太太說。他轉頭，看著蒂依站在越野車後，拿著點四五手槍指著六英尺外的男人。他穿著卡其短褲、夾腳涼鞋和濺了血的乳白牛津襯衫。閃過銀光的是他手上切肉刀的刀刃，他的雙手沾滿了快要乾掉的鮮血。

蒂依說：「基亞安？你在這裡做什麼？」

他微笑。「我剛到這個社區。開車兜風，停了幾個地方。我不知道你有槍。我最近也想弄一把呢！」基亞安看著傑克。「你一定是傑克。我們沒見過面，不過我聽了很多關於你的事。我就是睡了你太太的人。」

「聽我說，基亞安。」蒂依說，「你生病了。你需要——」

「不，事實上我好得不得了。」他手上的刀鋒指著路華。「你們要去哪兒？」

突然間幾個路口外傳來了輪胎尖叫、引擎加快的咆哮聲，車燈射過樹籬，光線像閃光燈似地照在紫薇花上。遠方一連串槍聲在夜色中爆開。

傑克說：「蒂依，我們必須馬上離開。」

「回你車上，基亞安。」

那人動也不動。

傑克後退一步，坐進駕駛座裡。

「外面那個人是誰？爸爸？」柯爾問。

傑克從口袋裡撈出鑰匙。轉頭看著後座緊張的孩子們。

「娜歐蜜、柯爾，我要你們兩個趴在椅子上。」

「為什麼？」

「照我說的做就是了。娜歐蜜。」

「爸爸，我很害怕。」

「握住你弟弟的手。你還好嗎？柯爾？」

「還好。」

「好孩子。」

他發動引擎，看著基亞安消失在前院的黑暗中。

蒂依跳進副駕駛座，用力關門，上鎖。

「你挑人的眼光真好！蒂依。」

「我們需要的東西都帶了嗎？」

「都帶了。現在，該走了。趴好，孩子們。」

「我們要去哪兒？」柯爾問。

「我不知道，夥伴。先不要講話，好嗎？爸爸需要思考一下。」

傑克將車倒出車庫，尾燈的紅色燈光成了他唯一的依靠。儀表板的時鐘亮著晚上九點三十一分。他將車轉上馬路，開始前進。略帶猶豫地摸索車門側身的中央控制按鈕，打開駕駛座旁的車窗。在座車的引擎聲中，他聽到另一輛車正以高速接近，頭燈的光線已經出現在他的後視鏡裡。

他踩下油門，越野車加速駛上漆黑的馬路。

「傑克，你看得到嗎？」

「看不到。」

他小心地在下一條街轉彎，在黑暗中開過好幾個路口。

蒂依說：「你看！」

前面轉角有棟房子正在燃燒，熊熊火焰從天窗竄出，上方的白楊樹枝也被引燃，著火的琥珀色樹葉下雨似地飄向草地。

「發生了什麼事？」娜歐蜜問。

「房子著火了。」

「誰家的房子?」

「我不知道。」

「我想看。」

「不行，柯爾。和你姊姊一起趴著。」

他們加速駛過馬路。

「再不開燈，我一定會撞上東西的。」傑克打開車燈，儀表板亮了起來。「怎麼會這樣!」他失聲說。

「什麼?」

「油剩不到四分之一桶。」

「上星期我就告訴你車快沒油了。」

「你不會自己去加嗎?」

三棟房子之後，他看到兩輛卡車正駛進一戶紅磚大宅的草地。

傑克減速。

「那是羅森泰家。」

客廳的百葉窗是放下的，可是他們仍然聽到響亮的槍聲，看到很亮的火花。四次。

「那是什麼?爸爸?」

「沒什麼。娜歐蜜。」

他踩著油門，瞄了蒂依一眼。他雙手死命抓住方向盤，努力想穩定下來。他朝太太大腿上的槍點點頭。

「裡頭根本沒子彈，是吧？」

「我不知道怎麼裝。」

大學校園裡空曠又黑暗。蒂依撕開放子彈的盒子。車子經過一排宿舍。廣場。學生活動中心。三樓是傑克辦公室的紅磚建築。他突然想起今天是選修他生命倫理學的學生繳交安樂死論文的最後一天。

「扳機後面，左邊有個按鈕。」他說，「我猜按下去就會跳出彈匣。」

「你是在講槍嗎？」柯爾問。

「是的。」

「你要拿它來射人嗎？」

「只是用來保護我們，夥伴。」

「可是你有可能必須殺人嗎？」

「希望不會。」傑克看著蒂依用大姆指將另一顆半包裹銅皮的空頭彈推進彈匣裡。

「一共可以裝幾顆？」她問。

「大概九顆。」

「我們要去哪兒？傑克？」

「先到洛馬斯大道，再上州際高速公路。」

「然後呢？」

「我不知道。我還在想——」兩對車燈突然出現在一百碼前的馬路上。「天啊！」

「你看到它們了？傑克？」

「我當然看到了。」

「出了什麼事？爸爸？」

後視鏡裡出現第三對車燈正快速衝向他們。

「傑克！想想辦法。」

他的腳從油門換到剎車，踩到底。

「傑克！」

「孩子們，坐起來！」

「你在做什麼？」

「娜歐蜜，柯爾，坐起來。把將槍給我。」

蒂依將點四五口徑手槍遞給他，他將它藏在椅子下。

「你在做什麼？傑克？」

他將踩剎車的腳放開，越野車慢慢滑向路障。

「傑克，告訴我你在——」

「閉嘴。所有的人都閉嘴。」

馬路上橫躺著一棟中間部分被切除的大橡木，兩輛卡車停在前面，擋住通道。它們的遠光燈在黑暗中顯得特別刺眼。

蒂依說：「噢，天啊！他們有槍。」

傑克算了一下，頭燈照射出四個站在車前的黑影。越野車開到離他們十碼左右時，其中一個頭戴愛伯克奇隊（Isotopes）棒球帽、身穿紅色風衣的男人走過來。他將手上的散彈槍指著越野車的擋風玻璃，伸長右手示意傑克停下來。

傑克將排檔桿推入停車檔，從中央鎖控鎖上車門。

「我負責和他交談。你們一個字都不要說。」

第三輛卡車在他們越野車後幾英尺處停下，它的車燈大約在路華後車窗的一半高，所以大燈直接射在後視鏡上。拿散彈槍的男人開亮手電筒，照在路華的車身上，一邊走向傑克的窗子，一邊將光束射向每個車窗。他敲敲駕駛座的玻璃，伸出右手食指在空中畫圈。傑克注意到他緊張得冷汗沿著肋骨直流。他摸索到按鈕，將窗戶放低八英寸。

「出了什麼事？」他說，語調正常，彷彿他只是被攔下來酒測，只是在正常日子裡遇到了讓人不大愉快的交通警察臨檢。

男人說：「打開車頂燈。」

「為什麼？」

「馬上。」

傑克開亮燈。

男人傾身向前，強烈的金屬鏽蝕味飄進車子裡。傑克看著他戴的正方形銀框眼鏡，嗯，很典型的工程師眼鏡，他在心裡想。藏在鏡片後勢利的大眼睛先看了看他太太、他的孩子們，最後再以冷漠、幾近厭惡的眼光看著傑克。在這之前，傑克從沒見過任何人對他擺出這種不屑的表情。

男人說：「這麼晚了，你們要去哪兒？」

「關你什麼事？」

男人只是瞪著他，沒有回話。傑克說：「我不知道你們在搞什麼，不過我們要走了。」

「我問你，你們要去哪裡。」

傑克用舌頭舔了舔口腔上方，可是它還是乾的和砂紙一樣。

「要去聖塔菲拜訪朋友。」

停在他們後頭的卡車駕駛座車門打開，有人下車，踏著柏油路面走過去和設路障的人站在一起。

「你們的後車廂為什麼放了登山袋和水罐？」

「我們要去露營。你不知道一路上有很多座山嗎？」

「我不相信你們是要去聖塔菲。」

「我一點都不在乎你他媽的相不相信。」

「拿出你的駕照。」

「我不要。」

男人將子彈上膛，發出的可怕聲響讓傑克的心跳加速不少。

「好吧！」他說。他打開中央控制臺，拿出他的皮夾，花了十秒鐘才將他的駕照從透明的文件套裡拿出來。他從窗戶的縫隙中遞出去。那人接手後拿著它走回卡車和其他人身邊。

蒂依含著眼淚小聲說：「傑克，看你窗戶外，另一側的馬路。」

雖然卡車的遠光燈到那裡已經散得只剩一點點，但傑克還是看得到一輛休旅車停在一塊空地上。離它幾英尺處有四雙鞋的鞋尖從又彎又長的野草中露出來指向天空。那幾雙腳以四十五度角張開著，動也不動。

「他們會殺死我們的，傑克。」

他伸手將椅子下的點四五手槍拿到大腿上。

男人開始走向他們的車。

「蒂依，孩子們……」傑克一邊說，一邊將排檔換成倒檔。「馬上解開安全帶。等一下聽到我清喉嚨時，盡可能在地板上趴低，護住頭。」

男人走到他的車窗旁。

「下車。除了那個小男孩之外，全部的人都下車。」

「為什麼？」

散彈槍的槍管從車窗縫隙伸進來，停在離傑克左耳六英寸的地方。距離近到他可以感覺到槍支鋼管最近發射過的殘留熱氣。

「你不會想這樣對我說話的，科爾克拉夫先生。熄掉引擎。」

其他人也全向著他們走來。

傑克清了清喉嚨，用力踩下油門，路華往後斜衝，後車窗被停在後頭的卡車絞盤撞破，玻璃碎得到處都是。他左手抓住還在悶燒的槍管，右手握住排檔桿推進D檔。散彈槍的爆炸聲差點震破他的耳膜，一個車窗應聲破裂，後座力將槍管拉離他的手，還順帶剝走了好幾層燒焦的皮膚。他開始耳鳴，彷彿一堆老式電話埋在很深的地底，所有的鈴聲一起響個不停。槍又開火，副駕駛座的車窗炸開，他再度將油門踩到底，玻璃屑飛上他的右臉，傑克用力轉動方向盤，閃過倒在地上的大橡樹的樹枝。

越野車疾駛過空地，穿越長長的雜草。在這種速度下車子跳動得好厲害，傑克幾乎要抓不住方向盤了。他將車開上一個長滿草的山坡，以三十英里的車速撞破一棟磚房後院的六英尺高木頭圍牆。車子駛過玫瑰花園，撞上鳥浴盆，然後在接近房子處再撞破圍牆出去，駛過空曠的車道，開上安靜的馬路。

他以七十五英里的時速飆過四個路口，闖過雙向停車讓行、四向停車讓行，加上一個不亮的紅綠燈的十字路口，直到他看到遠方和洛馬斯大道交會的燈光。

他讓越野車減慢速度，最後將它停在人行道旁，拉起手剎車。後視鏡裡依舊一片漆黑，沒有任何朝他們駛來的車燈。他靜下來聆聽有沒有追來的車聲，可是唯一聽得到的卻只有那些深埋地底的電話鈴聲和他左耳耳膜的跳動劇痛。他整個人都在發抖。

他問，「有人受傷嗎？」

蒂依從地板爬出來，不知說了些什麼。

「我聽不見。」他說。他看到後座的娜歐蜜坐了起來。「柯爾呢？」蒂依轉身，半個身子彎進後座，伸手摸向柯爾躲藏的地板。「柯爾還好嗎？」呢喃般的聲音變大了。「有沒有人可以告訴我，我兒子還好吧？」

蒂依靠回前座椅背，雙手捧住丈夫的臉，將他的右耳拉到她的嘴巴前面。

「不要再叫了。柯爾沒事，傑克。他只是太害怕，所以還在地板上縮成一球。」

他駛過六個路口，來到洛馬斯大道。這個區域的市區沒有停電。馬路兩側的街燈、紅綠燈和速食店的大招牌向左右各綿延四分之一英里，彷彿是文明世界發亮的海市蜃樓。傑克越過紅綠燈，駛進沒車的西向道路。儀表板上油箱警示燈亮了起來。

他們駛過大學醫學院校區時，一個人突然走上馬路，傑克只得急轉避開他。

蒂依開口說話。

「什麼？」

「回去！」她大叫。

「你發瘋了嗎？」

「那是個病人！」

他在空曠的馬路上迴轉，往醫院的方向開，在人行道停下來車子。那個病人已經走到馬路中央，光著腳，步履蹣跚，似乎隨時都會跌倒。他很高，很憔悴，頭被剃光，一條鐮刀狀傷痕從他的左耳延續到頭顱正中央。是那種至少要一、兩百針才能完全縫合的大傷口。被風吹得緊貼身體的醫院睡袍下是兩條細如牙籤的雙腿。

傑克在男人上氣不接下氣地來到車門旁時搖下車窗。他試著講話，卻還喘不過氣。他渾身散發著醫院消毒水特有的刺鼻氣味。

男人終於從前臂中抬起頭，顯然很久沒說話了，聲音不但小，而且非常沙啞。「出了什麼事？我幾個小時前醒來。所有的醫護人員全都不見了。」

傑克問，「你在醫院多久了？」

「我不知道。」

「你知道你為什麼會被送進醫院嗎？」

「不記得了。」

「你在阿布奎基。」

「我知道，我住在這裡。」

傑克將排檔桿推入P檔。眼睛瞄著後視鏡。「今天是十月五日——」

「十月？」

「事情差不多是從一星期前開始的。」

「什麼事情？」

「一開始，只是幾條你會稍微留意的新聞報導。高級住宅區發生謀殺案、車禍肇事逃逸之類的。可是這類事件不但開始層出不窮，而且愈來愈多，暴力程度更升級到不可思議的地步。不只是這裡。全國都一樣。鳳凰城有警察在小學裡瘋狂掃射，再轉往養老院展開大屠殺。鹽湖城一晚有超過五十戶民宅被入侵。放火燒屋子。很可怕的暴力行為。」

「我的天啊！」

「昨天晚上總統在電視上發表談話，之後電力立刻被切斷。手機訊號也變得斷斷續續。網站流量太大，無法使用。到了今天下午，根本找不到任何可以和其他人聯絡的管道，連衛星收音機都不行。殺戮行動更橫掃全國。」

馬路對面的社區響起槍聲，讓他暫時將目光移開。

「為什麼會發生這種事？」他問。

「我不知道。在有推論之前，電力就中斷了。他們認為可能是某種病毒感染，可是除此之外……」

蒂依說：「你知道自己是怎麼受傷的嗎？」

「什麼？」

「我是個醫師。也許我可以幫忙——」

「我必須去找我的家人。」

傑克看到男人看著他們的車，以為他會開口請他們載他一程。他還在想要怎麼拒絕時，沒想到男人卻突然轉身，一跛一跛走上馬路離開了。

加油站亮著燈，可是既沒客人，也沒店員。他將信用卡刷過讀卡機，一邊等系統授權，一邊看著空無一人的市區，同時試著在已經變小的電話鈴耳鳴中聽聽看有沒有車子追來的引擎聲。

除了九八無鉛汽油外全都空了。他在寒風中一邊幫越野車的油箱加入二十三加侖半的汽油，一邊惋惜匆忙之中忘了將本來打算帶上路、幫除草機加油時用的紅色塑膠桶扔進車裡。

就在他把油箱蓋鎖回去時，看到三輛卡車以九十英里時速在洛馬斯大道上疾馳而過，傑克不等收據印出就跳上車。

一英里後，越過幾家汽車經銷商，已經可以看到二十五號州際高速公路。汽車一路從上高速公路的匝道塞到天橋。往南往北都一樣。紅色尾燈向北綿延繞過市區，白色車頭燈則龜速往南爬行。

傑克說：「看起來他們哪兒都去不了，是不是？」

他轉動方向盤，駛進左線，以六十英里時速穿越天橋。他的右耳好多了，開始可以聽到引擎運轉的咆哮聲和柯爾的啜泣聲。

模糊的市區燈光中，富國銀行的辦公大樓遠遠地發出醒目的綠光。他們以極快的速度駛過市中心和舊城區，經過泰格力公園，越過格蘭德河，再度駛入停電市區最西側的黑暗之中。

「你的耳朵在流血，傑克。」

他用手背抹了一下側臉。

娜歐蜜說：「你受傷了嗎？爸爸？」

「我沒事，親愛的。專心照顧弟弟就好。」

他們沿著河往北開。對面的河岸社區好幾棟大宅正在燃燒，屋子的骨架在火焰中明顯可見。傑克輕聲說：「他媽的軍隊在哪裡？」

蒂依先注意到北方幾里外的馬路上有好幾盞燈聚在一起。

「傑克！」

「我看到了。」

他關掉車燈、放下手剎車，越過馬路中央的黃線，換到對向車道，然後從路肩進入荒漠。越野車的角燈不夠亮，能見度只有十英尺左右。傑克操控方向盤，在灌木和山艾樹間左閃右躲，小心地沿著河行駛。

傑克將車從河岸硬質地層和斑駁柏油路交接處開回馬路上，關掉角燈。南方不遠處，他們剛避開、設在四十八號和五百五十號公路交界處的路障在黑暗中特別顯眼。圓錐形的車燈光線在黑夜中如烈火般明亮。

越野車沒開車燈地往北方前進，荒漠的冷風從破碎的窗玻璃灌進車內。傑克的眼睛適應黯淡的星光後，辨認公路旁的反光白油漆就不成問題了。他們居住的城市在背後愈來愈遠。從二十英里外看過去，有電、停電的區域和四場特別明顯的大火，像馬賽克交錯相間。

往北開了一小時後，在齊亞保護區，他們和一輛往南的車輛擦肩而過。它的尾燈立刻亮起，傑克從後視鏡看到它在公路上迴轉，開始追上來。他重踩油門，可是那輛車很快貼在他們的車後。它車頂上的警示燈在越野車破碎的玻璃上輪流閃著藍光和紅光。

＊＊＊

警官走近越野車時，長靴在柏油路上發出刺耳的噪音。他從側身槍套抽出武器，另一隻手則拿著手電筒。他貼著傑克降下的玻璃車窗，一把連發左輪槍指向車內。

「你身上有武器嗎？先生？」

傑克必須轉頭，才能以右耳聽見他在說什麼。他對強光眨了眨眼。「我腿上有一把點四五口徑手槍。」

「有裝子彈嗎？」

「有的，警官。」

「雙手放在方向盤上。」州警將手電筒照向車內後座，說：「我的天啊！」他將左輪槍收回槍套裡。「你們還好嗎？」

「不是很好。」傑克說。

「有人拿槍毀了你們的車。」

「是的，警官。」

「你們是從阿布奎基來的嗎？」

「是的。」

「那裡狀況如何？」

「可怕極了。你聽到什麼？我們一直在試車上的收音機，可是只聽到靜電干擾。」

「我聽說有幾個警員在西北高地被殺，可是我無法確認。聽說有人私設路障，到處都有人入侵住宅。一隊國民兵被殘殺。可是也沒辦法證實。事情惡化的速度快得嚇人，可不是？」警官拿下毛帽，抓抓他的禿頭頂，摸摸兩耳後繞著頭顱生長的半圈灰髮。「你們要上哪兒去？」

「我們還不知道。」傑克回答。

「嗯，我剛從高速公路下來。至少今晚是不會再上去了。有幾輛車追趕我的車，向我開槍。他們趕不上我的福特Crown Vic，不過追你的車大概不成問題。」

「我們會小心的。」

「你說你有一把手槍？」

「是的，長官。」

「你知道怎麼射擊嗎？」

「我以前陪過我爸去獵鹿，可是已經好幾年沒開過槍了。」

警官的視線看向後座，整張臉突然亮了起來。他揮揮手，傑克往後看，看到柯爾坐起來，透過玻璃往外看。他壓下按鈕降低柯爾的車窗玻璃。

「你還好嗎？小夥伴？你看起來是個非常勇敢的小男孩。沒錯吧？」

柯爾沒回答，只是睜大眼睛看著他。

「你叫什麼名字？」

傑克聽不見他兒子說什麼，可是看到警官將戴著手套的手從車窗伸進去。

「很高興認識你，柯爾。」他將注意力轉回傑克身上。「找個安全的地方過夜。你看起來很糟。」

「我太太是醫師。她會幫我療傷的。」

警官仍站在他的車窗旁，看著他們周遭空曠的環境——星光下的荒漠和藍色天空下遠方重重山巒的深黑剪影。「你覺得原因是什麼？」他問。

「什麼的原因？」

「現在發生這些事的原因，人類殘殺同類的原因。」

「我不知道。」

「你覺得這會是世界末日嗎？」

「今晚感覺確實有點像，不是嗎？」

警官反手用指關節敲了敲越野車的屋頂。「記著安全第一，朋友。」

十英里後，傑克將越野車駛下公路。車子壓過地面防止牲畜逃脫的鐵柵欄，又在一條年久失修、顛簸起伏的馬路上開了二點八英里，直到看到一塊和房子差不多大的岩石輪廓出現在擋風玻璃的正前方。他把車停在大圓石後頭，那麼即使車燈亮著，從公路上也完全看不到他們的車。他將排檔桿推到P檔，熄掉引擎。荒漠高地一片死寂。他解開安全帶，轉身看著孩子們。

「這件事告一段落後，你知道我們要做什麼嗎？」他說。

「做什麼？」柯爾問。

「我要帶你們回去洛斯巴瑞斯。」

「那是哪兒？」

「你不記得了？夥伴？就是兩年前的耶誕節我們去度假的那個科爾特斯海小鎮啊？等這件事結束，我們回去住上一個月。不，兩個月好了。」

他看著蒂依，然後娜歐蜜，然後柯爾。

精疲力竭。滿臉恐懼。

頭上的頂燈熄了。傑克可以感覺到車子佇立在風中，灰塵、土壤和沙粒像千千萬萬顆極細的小球打在金屬車身上。

柯爾說：「記得我們堆的那座大沙堡嗎？」

傑克在黑暗中微笑。他們拆禮物後在白色的沙灘上玩了一天，四個人一起建了一座有三英尺高牆和護城河的大城堡。溼溼的沙子在高塔上堆疊，流下來的樣子恰好很像被侵蝕的古老石塊。

「爛死了。」娜歐蜜說，「你忘了後來了發生什麼事嗎？」

當天傍晚漲潮時，墨西哥巴扎半島遭受暴風雨襲擊。當雷電打在離他們四分之一里的海面上時，科爾克拉夫一家人在傾盆大雨、雷電交加中一邊尖叫，一邊逃回小屋。傑克狼狽地爬過沙丘，回頭看見他們的城堡在第一個大浪來時就垮了，護城河裡也灌滿了海水。

「你覺得它被海浪沖垮了嗎？」柯爾問。

「沒有唷，經過了暴風雨，它現在肯定還立在那裡呢！」

「不准用這種態度對你弟弟說話。不，柯爾，它沒辦法撐過那晚的暴風雨的。」

「可是，它是座大城堡啊！」

「我知道，可是海浪的力量是很大的。」

「第二天我們不是走到外面去了嗎？」蒂依說，「記得我們看到什麼了嗎？」

「一大片平坦的沙灘。」

「就好像我們從來沒去過那裡一樣。」娜歐蜜說。

「可是我們去過那裡。」傑克一邊說，一邊將車鑰匙拔出來。「那天很棒。」

「那天很蠢。」娜歐蜜說，「如果不能看著沙堡被摧毀，建造它又有什麼意義？」

傑克可以從她的語調聽出來，她並不是真的這麼想。只是想試要激怒他。在正常的情況下，他確實會生氣，可是今晚一點也不正常。

他只是說：「嗯……我不覺得蠢，娜歐蜜。我很喜歡那天。那是我這輩子最開心的回憶之一。」

傑克關掉散彈槍的保險。他找到一塊尺寸適合的石頭，把尾燈、剎車燈和倒車燈全部砸破。接著把所有的東西從後車廂搬下來，把地毯上的碎玻璃撿乾淨，清除殘留在後車窗、後座右車窗和副駕駛座旁的玻璃片。這時，他才看到駕駛座的頭枕上有個圓圓的小洞，冒出白色填充物。

傑克將後座的椅背倒下，讓娜歐蜜和柯爾使用羽毛睡袋睡在車子裡。已經超過凌晨一點了，他靠著大圓石坐下。蒂依用碘酒片消毒他的右臉，頭燈照得他眼睛幾乎要睜不開。她拿著急救箱的塑膠鑷子小心地將他臉上的玻璃碎屑一一挑出。

「這裡有塊很大的。」她說。

「哎喲……」

「抱歉。」

一小塊玻璃跌進小鋁盤，她把所有看得到的玻璃挑出來，撕開另一張乾淨的碘酒片將他臉上的血全部擦掉。

「這個需要縫嗎？」他問。

「不用。你的左耳怎麼樣？」

「什麼？」

「你的左耳怎麼樣？」

「什麼？」

「你的左耳——」

他露出微笑。

「去你的。來包紮你的手吧！」

他們將空氣床灌好，放在荒漠的地面上，在星空下鑽進睡袋裡。

傑克聽到蒂依在哭。

「怎麼了？」他問。

「沒事。」

「說真的，怎麼了？」

「你不會想聽的。」

「基亞安，是吧？」傑克從蒂依外遇初期就知道她另有愛人，她從一開始就對他完全誠實，某種程度上，他很欣賞這一點，可是這是第一次他親口說出那個男人的名字。

「那不是真正的他。」她說，「他是一個好人。」

「你愛他。」

她點點頭，哭出聲音。

「我很抱歉，蒂依。」

風突然變大。他們面對面躲避吹來的沙塵。

「我好害怕，傑克。」

「我們一路往北。也許科羅拉多州會比較好。」

在風轉小之後，一切都安靜下來時，傑克仰望天空，看著流星和幾乎看不出有星體在移動的銀河。他不禁想，再度躺在自己太太的身邊感覺真是奇怪。過去兩個月，他一直睡在客房。他們騙孩子是因為他打呼太大聲。他們承諾彼此會自重而優雅地處理離婚的問題。

蒂依終於睡著了。他試著閉上雙眼，可是腦袋還是不肯休息。他的耳朵一陣陣地抽痛，而握住槍管造成的灼傷更是火熱地燃燒著他左手的神經。

一群野狼跑在半英里外橫越荒漠的喧鬧聲吵醒了他。蒂依的頭枕在他的臂彎，他小心地不吵醒她，將手抽出來。他坐起來，看著睡袋上結滿了晨露。黎明前的荒漠天空泛著藍鋼色。他在想自己不知道睡了多久？一小時？三小時？手上的灼傷比較不疼了，可是左耳除了像噓氣吹過啤酒瓶口的空洞聲外，還是什麼都聽不到。他拉開睡袋拉鏈，爬出來，將穿了襪子的腳塞進沒綁鞋帶的越野慢跑鞋，走到路華旁。站在沒有玻璃的後窗外，看著兩個孩子在周圍愈來愈亮的晨光中沉睡。

在太陽完全升起之前，他們已經收好東西，開車往北出發。早晨的涼風從破掉的車窗颼颼地灌了進來。他們分食一包已經走味的墨西哥玉米片當早餐，喝了一桶過了一夜差點結冰的冷水。車子以八十英里的時速駛過印第安人的故鄉。數不清的山艾樹、一望無際的遠景、荒廢的貿易站、在第一縷陽光下閃爍的孤丘，甚至還有一家座落在阿帕契族保留區海拔、超過七千英尺深山上，前不著村，後不著店的賭場。他們經過兩個西北高地的小鎮，雖然在星期五早上八點半顯得太過安靜，彷彿是耶誕節清晨，所有人都待在戶內，沒見到什麼特別可疑的跡象。

＊＊＊

傑克說：「給我你的黑莓機，娜歐蜜。」

「為什麼？一點訊號都沒有啊！」

「我想先把它充飽電，等有訊號時可以用。」

她伸出手把它從座位間遞給他。

「我很擔心你，娜歐蜜。」他說。

「你在說什麼啊？」

「已經有兩天你一條簡訊都沒辦法發送。我無法想像你會覺得自己和其他人有多疏離。」

傑克看到蒂依在笑。

「你真是個白痴，老爸。」

他們順著沿河而開的馬路越過高地荒漠。蒂依打開收音機，讓它自動搜尋ＡＭ電臺，結果除了靜電聲外，什麼都沒找到。她換到ＦＭ，只找到一家科羅拉多州西南部的全國公共廣播電臺有聲音，但聽到的卻顯然不是它的正常節目。一個年輕男子正在朗讀許多人的姓名和他們的地址。

傑克張開手用力捶向收音機。

音量變大，電臺改變，刺耳的靜電聲充斥車內。

二十英里之後，在滿是杜松的山麓丘陵裡，一陣陣黑色煙霧飄向十月的蔚藍天空。

孩子們還小時，他們曾經到這個觀光小鎮度假；耶誕節後滑雪、秋天賞金黃的白楊樹葉、夏天前後的連續假期，這裡都有他們的足跡。

「不要走這條路，繞過這裡吧！」蒂依說。

前方幾英里，觸目所及的每樣東西都在燃燒。

「我想我們應該試著通過這裡。」他說，「這條路還是比較好，山區裡沒有太多居民。」

通往商業區的馬路中央擺著切斷的電纜線架成的路障，傑克只能轉向開上主幹道，再轉進古城區。蒂依驚呼，「我的天啊！」所有的東西都在冒煙，不是快要燒起來，就是正在燃燒或已經燒完了。街道上全是碎玻璃。消防栓噴出白色的弧線。他們曾經住過挖礦時代留下的紅磚旅館的門和窗框不斷冒出熱騰騰的黑煙。兩個路口後的濃煙甚至把天空都遮住了。橘紅色火焰從三層樓公寓的窗框竄出，紅橡木行道樹的葉子整排被點燃，猶如火把似地燃燒著。

「真是難以置信。」蒂依說。

孩子們瞪著窗戶外頭，一句話都說不出來。

傑克的眼睛被燻得好痛。

他說：「車子裡好多煙。」

在下一個路口，他們看到一輛豪華悍馬的車窗炸開，被熊熊大火吞噬。

「開快點，傑克。」

柯爾開始咳嗽。

蒂依轉頭從座椅中間看著孩子。「把上衣拉起來蓋住嘴巴，用嘴巴呼吸。你們兩個，馬上做。」

「你也是嗎？媽咪？」

「對。」

「爸爸呢？」

「如果可以，他也會做。只是現在他需要雙手來開車。」

他們衝破一層黑煙築成的厚牆，車窗外的世界全是灰燼，所有東西都變得好模糊。他們通過不亮的紅綠燈，越過交岔路口。

「小心！傑克！」

「我看到了。」

他轉動方向盤繞過一輛被棄置在馬路中央的聯邦快遞卡車。它的左轉燈還在閃，可是只有平時的一半速度，像顆再也跳不動的心臟。柯爾又開始咳了起來。

他們終於從煙霧區脫身。

傑克減慢車速，「閉上眼睛，孩子們。」

柯爾隔著他的上衣問：「為什麼？」

「因為我說了算。」

「怎麼了？」

傑克將路華完全停下。一陣餘火從蒂依的車窗吹入，捲進灰燼落在塑膠板上悶燒。白灰紛紛落在擋風玻璃上，像一場木炭雪。他轉頭看著孩子們。

「我不想讓你們看到前面。」

「是不好的事嗎？」柯爾問。

「對，非常不好的事。」

「可是你自己也會看到啊？」

「沒辦法，因為我要開車，要是閉上眼睛就會出車禍。可是我並不想看。媽媽也會把眼睛閉起來，和你們一樣。」

「告訴我是什麼嘛！」

傑克可以看到娜歐蜜伸長脖子想從媽媽的座位旁偷看。

「是死人嗎？」柯爾問。

「是。」

「我想看。」

「不，你不想。」

「我發誓我不會怕。」

「我沒辦法強迫你閉上眼睛，可是我先警告你。是那種看了一定會做噩夢的東西，所以你今天晚上如果哭著醒來，覺得很害怕時，不要大聲叫爸爸，我不會去安慰你，因為我已經警告過你不要看了。」

可是，我們活得到今晚上床睡覺的時間嗎？

傑克繼續往前開。都是被槍殺的。差不多十到十五個人。有些當場死亡，腦漿濺在馬路上，漏出一大片粉灰色的液體。其他的在死前曾試著逃走，從柏油路上的紫色痕跡就能看得出他們斷氣前爬了多遠。其中有個女人還拖著長長的灰色小腸，看起來彷彿被綁在馬路上。傑克往後瞄了一眼，看到娜歐蜜和柯爾全瞪著窗外，兩張臉貼在窗玻璃上。他不禁熱淚盈眶。

在小鎮中心，他們越過一條發源自山裡的河。夏天時，在直射的陽光下，它總會反射著亮閃閃的綠光，河面上盡是在戲水、釣魚的人們。可是今天，水面反映的卻是黑煙密佈、毫無生氣的天空。一具屍體被急流沖下，在漩渦中浮沉。傑克看到小河彎曲處還有幾具屍體——一群被用布條矇住眼睛的孩子。

主幹道加寬變成了四線道。被棄置的、燃燒過的車輛在馬路上四處都是。上百條黑煙從山谷裡往天空竄升。

「像被一團軍隊掃過似的。」蒂依說。

他們經過兩家速食餐廳、五六個加油站、一個遊樂場、一所高中，還有一排汽車旅館。

傑克指著一家超級市場。「我們需要貯備更多的食物。」

「不要，傑克。」

「繼續開，爸爸。我不喜歡這裡。」

一個女人從超市停車場踉踉蹌蹌地跑到馬路中央，對著路華張開雙臂，似乎想擋下他們。

「不要，傑克。」

「她受傷了。」

他踩剎車。

「去你的，傑克。」

越野車在馬路上停下，離女人不到十英尺。

蒂依看著他，他熄掉引擎，推開車門，下車踏上柏油路面。車門關上的迴音在令人不安的寂靜中迴盪。傑克聽力正常的那邊耳朵只聽到幾個路口外持續傳來的嬰兒哭聲。

他可以從女人看他走近的眼神看得出來她沒幾個小時前才剛見識過極大恐懼。突然間，他真希望自己沒停下車子，還繼續待在車上，因為他面對的是活生生、真正的劇痛。她在馬路上坐下。傑克從來沒有聽過這麼激烈的哭聲，他意識到自己想要忽視她，想要壓抑自己同情心的衝動。要去為一個絕望到這種程度的人設想實在太可怕了。她的悲傷和失落帶著強烈感染力，頭髮上全是糾纏在一起的血塊，手臂上布滿一條條血痕，身上的長袖白T恤像屠夫的圍裙濺滿了血。

傑克說：「你受傷了嗎？」

她抬頭看他，眼睛哭腫到幾乎睜不開。「怎麼會發生這種事？」

「他們還在這裡嗎？還在鎮上嗎？」

她擦擦眼睛。「我們看到他們拿著槍和斧頭，就躲進衣櫃裡。他們闖入我家，一個房間一個房間找我們。我去過麥克家。他還在我家前院唱過耶誕聖歌。我吃過他家烤的耶誕餅乾。他說如果我們出來，他們會動作俐落，不讓我們受太多苦。」

傑克低頭看著馬路。「可是你逃出來了。」

「我們從後門跑出去時，他們開槍了。他們從後面射中凱特。他們追來了……我丟下她。」
「真令人難過。」
「我丟下她，甚至不知道她是不是死了。」
蒂依打開她的車門。傑克轉頭看了一眼，「你想回去看──」
「那是假的。我是個撒謊的混蛋。我知道她沒有死，因為她在哭。」
「我們必須走了，傑克。」
「她在哭，她在找我。」
他伸手碰觸女人的肩膀。「你想要和我們一起走嗎？」
她瞪著他，眼神渙散，顯然沒在聽他說什麼。
「傑克，我們一定要趕快離開這個鬼城。」
他站起來。
「凱特在哭，在找我。我害怕得不得了。」
「你要和我們一起走嗎？」
「我想死。」
傑克走回路華，拉開車門。女人放聲尖叫。
「她出了什麼事？」娜歐蜜問。
他發動引擎。
他將車子繞過女人身邊，轉進一條小路。
「傑克，你要去哪裡？」

他將車開上人行道，熄掉引擎，下車。那棟房子已經燒光，還冒著煙。下個路口的馬路上躺了一排屍體。蒂依跟著下車，走到保險桿前，站直身體面對他。

「傑克？」

「我在和那女人說話時，聽到這裡有嬰兒的哭聲。」

「我什麼都沒聽到。傑克，看著我。拜託。」

他低頭看她。她站在這個謀殺小鎮的可怕社區裡，看起來還是一樣的美。他可以看到她優雅細長的脖子有頸動脈在跳動。彷彿她充滿了熱切的生命力。

蒂依指著越野車。「他們的安危才是我們的責任。你懂不懂？其他的人不是。」

「昨晚你還強迫我停下來看一個醫院的病人——」

「那是我體內的醫師本能。現在已經跨過那個障礙了。我們沒剩多少水和食物，處境很危險。」

「我知道。」

「傑克。」她堅持要他看著她的眼睛，才繼續說：「我只差一點點就要崩潰了。」

「好。」

「我需要你作出聰明的決定。」

「我知道。」他說，但還是忍不住伸長脖子想聽見那個嬰兒的哭聲。

往北開出小鎮。開出瀰漫的煙霧，穿越山谷。蜿蜒的河岸上全是白楊樹。山谷兩側被紅色峭壁包圍。在清澈的藍天下，一切看起來是如此的純淨。就像一個夢，傑克心想。還是回憶。就像多年前他在蒙大拿州第一次見到蒂依的秋天。公路和一條窄窄的鐵軌平行。他們沒遇到其他車。牧場的牛隻舉起橢圓形的頭看著他們疾馳而過，灌進車子裡的空氣帶著酪農場特有的刺鼻甜香味。後座的娜歐蜜靠著車門，聽著自己的iPod。柯爾睡著了。那瞬間，他彷彿又回到他們一家趁著週末去科羅拉多州度假的美好時光。傑克小心翼翼地擁抱這個幻想，想在其中停留愈久愈好。

公路開始爬坡。傑克的耳朵可以感覺到氣壓的變化。天空漸漸變紫，從蒂依的車窗灌進來的風帶著雲杉的香氣，但愈來愈冷。山上的針葉松夾雜著許多白楊樹。山頂卻一棵樹也沒有，只有覆蓋陳年白雪的灰色尖銳岩石。他們經過一個荒廢的滑雪場。一個給觀光客騎馬的小農場。坡度愈來愈陡。車子爬上一萬英尺的高度，越過成群雲杉圍繞的山巔。

又開了幾英里，來到第二個、比之前那個更高的山巔。傑克將車駛進空曠的停車場，關掉引擎。他和蒂依下車，環顧四周。快要中午了。可以看到好幾里外的景色。風吹著。雲朵快速往北移動。他拿出他的黑莓機。壓下電源鈕。沒有訊號。

他拉開褲頭拉鏈，在草地上尿尿。

「傑克，那邊就有廁所。」

「你有看到別人嗎？」

「就因為沒有別人，你就非隨地便溺不可啊？」

「錫爾弗頓鎮應該就在那個山谷裡。」

蒂依走回車上，拿來一副望遠鏡。她從山路這頭一直看到它往北幾里後消失在森林裡，然後再往下看了幾百英尺。

「看到什麼嗎？」傑克問。

「什麼都沒有。」

他們從山巔開下高山區，回到森林裡，然後再從森林出來。山路是從峭壁上鑿出來的，右手邊的山崖高達百尺，底部有蜿蜒經過山谷的河流。它流經一幢有著幾棟明亮油漆外觀的建築、一座火車調度場和北邊一座金頂法院的小鎮。

「嗯，至少它還沒著火。」傑克說。他瞄了一眼，看到蒂依按著自己的脖子後方。「頭在痛嗎？」

「對，而且愈來愈糟。」

「你知道是為什麼，對吧？」

「因為高海拔？」

「不是，我的頭也在痛。」

「噢，我的天啊！你是對的。我們兩個今天早上還沒喝咖啡。」

車子轉過一個急彎。三輛卡車橫停在馬路上，六個男人跑向他們的越野車，拿槍指著他們，大聲喊著要他停車。

「傑克，快迴轉。」

「太靠近了。他們會開槍的。」

「難道你停下他們就不會開槍嗎？」

「出了什麼事？」

「娜歐蜜，不要講話，繼續聽音樂，別吵醒柯爾。」

那群人走向車子，傑克的腦袋仍然不斷想著還有什麼方法可以逃。右邊是極陡的峭壁森林。左邊垂直到不可能爬上去。逼近的人們讓他無法窄路調頭，逃回他們剛來的路。

傑克將排擋推進P檔。「兩手舉起來，蒂依。」

「傑克——」

「你照做就是。」

第一個抵達的人拿著一把手動的雷明登步槍隔著玻璃指著傑克的頭，其他的人散開圍住車子。

「放下車窗。」他說。傑克按鈕放下窗玻璃。「你要去什麼鬼地方？」

「北方。」

「北方？」

「對。」

那人留著鬍子，可是很年輕，還不到二十五歲，傑克心想。他穿著迷彩獵裝。山羊鬍在尾端用黑色小珠子綁成一束。

站在路華後方的人說：「新墨西哥州的車牌。」

「你們進山區來做什麼？你是什麼組織的？」

「什麼都不是，單純的一家四口。」

另一個人走過來，站在傑克的車窗旁。他留著落腮鬍，長長的黑髮從燈心絨空軍帽下露出來。

他說：「後座有一個孩子在睡覺。他們的車被很多子彈射得蠻慘的，麥特。後車廂裡還放了食物和水。」

「昨晚我們被迫逃離在阿布奎基的家。」傑克說，「只差一點就來不及了。」

叫麥特的年輕人放低槍口。「你們今天早上經過了杜蘭戈市嗎？」

「是的。」

「我們聽說那裡很慘。」

「他們把整座城都燒了。到處都是屍體。」傑克看到年輕人的臉瞬間被恐懼淹沒。他的臉色灰白，看上去比傑克原本猜測的更年輕。

「那麼糟嗎？」

「糟透了。」

其他人也聚集到傑克的車門旁。

柯爾坐起來。「他們是壞人嗎？爸爸？」

「不是，夥伴，沒事的。」

這幾個人看起來比較像打零工維生的人，而不像哨兵。他們的武器比較適合獵鹿，而非打仗。他們肩膀上掛的全是威力強大的獵槍，可是一把手槍或散彈槍都沒有。

「所以你們是在保衛進入小鎮的路嗎？」傑克問。

「對。我們還有另一組人駐紮在紅山徑下方，正在想辦法破壞那條路。」

「為什麼？」

「有報告說一隊卡車和汽車正從里奇韋鎮往南開。」

「多少輛車？」

「不知道。錫爾弗頓大多數的鎮民都上山避難去了。幸好你開的是路華，因為也只剩一條路可以走了。」

「哪一條路？」

「通往湖城的黃褐道。你應該要趕緊上路。那條路可不好開呢！」

他們在中午時到達採礦舊城，傑克把車停在一家前頭有個小加油站的雜貨店前。他叫蒂依和孩子們進去找食物，他則一邊拿起加油槍，一邊祈禱裡頭不是空的。幸好，裡頭還有油。他幫路華加滿油，走進雜貨店。收銀臺沒人，貨架是空的，彷彿剛被洗劫一空。

他大叫，「你找到什麼了嗎？」

蒂依從店後頭喊回來，「只有幾樣小東西，不過我找到一張地圖。有汽油嗎？」

「油箱加滿了。」傑克從放了汽車工具的窄走道貨架上抓起兩個五加侖塑膠汽油桶，走出戶外，灌滿兩桶汽油。他在露營用具堆裡清出一個空間，一次提起一個紅桶子從打開的後車廂玻璃放進去。他走回店裡，花了幾分鐘才找到成捲的大塑膠布。他拿了兩捲。又拿了一捲水電黑膠帶，還有架子上僅剩的一罐汽車機油。當他爬上駕駛座時，蒂依和孩子們已經等在裡頭了。

「我們找到什麼？」他問。

「三包牛肉乾。一罐切丁蕃茄。一盒白米。幾瓶調味料。」

「聽起來蠻好吃的。」

他們在葛蘭尼街上駛過好幾個路口。大多數的店都關著。街上一個人都沒有。頭頂的天空突然間烏雲密布，只剩一點點秋季晴朗的天幕掛在南方邊陲，隨著藍天面積迅速縮小，顯得特別明亮。

傑克轉進一個停車場。

「我很快就會回來。」

他讓引擎繼續轉動，下車走進一家運動用品店。裡頭瀰漫防水油和火藥的氣味。店裡掛滿了各式各樣不同設計的野戰背心和夾克，馴鹿和麋鹿的頭從牆上瞪著他，還有一頭站立的棕熊標本往後望著放滿漁網、釣竿和長統防水靴的通道。一個腰圍寬廣的結實男人站在櫃檯後看著他。他穿著法蘭絨襯衫正在幫左輪槍裝填子彈，羽絨背心有好幾根白羽毛的頭鑽了出來。

「你在找什麼？」

「十二口徑的子彈和——」

「抱歉。」

「你賣光了？」

「我不再賣彈藥給任何人了。」

櫃檯後的槍支玻璃櫃裡空無一物。

「不如這樣吧！」男人伸手從櫃檯下拿出一把插在劍鞘裡的獵刀，放在玻璃櫃上。「你拿去。這是我唯一能做的。不用錢。」

傑克走向櫃檯。「我已經有刀子了。」

「什麼樣的刀？」

「瑞士刀。」

「你覺得你可以用瑞士刀來宰那些混蛋嗎？」

傑克拿起大刀。「謝謝你。」

店主人將左輪彈匣甩上，開始裝填另一個彈匣。

「你不走嗎？」傑克問。

「你覺得我看起來像是會讓一群幹他娘的混球把我趕出自己家鄉的男人嗎？」

「你應該好好考慮一下。他們把杜蘭戈市徹底毀了。」

「我會考慮的。」

有人大力敲擊店前的玻璃窗，傑克轉頭，看見蒂依發瘋似地揮手叫他出去。

當他推開運動用品店的門時，傑克聽到遠處傳來許多輛車引擎在怒吼的巨大咆哮聲，愈來愈接近，愈來愈大聲，像賽車比賽似的。

蒂依說：「他們來了！」

他跑過去拉開車門，小鎮南方爆出槍聲和人們的吼叫聲。他看到領軍的幾輛卡車轉入葛蘭尼街。他跳上駕駛座，將車子飛快地倒出停車格，打入D檔，踩下油門，旅館、飯店、禮品店立刻被拋在腦後，傑克不管交通號誌，等到車子開到小鎮北邊的法院前，時速已經高達七十英里。

馬路突然急轉。

傑克踩剎車，輪胎發出刺耳的噪音。

蒂依說：「你知道要去哪兒嗎？」

「算是吧！」

出了小鎮後，馬路變成泥土路面，不過還算平穩寬大，能讓他將時速維持在六十英里不是問題。車子沿河駛了幾里後，開進一個地勢更高的山谷。他們經過廢棄的礦坑。山路愈爬愈高，陡峭的頂峰和低垂的烏雲相接。傑克從後視鏡看到後面一英里處揚起一團灰塵，他瞇起眼睛細看，發現六輛卡車正在努力狂追。

他們駛過另一個礦坑，另一個無人小鎮。

路面變得又窄又陡又崎嶇。

「傑克，你得開快一點。」

「再快一點，我們就會撞山墜崖了。」

娜歐蜜和柯爾解開安全帶，兩個人在椅子上跪著，臉朝後窗，看著追來的大卡車。

「下來，孩子們。」

「為什麼？」

「因為我不想要你們中彈，娜歐蜜。」

「傑克，別這樣。」

「他們會對我開槍嗎？爸爸？」

「有可能，柯爾。」

「為什麼？」

為什麼？

山路路況糟糕得不得了。路華的右側輪胎只差幾寸就會跌進直落一百五十尺的湍急河流裡。

「爸爸，我好冷。」

「我知道，親愛的。我很抱歉。」

擋風玻璃上落下雪花。遠方出現一面木質路標，除了「黃禍道」外，還刻了一個箭頭，指向一條沿著山壁爬進雲層裡、根本算不上路的碎石單線道。

傑克轉彎開進小徑。風夾雜著雪從空空的車窗刮進來。一路爬坡，在比另一條路高五、六百尺時，四周連樹木都沒了。就在傑克小心駛過第一個Z形轉彎時，那一隊卡車也從下頭的霧氣中竄出來，車燈在不斷落下的雪花中照出一個三角形的光塊。

蒂依從地板拿起望遠鏡，從車窗探頭出來朝山谷看。用不著放大，傑克也看得到其中五輛卡車正在黃褐道入口處轉彎。

「為什麼一輛停了下來？」他問。

「我不知道。讓我看看。一個男人下了車。」

「他在做什麼——」

「大家立刻趴下。」

「怎麼了？」

突然間，有東西撞上越野車。第一個衝進傑克腦袋的念頭是：有人對輪胎擲了塊石頭。步槍的爆炸聲在山林間迴盪。

「立刻趴在地板上！」

越野車搖晃了一下，傑克踩下油門，將時速提高到十英里，繞過小徑凸出的尖銳巨石，車子發出淒厲的刮擦聲。娜歐蜜的車窗玻璃突然爆裂，每個人都忍不住尖叫，傑克大喊女兒的名字，她回答說她沒事。

另一聲槍響。越野車爬進雲層底部。傑克心想槍手瞄準的應該是輪胎，但一顆子彈卻從蒂依的車門射進來，穿過駕駛座，差點命中他的背。

霧氣變濃了。岩壁表面原本是溼的，現在結了霜。擋風玻璃上的雪融了，形成一條條水柱從空空的車窗飛灌進來。在引擎聲中，傑克以為他聽到了另一聲槍響，可是在他從蒂依的窗戶往幾百尺下的山谷看時，卻只見到藍色霧氣飄散著四處紛飛的點點雪花。

他們繼續往上爬。至少現在看得到路面。蒂依和孩子們仍然趴在地板上。傑克不時檢查後視鏡，看看有沒有車燈追來。

「我們可以坐起來了嗎？」柯爾問。

「還不行。」

「一直趴著很痛耶！」

路面變平，路華的車燈照到另一面路標，上頭寫著：「黃褐道，海拔一萬兩千六百四十尺」。在這個凍土地帶，五、六英寸的白雪覆蓋一切。沒有樹、沒有灌木，只有大塊大塊的岩石。在大霧和大雪中，五十英尺之外什麼都看不見。天色矇矇亮，彷彿現在是黎明，而不是剛過中午。傑克突然間情緒抽離，不再想著可怕的現況，只感覺這個與世隔絕的頂峰美得令人心碎，完全就是小時候爸爸喜歡帶他一起去的那種地方。

他停下車，熄掉引擎，打開車門。

「你要做什麼？傑克？」

「只是想確認一下。你們可以坐起來了。」

他下車走進雪地，關上車門，伸長脖子聆聽。一開始，只聽到雪花飄落在肩頭的細微聲響、引擎冷卻的風扇聲、山上的風聲，還有看不到的石頭岩動聲。然後他聽到了！雖然判斷不出距離還有多遠，可是引擎咆哮聲確實從下方看不見的山路傳來，只是在大雪中變模糊了。他爬回車上，發動引擎，繼續前進。傑克將手排檔換成四輪驅動低速檔。山路開始下坡，輪胎在結冰的陡坡上滑行。兩英里後，灌木再度現身。接著，小而矮的杉木取而代之。他們回到森林裡，和河流並行。雖然還在下雪，可是至少地上還沒積雪。

傑克駛離小徑。

他們越過一片草地，涉過淺灘，爬上河岸，駛進杉木叢裡。他熄掉引擎，下車，走回河邊，望著草地另一側的山路。濃霧仍然籠罩每個地方，但霧氣在森林裡比較淡。他轉頭看向停在一堆藍雲杉後頭的越野車，然後將目光移回山路。他爬下河岸，開始橫度河流，確定從草地上看不到他們的藏身之處。吵雜的引擎咆哮聲阻止了他。他退回河岸。蒂依和柯爾下了車，正朝他走來。他揮手示意他們回去。「卡車來了！」

「他們從山路上看得到我們嗎？」

「我不知道。」他轉頭望向草地，想像越野車留在薄薄雪地上的輪胎痕，雖然他並不確定，但河岸的軟泥土是一定會留下痕跡的，只是不曉得開聯結車的人能不能看得那麼遠。引擎聲先是變小，然後再度轉大。「走吧！」他說。他們越過溼草地，跑進雲杉樹後。越野車滴著熱騰騰的剎車油。傑克看到娜歐蜜橫躺在後座，耳朵裡戴著耳機。他敲敲柯爾座位的窗玻璃。娜歐蜜抬起眼睛看他，他舉起食指壓在嘴唇上，她點點頭。他們走到車子後頭蹲下。

傑克說：「我要去找個可以看到山路的地方。」

「我可以去嗎？」

「不行，夥伴。我需要你待在這裡照顧媽媽。我不會走太遠的。」他看著蒂依。「準備好隨時逃走。」

傑克慢慢跑回河邊，藏在一個及肩的大圓石後面。樹木不停滴水。雪下得很大。他可以聞到雲杉的味道、岩石的潮濕味。大地一片銀白。第二輛卡車駛出森林時，他將頭從圓石後伸出去，自言自語，「沒有什麼輪胎痕可以看，趕快走！趕快走！」它繼續往前開，第三、第四、第五輛卡車全出現了，都是道奇的四輪驅動重型貨卡，除了引擎蓋和排氣管外全覆蓋一層白雪。他可以透過副駕駛座的車窗玻璃看到一張張臉。他躲回圓石後，在雪地上坐下，盯著手表上的秒針。當它轉了三圈之後，引擎的咆哮聲已經完全遠離，剩下的只有樹木的滴水聲，還有他胸膛如雷的心跳。

他們把露營用具從後車廂搬下來。傑克拿出帳篷，閱讀說明書。花了一個小時才將支架組好，搞清楚如何罩上塑膠布。當他終於架好四人帳時，積雪已達腳踝，但降雪絲毫沒有要停的跡象。每個人拿著自己的睡袋和空氣床扔進帳篷。蒂依和孩子們脫掉腳上的溼襪子，爬進去。

「我還要再一會兒。」傑克說，「先幫我暖床吧！」

他拉上拉鏈，把他們關在裡頭。

他用那把新獵刀割下幾大張正方形的塑膠布，把雪從窗框擦掉，用襯衫袖子擦乾金屬的水氣。他用水電黑膠帶將三張正方形塑膠布貼在車身右方的三扇車窗上，然後再將一大片長方形的貼在後車窗上。透過塑膠布無法看見車內，於是，雖然柯爾的窗玻璃沒破，他決定照樣在兒子那側的車窗也貼上一張。

他將下午剩餘的時間用來撿乾淨娜歐蜜座位及地毯上的碎玻璃，然後重新整理後車廂的東西。他檢查機油、玻璃清潔液，還量了胎壓。全部完成後，他努力思考有什麼其他的事可以做，他需要讓雙手保持忙碌，讓腦袋什麼都不去想。還在下雪。他覺得天空微微變暗了，雖然難以察覺，時間已經從下午慢慢轉成黃昏。他從一棵枯死的雲杉劈下樹枝，又在樹的底部蒐集許多之前被雪雨打下的棕色針葉。

河水很冰。他從河裡撿了十二顆拳頭大小的石塊，拉開他的T恤放進去。他將石頭圍成一圈，放進幾張衛生紙和針葉，還有一些細枝，再蓋上比較大的樹枝。他上次升火是前一個耶誕節在他們阿布奎基的家，而且那次他還做弊，偷偷用了火種磚。

他拿著打火機靠近衛生紙，點燃，兩隻手因為太冷而抖個不停。

過了一會兒，他聽到帳篷傳來拉鏈的聲音。蒂依爬出來，穿上溼鞋子。她走過來站在他身旁。

「我猜真的要等到世界末日了，我們才會出來露營。」

「我正試著要生火，好把東西烤乾。」

一小縷煙從可憐兮兮的黑色細枝和燒了一半的衛生紙冒出來。

「你在發抖。進去帳篷裡好好睡一覺吧。我已經幫你把睡袋準備好了。」

他站起來，雙腿抽筋。他蹲在那裡超過一個小時了。

「你會餓嗎？」他問。

「至少讓我來做晚飯吧？拜託。去睡覺。」

傑克在帳篷入口脫下溼衣服疊成一堆，爬進他的睡袋裡。他可以聽到蒂依在外頭移動的聲音，他可以聽到雪落在入口上方的塑膠布上。他還是一直抖、一直抖，過了好久才慢慢停下來。兩個孩子都睡著了。他伸出手放在柯爾的胸膛，起。伏。起。伏。娜歐蜜靠著帳篷布躺在柯爾的另一側。他傾身，在黑暗中伸長手，輕輕放在她的背上。起。伏。起。伏。

＊＊＊

當他醒來時，四周伸手不見五指，一時之間，他還以為自己是在阿布奎基家裡的客房床上。他坐起來聆聽。沒有聽到孩子們的呼吸聲，除了左耳的脈搏跳動聲外什麼都聽不到。他在黑暗中起身。睡袋都是空的。他幾乎要大聲呼喚他們，但幸好及時阻止了自己。他很快穿上又溼又冷的衣服，拉開帳篷拉鏈爬出去。雪停了。他的腳步在半英尺高的積雪上留下足跡。透過塑膠布，他看到越野車裡有光線。他拉開駕駛座車門，爬上去。每個人都坐在自己的位子上，捧著紙碗吃東西。一支蠟燭固定在中央扶手上。「聞起來好香。」他說。

蒂依從儀表板拿起一個碗遞給他。

「大概冷掉了。我不想浪費瓦斯來保溫。」

放了大量調味料的蕃茄粥，裡頭還有一小塊一小塊的牛肉乾。他攪了攪，吃了一口。他可以聽到娜歐蜜的iPod的音樂聲，他很想告訴她關掉。省著用，那麼在你真的需要有東西讓你分心時它才有電。她忘了帶充電器，所以電池耗盡之後，音樂也就沒了。不過他什麼都沒說。可以吵的事很多，現在用不著為了這種小事和她爭執。

他瞄了一眼手表。比他想像中還晚了幾個小時。

「很好吃。」他說，「真的很好吃。」

「我不喜歡。」柯爾說。

「抱歉，夥伴。丐無可擇。」

「那是什麼意思？」

「意思是我們現在沒有太多食物，所以要對我們還有東西吃心懷感謝。」

「可是我還是不喜歡。」

蒂依說：「你睡覺時，有輛卡車經過。」

「那時蠟燭亮著嗎？」

「沒有，我聽到引擎聲就立刻把它吹熄了。」

傑克吃光整碗蕃茄粥。他還覺得餓，猜想其他人也是。他的頭因為缺乏咖啡因而抽痛。

「有水嗎？」

蒂依從腳邊提起桶子拿給他。他轉開蓋子，傾斜桶子將水倒入嘴裡。

＊＊＊

將娜歐蜜和柯爾哄睡之後，他們一起越過河流，走進草地。天空很清澈。星光閃爍。隨著山後的月亮愈爬愈高，遠方的岩壁頂峰也愈來愈亮。

蒂依說：「我得知道你有計畫，傑克。」

「我們還活著，不是嗎？」

「可是我們要去哪兒？要怎麼做才能繼續活下去？」

他們走到山路上，看到雪地上的輪胎痕，突然間傑克發現他們做了什麼蠢事。

「該死。我們真是豬腦袋。」他指著草地上他們從樹林走過來的腳印。順著它們，全世界的人都可以找到他們的露營帳篷。

蒂依用力推了他一把，他踉蹌倒退好幾步。「告訴我，我們要怎麼度過這個難關。現在就告訴我，因為我看不出來。今天我們沒死純粹是好狗運罷了。」

「我不知道，蒂依。畢竟我是個今天下午用火柴和衛生紙都升不起火的笨蛋。」

「我要知道你有計畫。我們該怎麼——」

「不，我沒有。還沒有。我只知道我們今晚之後不能繼續待在這裡。我只知道這麼多。」

「因為沒食物了。」

「我們需要東西吃，還需要保暖。」

「這樣不夠，傑克。」

「不然你還想要我怎樣？」

「我要你像個男人。做你平時在家沒做的工作。照顧好你的家人。陪在我們身邊。不管是生理上還是心理上的陪伴——」

「我很努力在做了。」

「我知道。我知道你很努力了。」她聽起來好像快哭了。「我只是無法相信怎麼會發生這種事。」

柯爾半夜哭著醒來。傑克拉開自己的睡袋，讓小男孩爬進來。

「怎麼了？夥伴？」他小聲問。

「我做夢了。」

「沒事了。只是夢，不是真的。」

「感覺像真的。」

「你想告訴我是什麼樣的夢嗎？有時候你把夢說出來，噩夢就比較不會那麼可怕了。」

「你會生氣的。」

「為什麼我會生氣？」

「你已經警告我不要去看。」

「你夢到我們今天在街上看到的屍體嗎？」他感覺懷裡的小男孩點頭。

「你說你已經警告過我，所以不會安慰我的。」

他抱住柯爾：「這樣好點了嗎？」

「是。」

「我不該那麼說的。對不起。不管怎麼樣，我一定會安慰你的，柯爾。」

「我可以待在你的睡袋裡嗎？」

「如果你答應我會立刻睡著。」

「我答應你。」

「試著不要去想那些不好的事，可以嗎？它們只會讓你做更多噩夢。想一想快樂的時光。」

「像什麼？」

「我不知道。你最後一次感到非常開心是什麼時候？」

小男孩安靜了好一會兒。

「上次我們去拜訪爺爺的時候。」

「你是說去年暑假嗎？」

「對，他讓我在噴水器之間跑來跑去。」

「那麼就想那件事，好嗎？」

「好。」

傑克抱著兒子，讓他小而柔軟的重量壓在身上。他快要睡著時，聽到柯爾小聲說了句話。

「什麼？」

男孩轉身，靠近傑克的右耳：「我還有事要跟你說。」

「什麼？」

「我知道為什麼那些壞人會做壞事。」

「柯爾，不要再去想他們了。只想開心的事，好嗎？」

「好。」

傑克閉上雙眼。

然後猛然張開。

「為什麼？柯爾？」

「什麼？」

「你說你知道為什麼那些壞人會做壞事？」

「因為那些光。」

「那些光？」

「對。」

「什麼光？你在說什麼？」

「你知道的啊！」

「柯爾，我不知道。」

「就是我住在艾力克斯家那晚看到的光啊！很晚很晚的時候我們還和所有的人出去外面哦！」

傑克的全身彷彿有一道電流通過。他閉上眼睛，將手掌輕輕放在兒子胸膛的心窩上。

隔天他們睡到很晚才起來。他們睡得像一群沒有理由醒來的人。好像只要他們睡久一點，世界就會自動修好自己似的。

當傑克開車過河時，水變深了，淹沒了一半的輪胎。已經是下午一、兩點，除了樹蔭下的積雪，草地上的雪全化了，地面又溼又軟。他們轉上山路。下坡。陽光下的泥土路滿是一條條棕色的小水流。樹上還有不少積雪。他們從雲杉積雪區下來，進入白楊樹林。

接近傍晚時，路面變得寬大平坦，沿著一個很大的山中湖行進。傑克看到前面路邊停了一輛豪華休旅車，四個車門全被開得大大的。

他以五十英里的時速呼嘯而過。很快瞄了一眼：爸爸媽媽。女人全裸，大腿上全是血。三個孩子。全部臉朝下趴在草地上，動也不動。

傑克看向後視鏡。娜歐蜜和柯爾都沒注意到。

他轉頭看著蒂依，她靠著塑膠布車窗睡著了。

夕陽下山時，山路變成了柏油路，他們抵達一個山裡的小村子。所有東西都被燒光了。街道上的房子、車子、禮品店全燒得只剩骨架。傑克猜測應該有好幾天了，因為沒有一處在冒煙。從通風孔吹進車子裡的空氣聞起來像又舊又溼的灰燼。他的家人全睡著了。村子中央學校旁有個長滿雜草的廢棄空地，左右各有一個沒有球網的足球門。一開始時，傑克以為中間那一大堆黑色物體是被燒毀的汽車輪胎，直到他看一隻焦黑的手臂從最上頭伸出來。

他們沿著彎曲蜿蜒的兩線道公道穿過聖胡安山的丘陵朝北直駛，其間沒有遇上任何車輛。

傑克將車駛進貯水池旁的野餐區。他們打開路華的後車廂，蒂依點燃露營用瓦斯爐，倒出兩個舊罐頭，煮了一鍋美式雞湯麵。他們坐在湖岸，看著月亮升起，熱騰騰的湯鍋在手中傳來傳去。有了昨晚在山區過夜的經驗後，這裡幾乎可以算溫暖了。

「我喜歡這個勝過蕃茄粥。」柯爾評論。「叫我每天吃都沒問題。」

「小心你的願望成真哦！」蒂依說。

鍋子傳到傑克時，他揮揮手，站了起來。他走到湖邊，將手指放進水裡。

「會冷嗎？爸爸？」娜歐蜜問。

「不會太冷。」

「那麼你怎麼不下去游泳？」

他轉頭，露齒微笑。「為什麼你不自己下去？」

她搖搖頭。他用雙手掬起水，潑向他女兒。被月光穿過的水看起來像落下的液態玻璃。

她的尖叫聲迴響著，消失在貯水池另一側的山丘。

他們沿著湖駛向西方。

「我們今晚要在哪邊紮營？」蒂依問。

「我打算繼續開。我不累。而且晚上移動可能會安全一點。」

車子裡很吵，貼車窗的塑膠布發出極大的聲響。後座的娜歐蜜戴著耳機，閉著眼睛。柯爾則拿了兩輛小汽車，在傑克的座位後面追來追去。

傑克說：「我研究了你在錫爾弗頓鎮找到的地圖。我想我們應該往卡羅來納州的西北部走。那裡人口稀疏。幾乎全是雞不拉屎、鳥不生蛋的地方。你覺得呢？」

「然後呢？」

「現在只能過一天算一天了。你還好嗎？」

她只是搖搖頭。他知道最好不要再問。

公路在貫穿一座水壩後開始爬坡。他們沿著峽谷的邊緣前進。到處都是鹿，傑克不時就得停下讓路給牠們。

過了一會兒，他將車子停在路邊，減慢的車速讓蒂依醒了過來。

「怎麼了？」

「我要尿尿。」

他沒將引擎熄火，拉開車門，下車走到山崖邊。在木板條之間尿尿，看著對面的峽谷，他猜大概不超過兩千英尺高。峽谷底部黑漆漆的，什麼都看不見，但他可以聽到河川湍急的水花聲。

公路往北駛離峽谷。他們越過黑暗的鄉間，完全看不到燈光，但月色照耀在柏油路面上亮到可以讓傑克不開車燈就能看到又長又寬的彎路。他看到南方幾里處的地平線泛著一層深橘色的光。燃料指針掉到只剩四分之一。他想起前天他以為自己聽到的那個嬰兒哭聲。猜測著，如果那是真的，她現在不知道怎麼樣了。

深夜時分，傑克伸手拍拍蒂依的大腿。她從夢中驚醒，坐直身子，揉了揉眼睛。他不想吵醒孩子們，便什麼都沒說，只是指著擋風玻璃前方。

遠方閃耀著城市的燈光。

蒂依傾身，對他耳語，她的呼吸帶著睡眠的酸味，「我們不能繞過去嗎？」

他搖頭。

「為什麼？」

「我們快沒油了。」

「後車廂還有十加侖。」

「那些是緊急備用品。」

「傑克，現在還不緊急嗎？我們的生命安全已經緊急得不得了。」

小鎮上一個人都沒有。不過在半夜三點街上沒人倒也很合理。從通氣孔吹進來的空氣聞不到煙味，房子看起來也好好的，雖然有幾棟似乎沒人住，但也有好幾戶人家前廊的燈還亮著。

在兩條公路的交叉口，傑克將車轉進加油站。他下車，拿出信用卡刷過讀卡機，等著機器通過銀行驗證，低海拔的夜晚微風輕拂，非常舒服。當超級無鉛汽油流入油箱時，他走過滿是油漬的水泥地進入便利商店。燈光亮著，空空的冰箱貼著後頭的牆壁在一片寂靜中嗡嗡作響。他觀察著四條走道，架上貨源充足，他取了一包葵花子和另一桶一夸脫裝的機油。油槍停了，指針轉到十一加命，超過一點點。他壓了壓油槍，可是沒有反應，裡頭已經空了。

因為左耳聽力還沒恢復，他花了好幾秒才辨識出聽到的是什麼聲音。公路上出現光束，朝著加油站駛來，接著他聽到機車引擎的咆哮聲，兩盞車燈離他們不到四分之一英里。蒂依在車子裡大叫，他拉出油槍，將油箱旋鈕鎖回去。

蒂依推開他的車門，他跳進去，雙手伸進口袋，慌亂地找著鑰匙。

「傑克，趕快！」

娜歐蜜坐起來，眨眼對抗頂燈的光。「出了什麼事？」

傑克好不容易找到正確的鑰匙，用姆指、食指捏住插了進去，在重型機車接近的咆哮聲中發動了引擎。他對準黑得發亮的哈雷撞上去，機車騎士猛轉龍頭避開，重機失去平衡蹺起前輪。

傑克轉進公路。黑色輪胎在柏油路上發出尖銳的抓地聲，他抓緊方向盤用力拉直。

「去拿散彈槍，蒂依。」

「在哪裡？」

「車廂後面。」

她解開安全帶，爬過中央扶手，跪在後座。

「媽媽？」

「沒事，柯爾。我只是要拿點東西。你繼續睡。」

傑克將油門踩到底。在引擎的怒吼聲和塑膠布響亮得好像快被吹掉的吵雜聲中，傑克還是認出重型機車追上的震動聲。

「快點，蒂依。」

「我很努力了，可是它被壓在你的登山袋下。」

他看向後視鏡，除了微亮的街燈外一片黑暗。他把車燈關掉。時速表穩穩指在一百一十英里上，不過還在上升。柏油路在月光下散發銀光，亮到足以讓他保持在兩條白線之間，而不會超出路面。

蒂依爬回副駕駛座。

「我的天啊！傑克，現在的車速有多快？」

「你不會想知道的。」

子彈擊中照後鏡，方形鏡子瞬間爆開。

「趴下。」

槍聲很快隨風散去，可是機車仍窮追不捨。

「把槍給我，蒂依。」她抓住槍管，把槍從地板拿起來遞給他。「我需要你穩住方向盤。」

重型機車離路華的後擋泥板只有幾英尺。傑克只能靠著月光在它金屬板上的反射隱約看見機車的輪廓。

他的腳還踩在油門上，傑克轉身，脊椎骨喀喀作響。透過後窗，他瞄準機車騎士，扣下扳機。爆炸的巨響讓他的左耳再度什麼都聽不見，也讓槍口閃出一個短暫而刺眼的亮光。在後車窗的塑膠布撕裂的同時，機車騎士也不見了。

突然間，好幾顆子彈穿過越野車的左側，車窗玻璃應聲破碎灑向後座。

傑克將身體轉回駕駛座，不理會右耳的嚴重耳鳴，只是接手方向盤，放鬆油門。

重型機車箭一般地往前疾馳，它的車尾燈閃了兩下，消失無蹤。

柯爾在後座尖叫。

「娜歐蜜，他受傷了嗎？」

「沒有。」

「你確定嗎？」

「我想他只是被嚇到了。」

「你受傷了嗎？」

「沒有。」

「你安撫他一下。」

「那輛機車去哪兒了？傑克？」

「我沒看到。你來操控。」

她抓緊方向盤，傑克為散彈槍上膛。「我還是聽不清楚。」他說，「你聽到時告訴我——」

「我聽到了。」

他伸長脖子聽，透過塑膠布車窗，什麼都看不到，但他確實聽到了重型機車的引擎聲，排氣管的咆哮，還有突然間充斥車廂裡的喧鬧震動。

「抓緊，趴下。」

他轉回駕駛座，握住方向盤，踩下剎車。越野車後方被用力撞上，傳來金屬和金屬碰撞的尖銳磨擦聲，傑克打開車燈正好看到摩托車騰空翻了一圈，摔進黑暗之中，騎士則飛到三十碼前的雙黃線上。那人昏昏沉沉地坐起身子，不可置信地瞪著他沒有手指的左手無力地垂脫在手肘下，失去安全帽的頭露出森白的骨頭。

傑克以五十五英里的時速輾過他。越野車劇烈晃動了好幾秒，彷彿它正駛過一大串減速坡似的，然後柏油路又在輪胎下恢復正常，平順移動。

他關上車燈，再度踩下油門，將車速提高到一百英里。他看著蒂依那側的照後鏡，提防還有別的車子追來。在路面急轉時，他減慢速度，開下路肩，駛進一個不大的堤防後，將引擎熄火。

柯爾歇斯底里地啜泣著。

「沒事了，夥伴。」傑克說，「沒事了。我們都安全了。」

「我想回家。我想現在就回家。」

蒂依爬到後座，將碎玻璃從皮椅上掃下來，抱住柯爾。

「我知道。」蒂依輕聲對他說，「我知道。我也想回家。可是現在還不行。」

「為什麼？」

「因為不安全。」

「那麼我們什麼時候才可以回家？」

「我不知道。」

傑克轉頭往後看，在頂燈熄滅前，看到娜歐蜜的下巴也在發抖。

他打開車門，「我一下就回來。」

他趴在草地上，爬上堤防，肚子朝下躺在低垂的白楊樹枝的陰影中，縮在路肩邊緣。他的心臟貼地跳得好快，伸長耳朵聆聽。他聽到柯爾還在哭。聽到蒂依像他還是小嬰兒時那樣輕聲安慰他。他擦乾眼淚。雙手不停顫抖。好冷。公路靜悄悄的。

兩輛車毫無預警地衝出來，他連爬下坡躲避的時間都沒有。它們轉過急彎，沒開車燈，輪胎發出刺耳的噪音，其中一輛只差一英尺就壓到他的頭了。

它們很快沒入黑暗中，再也看不見，引擎的咆哮聲漸漸遠去。

傑克的眼睛裡進了砂，嘴吃進了塵土，而橡皮的焦味則充斥空中，久久不散。

黎明時分，他們進入從離開阿布奎基後看到的最大城市。燈全亮著。加油站在招手。他們切入一條空曠的州際公路。傑克將車速維持在六十英里，很快的，城市就被拋在身後。他看著它殘留的影像在蒂依車門旁的破碎照後鏡裡愈來愈小。

他們越過山巔。一個小小的氣象站孤單地佇立在路邊。綠色山丘上的建築發出微弱的燈光。城市在它南方三十英里處，它的光孤零零地在荒漠中閃爍。西方遠處有個小牧場。再過幾分鐘天就要亮了。傑克好累好累，肩膀因為散彈槍的後座力撞擊痛得不得了。兩個孩子都醒著，各自看著塑膠布貼住的車窗外。緊張焦慮。蒂依卻睡得微微打呼。

開始下坡，越野車駛出松樹林，駛入一片空曠的不毛之地。太陽露出第一道曙光照耀世界時，傑克看到遠處的建築，連忙將腳從油門上移開，放慢車速。

看得出來這家汽車旅館已經荒廢很久了。馬路旁三十英尺高的大招牌搖搖欲墜，上頭漆的店名全褪了色。傑克把車從公路駛上斑駁的柏油路時，蒂依被震得醒來。

「為什麼停下來了？」

「我需要睡一下。」

「要不要我來開？」

「不要了。今天不上路了。」

他把車開到建築物後方，熄掉引擎。

寂靜無聲。荒漠高地安安靜靜的。

傑克看著燃料箱的指針。介於四分之一到一半之間。他仔細觀看里程表。

「五百五十二英里。」他說。

「你在說什麼啊？」

「那是我們離家的距離。」

房間裡有兩張雙人床、一個五斗櫃、一個螢幕破掉的舊電視、滿是塗鴉的牆面，地毯上扔了許多用過的保險套，浴缸裡全是打破的啤酒瓶。傑克小心地拉下床罩，儘量不揚起灰塵，然後將他們的睡袋放在舊床單上。傑克和柯爾睡一張床，女孩們睡另外一張，一家人在太陽升起時，沉沉進入夢鄉。

他突然坐了起來。蒂依站在床邊低頭看著他。灰塵不斷從天花板落下。床頭櫃上玻璃菸灰缸「喀喀喀」地顫動著。

「傑克，有點不大對勁。」

他們拉開窗簾，從打開的窗框爬過生鏽的冷氣機。正中午的刺眼陽光灑在荒漠上，他們可以感覺到腳下的地面在震動，聲波將其他窗框上的玻璃碎片震下地面，木門也在門框上搖來搖去。他們走到汽車旅館的辦公室，傑克從轉角處小心地伸頭探看。

一大列車隊正經過前面的馬路。休旅車、豪華房車、車斗載著持槍男人的卡車、吉普車、油罐車、學生巴士，全以中等速度在移動。所到之處揚起一團很大的灰塵。

傑克轉向蒂依，在她耳邊說：「我相信他們從馬路上看不到我們的車。」

又過了五分鐘，傑克和蒂依靠著汽車旅館斑駁的水泥牆，等到車隊的最後一輛車通過。幾百輛車的引擎聲逐漸遠去，不過消失的速度可比傑克預期的慢很多。

蒂依說：「要是我們選擇往南開呢？」

「我們會在幾里外就看到車隊。」

「用望遠鏡看嗎？」

「對。」

「要是孩子們和我都在睡覺，而你沒有注意到——」

「不要這樣，蒂依。他們沒看到我們。我們沒在馬路上。」

「可是我們也可能在馬路上啊！」她咬住下唇，望著東方低矮的棕色沙丘。「我們要更小心一點。」她說，「我們必須做最壞的打算。我不能看著孩子們——」

「不要再說了。」

蒂依沿著磚牆走，從角落探頭窺伺。

「還看得到他們嗎？」傑克問。

「還看得到。太陽照得車子的金屬車身閃閃發亮。」

傑克已經聽不到引擎聲了。

蒂依說：「他們組織起來了，對吧？」

「看起來是這樣。」

他往前站，和她併肩往外看。車隊已經在好幾英里外，像一條蛇拖著又長又亮的尾巴。

的陽光。

娜歐蜜和柯爾睡在汽車旅館的房間裡。傑克和蒂依坐在外面的水泥走道上，看著斜射在荒漠上

蒂依手上拿著她的黑莓機，「還是沒有訊號。」

「你想打電話給誰？你妹妹嗎？」

她開始哭了起來，他不知該說什麼，只好什麼都不說，只是用手環抱著她。這是好幾個月來他第一次這樣做。他想到最後一次打電話給自己的爸爸。一星期前的週日早晨。他坐在後院裝了紗窗的陽臺，看著灑水器旋轉澆水，手裡拿著一杯黑咖啡啜飲著。他們談到即將來臨的選舉、一部兩個人都看過的電影，還有世界杯棒球賽。到了該掛斷電話的時候，他說：「我下週末再打給你，老爸。」而他爸爸則回答：「嗯，那麼，好好照顧自己，兒子。」一如往常，和他們每次掛斷電話前的對話一模一樣。讓他無法接受的是，他完全沒有想到，那居然可能是他們此生最後一次對話。

* * *

他們換下已經穿了三天的髒衣服。蒂依點燃露營瓦斯爐，將最後兩罐蔬菜湯加熱。一家人坐在愈來愈暗的汽車旅館房間裡，圍成一圈將愈來愈涼的鍋子和最後一罐水傳來傳去。

太陽下山後，他拿著望遠鏡站在馬路中央，檢視高地荒漠。

南方：什麼都沒有。

北方：只有靜止不動的五、六部抽油泵連動機，以及從很遠很遠的地平線升起的幾縷不祥黑煙。

他轉頭看是誰的腳步聲。娜歐蜜踏上馬路，伸手將她齊肩的金髮撥到腦後。她向來畫的黑色眼

線已經糊掉了。她將耳骨上穿洞的銀珠也拿了下來。他心裡想著，她看起來又像他可愛無邪的小女孩了。她的五官深邃，和媽媽一樣，一看就知道是帶著德國血統的中西部美女。他不記得她最後一次讓他擁抱她是多久之前的事了，或者，如果誠實一點，應該說是最後一次他想擁抱她是多久之前的事。他在焦慮和她的奇裝異服中失去了他的女兒，現在他才發現——不是第一次、但頭一次這麼清楚地發現過去這兩年來，他和生命中最重要的兩個女人變得有多陌生。

「你在做什麼？」娜歐蜜問。

「四處看看。」

她拖著腳上高筒帆布鞋的鞋跟走過柏油路面，站在他身邊。

「你對這一切有什麼看法？」他問。

她聳聳肩。

「你擔心你的朋友嗎？」

「大概吧。你覺得爺爺會沒事嗎？」

「沒辦法確定。我真的希望他沒事。」他想擁抱她。可是克制住自己。「你今天把弟弟照顧得很好，我以你為傲，娜歐蜜。我從沒這麼以你為傲，你很勇敢，為柯爾做了很棒的示範，讓他也變勇敢了。」

她點點頭，可是他看到她眼眶裡含著淚水。他突然將她拉進懷裡，她張開雙臂抱住他的腰，把頭埋進他的胸膛開始痛哭。

＊＊＊

他們把所有東西搬上後車廂，爬上車，分別坐好，傑克發動引擎。越野車離開汽車旅館的停車場時，荒漠天空已經從藍色變成了紫色，星星慢慢顯現，月亮也從山丘後出來了。

他們沒開車燈，繼續往北開，過了半小時就遇到一個小鎮。滿目瘡痍，放眼望去全是燒毀的房舍，馬路上、人行道上和前院草地上到處躺著屍體。傑克強迫自己不要再去數到底有多少人。

「不要看車窗外。」他警告。這一次，孩子們聽話了。

小鎮的電力被切斷。

傑克打開車燈。

「不要開。」

「我看不見。」

車燈光束中許多煙塵到處亂飛，甚至飄進了車裡。

公路穿過鎮上的大街。老舊建築整齊排列在路的兩旁，他們經過了兩、三家餐廳和一家貼著兩張好幾個月前電影海報的露天電影院。

過了小鎮商業區不久，他開下公路，駛入雜貨店的停車場，將越野車直接停在入口的紅線區。

「傑克，拜託，我們趕快離開這裡，好不好？」

「我們沒有食物，連水也快喝光了。我得進去看一下。」

他將引擎熄火，手伸進駕駛座下方拿出那把格洛克半自動手槍。「蒂依，你有手電筒嗎？」

她把它放上他的大腿。

「不要走，爸爸。」

「我很快就會回來，夥伴。」他拍拍蒂依的腿。「有什麼狀況，按一下喇叭，五秒鐘後，我就出現了。」

對開的自動門中間有一英尺的縫隙。他有些猶豫地側身，擠了進去。他的理智在大聲反對，叫他不要再前進了。可是他還是打開手電筒，強迫自己往前走，心裡想著這個地方聞起來完全不像個雜貨店。些微腐臭味在空中飄盪。他拉出一輛手推車，把槍放在孩童坐椅上。開始推著走，輪子喀啦喀啦響，其中一個還會發出惱人的噪音，他用手電筒掃過櫃檯，決定從自助結帳通道進去。除了左耳像個變電所小聲地嗡嗡叫個不停，四周一片死寂。

他往放農產品的區域走。櫃子全空了，可是卻還殘留著蔬菜水果的味道。十英尺外，一個男人躺在空木箱旁，他的血滲進油氈地板，在光束下彷彿黑色冰塊。傑克停下推車。那男人的屍體後還有其他的東西。他不想直接用手電筒去照，只是瞪著沒被陰影藏住的物體。最靠近他的是一個臉朝向他，眼睛還張開的女人，長長的金髮黏在大量出血的頭顱上。

他從地上撿起整個蔬果區唯一剩下的一串過熟香蕉，然後將推車從兩具屍體之間推過。本來吱吱作響的輪子在浸過血後被潤滑了，反而不再發出噪音。好幾個黑色鞋印穿過對開雙門一路走向商店後頭的倉庫。他拿起手槍，拋下推車，推開對門，用手電筒掃過一排又一排的進貨卡板。完全沒看到任何食物。只有大箱大箱的衛生紙。他用手電筒照向水泥地，跟蹤帶血的鞋印直到它消失為止。在冷凍庫的巨型銀色鋼門前超過一百發以上的彈殼散落在地，好多好多血從冷凍庫底部滲出來。他握住把手，但是在拉開前的最後一秒及時阻止了自己。

他走回店裡，再度推起推車。店面後方充斥著肉類腐敗的臭味。他轉彎走進第一條貨架走道，推車撞上一個被砍成好幾段的小孩屍首，他的頭僅以一條肌腱連在脖子上。傑克轉身吐進一個空架子裡，他站著不斷嘔吐，直到所有的酸水都吐光為止。從星期四晚上，他看了不少可怕的畫面，可是沒有一個比得上眼前這個。他試著想將它放壓進腦袋的潛意識裡，不要再去想它，可是卻找不到可以把它壓進去的空位。他無法不去想。

他繼續走，檢查架子上是不是還有任何食物留下。然而除了一加侖的水和更多需要繞過的屍體外，什麼都沒看到。推車經過原本放冷凍食物但現在空無一物的玻璃櫃，然後轉進店裡的最後一條貨架走道，突然間手電筒的光照到一個靠著一箱一箱保久乳坐著的身影。那個十多歲的男孩眼睛睜著，很混濁，對突來的光也沒有反應。他的手壓著自己的肚子，彷彿想把什麼東西壓進去。

傑克放開推車，走到地上血跡的邊緣。他蹲下。男孩的呼吸很喘，帶著溼氣。他用舌頭舔著乾裂的嘴唇，說：「水。」

傑克走回推車，將它推過來，把手電筒和手槍放在一起。他撕掉封膜，轉開蓋子，把瓶口放在男孩嘴邊。他喝了好幾口。他很瘦，腿很長。穿著黑色牛仔褲和襯衫。他轉頭不喝了，吃力地吸了一口氣。

「你得送我去醫院。我撐不過今晚了。」男孩眼神渙散地望向黑暗。「媽媽在哪兒？」

「我不知道。」

傑克站起來。

「你要去哪裡？」

「我的家人還在外面等我。」

「不要丟下我，先生。」

「我很抱歉。可是我沒辦法幫你。」

「你有槍嗎？」

「什麼？」

「槍？」

「有。」

「你可以朝我開一槍。」

「不，我不行。」

「我不要自己繼續坐在黑暗裡。請朝我的頭開一槍。你可以幫我。我會很感激的。你不知道我有多痛。」

傑克提起水罐。

「不要丟下我，先生。」

他從推車拿起槍，插在腰帶後方。右手臂夾著香蕉，抓起手電筒，開始往店的大門走。

「你這個狗娘養的。」男孩在他身後大喊，痛哭失聲。

他們在小鎮外緣的加油站停下，可是所有的油槍都是乾的。傑克檢查機油，將髒得要死的擋風玻璃洗乾淨，然後他們往北出了鎮，駛進高地荒漠。夜色晴朗寒冷，除了偶爾出現的騾鹿外，公路上沒有任何其他東西。他們分食過熟的香蕉，太軟了，還散發出如糖果般的過甜發酵味。傑克沒吃，讓妻小分掉他的份。他們經過了兩個很小的村子，如果不是地圖上有標出來，根本不會注意到。小小的牧場農村，全被燒光了，什麼都沒剩。放眼望去，唯一的建築只有幾英里外的磨坊，海市蜃樓似地佇立在荒漠的地平線上。

傑克將車停在路邊，讓柯爾和娜歐蜜下去上廁所。孩子們下車後，蒂依說：「出了什麼事了？傑克？」

他看著她，慶幸車內頂燈剛好在這時候熄滅。

「沒什麼。我的意思是，你知道的，這些事還不夠煩嗎？」

「你在雜貨店裡看到什麼？」

他搖搖頭。

「傑克，我們要一起克服難關，不是嗎？」

「當然。但那不表示你需要知道會讓你做噩夢的東西。」他的眼睛慢慢適應了黑暗，他望著擋風玻璃外起伏的東方山丘。柯爾突然發出的響亮笑聲幾乎讓他嘴角泛起微笑。

蒂依說：「不要推開我。我需要分享你的經驗。我想知道你知道的一切，傑克。每一件事。因為這會讓我得到安慰，我真的很需要安慰。」

「這件事不會讓你覺得安慰。不會的。」

五英里後，傑克再度將車停下，說：「把望遠鏡給我。」

「怎麼了？爸爸？」

「有東西。」

「什麼？」

「燈光。大家坐好，千萬不要開門。」

「為什麼？」

「因為車內頂燈會亮。我不想讓任何人看到我們。」

「要是有人看到我們，會發生什麼事嗎？」

「不會有什麼好事的，柯爾。」

蒂依把望遠鏡遞給他，他將眼睛湊上去。一開始時，只有一片漆黑，他在想是不是對焦的旋鈕被移位了，可是燈光慢慢浮現，一長串散在馬路上，像一條掛在耶誕樹的小燈泡。

「你剛才嘆氣了。看到什麼？傑克？」

他轉動旋鈕，調整對焦。「車隊。」

「噢，天啊！」

「我覺得他們正在往反方向前進。」

「看得出來距離多遠嗎？」

「十英里吧？我不知道。」

「你確定他們不是朝我們開來嗎？」

他放下望遠鏡。「我們在這裡等一會兒。確定他們的行進方向。完全肯定以後再走。」

傑克透過擋風玻璃看著車隊慢慢移動，離他們愈來愈遠，孩子們在後座猜拳打發時間。不到一小時，車隊的燈光就已全部消失。

暖氣從通風口不斷吹入，可是冷風卻一直從塑膠布的裂縫灌進來。娜歐蜜和柯爾縮在睡袋裡，凍得不得了的兩個人抱在一起取暖。

接近午夜時，傑克從公路轉進一條泥土路，開亮車燈。

他們開了幾英里後，蒂依靠向中央扶手，然後又靠回自己的位子，輕輕從牙縫吐出一口只有她丈夫會注意到的嘆息。他們每次吵架都是這樣開場的。

「怎樣？」

「你看到燈亮起來了嗎？」她說。

「是的，我看到了。」

「你想這裡會有加油站嗎？」她的手對著擋風玻璃外面一揮，意指那一大片空曠且一盞燈都沒有的荒野。

「它才剛亮。」

「那表示我們沒油了，親愛的。」

「不，那表示我們還有油可以開二十五英里。指示燈亮了之後，油箱還有一小部分預備的汽油。」

即使是在黑暗中，他都可以感覺到她在瞪他。

她說：「我們還有十加侖的汽油在後車廂晃來晃去，我不懂為什麼你不——」

「蒂依，那是——」

「噢，我的天啊！如果你敢再說一次那是緊急備用品……」她轉頭瞪著塑膠布貼住的車窗，不再看他。傑克差一點就要停車轉身去安慰她，如果情況不是這個樣子，這是他完全不會考慮去做的事。就在此時，車燈掃過一棟黑漆漆的房子。

他轉進碎石車道，停在一部很舊的淺灰藍色載貨卡車旁。車燈照耀下，他看到一棟有白柱前廊的小磚房。

「不要停在這裡，傑克。」

「我們非進去看看不可。」

傑克和蒂依踏著石板小徑，爬上臺階，站在前廊敲門。他們等了好一會兒。門的另一邊沒有任何動靜。

「沒人在家。」傑克說。

「或者，也許是因為他們看到有人拿著散彈槍來敲門，現在正拿著武器等在門的另一頭呢！」

「你老是這麼悲觀。」他再次敲門，然後試著轉動門把。

傑克從小徑上撬起一大塊扁平的沙岩，從餐廳窗戶投擲進屋。他們伏在樹皮木屑上，用心聆聽。一大塊玻璃從窗框上掉下來。然後一片死寂。

「我先進去。」傑克說，「確定一下沒有危險。」

「要是有呢？」

他把手伸進口袋，掏出車鑰匙遞給她。「那麼你就趕快離開。」

站在餐廳，他注意到的第一件事是屋子裡很暖和。他走進廚房。冰箱輕輕地發出嗡鳴。他拉開冰箱的門。好多罐美奶滋和店裡買來的調味料，還有裝在玻璃罐的醃甜菜根，另外還有些包在錫箔紙裡的東西。他走向水槽，轉開水龍頭。水嘩啦嘩啦地流出來。

蒂依坐在越野車的駕駛座上，雙手握住方向盤。他打開前門，「屋裡沒人，可是有電。」

「有吃的嗎？」

「貯藏櫃裡有一些。」他對著後座說，「娜歐蜜和柯爾，我要你們兩個把所有的空塑膠牛奶桶搬到屋裡。」

傑克走到房子側院，將獵刀拔出刀鞘，割斷澆花水管的噴頭。他拉開管子，切下六英尺長的綠色橡膠水管。卡車的油箱在副駕駛座的車門後方，銀色的旋鈕有不少地方生鏽了，他用了很大的力氣才把它轉開。他已經把兩桶五加侖的汽油倒進越野車的油箱。紅色的空塑膠桶立在碎石車道上等著他將水管放進油箱的開口。水管碰到油箱底部，汽油嗆鼻的味道在他還沒用嘴去吸之前就已經從水管的這一頭竄出來。

他不小心吸到嘴裡的汽油油膩而刺鼻，感覺很髒。他吐出汽油，將水管插進第一個塑膠桶內。他的眼裡全是淚水，喉嚨被臭氣薰得好痛。

傑克走過八個排在廚房中島上的空水桶，彎腰用嘴接住流出的自來水很久很久。可是不管怎麼沖，喉嚨後頭的汽油味卻像一團陰魂不散的霧，始終揮之不去。

「成果如何？」蒂依問。

他站起來，覺得頭昏腦脹。「六加侖。」

「你還好吧？」

「我需要五十顆清新口氣的薄荷糖。」

娜歐蜜說：「過來看我們找到什麼，爸爸。」

他跟著他們走過木質地板，來到早餐檯後的一扇玻璃滑門。原本垂下的窗簾被拉了起來，他看到玻璃門外的月光下有塊修剪整齊、與荒漠為鄰的方正草坪。他看到廢棄的鞦韆架、海灘傘下的兩張戶外鐵椅，比較靠近房子的地方立著一個三十英尺高的天線桅杆。

起居室裡有一架看起來好像在地毯上同一個位子站了三十年的老舊電視，娜歐蜜不斷切換頻道，可是沒有一個電視臺有訊號。

傑克拿起電話筒貼在耳朵上。沒有撥號音。

他們在走廊上行走，硬木地板在腳下呻吟。

「為什麼我們不開燈？我不喜歡黑漆漆的。」

「因為燈光可能會引起不必要的注意，柯爾。」

「你是說壞人會看到嗎？」

「對。」

「你覺得這裡的人去哪裡了？」娜歐蜜問。

「我不知道。大概就像我們一樣，只是離開家避難。」

傑克將手電筒照進他們經過的第一個房間。是一間臥室，裡頭放了兩個獎座，床頭掛著一張少年騎在生氣的公牛上的大照片。

他們繼續走。

娜歐蜜說：「什麼東西好臭。」

傑克停下腳步。他也聞到了。強烈的味道甚至掩蓋過他鼻腔裡殘留的汽油味。

蒂依說：「孩子們，我們先回廚房。」

娜歐蜜說：「為什麼？」

「聽媽媽的話。」

「來吧！孩子們。傑克，小心點。」

「那是──」

「娜歐蜜，在你往下講之前，為你弟弟想一想。」

「為我想什麼？」

「來吧！柯爾。我們和媽媽一起走吧！」

傑克看著妻小退出走廊，然後轉身走向末端關上的房門，每走一步，味道就更濃。他握住門把，開門，一邊用嘴巴呼吸，一邊將手電筒的光射向裡頭。

一男一女躺在床上。滿頭白髮。七十多歲。他們的肚子上各放了一個裝有成年兒子照片的相框。老太太是被從額頭射殺的，老先生左手抱著她，右太陽穴有個洞，他的右手垂在床邊，手的正下方則躺著一把左輪槍。白色棉被浸滿了黑色的血。床頭掛著一大張由五十一張照片拼集出的畫。在微弱的燈光下，那五十一張照片看起來一模一樣。他走近一點。拼集畫的最後一張照片是床上老夫妻的近照，老先生穿著過大的燕尾服，整個人幾乎看不見；老太太則擠在一件小了好幾個尺寸的舊新娘禮服裡。傑克移動他的光束，慢慢往前，照片裡的人愈來愈年輕、結婚禮服也愈來愈合身、臉上的笑容也愈來愈燦爛，像對未來充滿了希望。

傑克走進廚房，看到蒂依和娜歐蜜站在中島旁，拿著玻璃杯在喝冰水。柯爾則在起居室裡轉著收不到任何節目的老電視頻道鈕。

「還好嗎？」蒂依問。

「他們不是被謀殺的。他先射殺她，然後再自殺。」

「我可以看一下嗎？」

「為什麼你會想看？娜歐蜜？」

她聳聳肩。「你看了啊！」

「我得確定我們待在這裡很安全。不然，我真希望我沒看到。」

傑克在書房找到無線電設備──低頻帶轉頻器、麥克風、耳機和功率表。房間裡沒有窗戶，所以他放心地打開檯燈，坐進一張喀吱作響的皮椅裡。業餘無線電執照就掛在儀器牆上，呼號「KE5UTN」，申請人朗諾·M·史柴拉爾。

「這些東西是做什麼的？」娜歐蜜問。

「就是所謂的『火腿族』的業餘無線電設備。」

「它可以做什麼？」

「讓你和世界上其他的人交談。」

「那不是和手機一樣嗎？」

蒂依說：「你知道怎麼使用嗎？」

「我高中時有朋友的爸爸也是個火腿族。我們會在晚上偷偷跑到地下室偷用他的無線電。不過這些儀器看起來複雜多了。」他打開收發器和麥克風，戴上耳機。收音機被固定在146.840兆赫上，他沒有動它，只是壓下麥克風。

「這裡是KE5UTN，呼叫146.840。」

他等了三十秒，一片靜寂。

他重複一次呼號，和對方電臺，然後抬頭看著蒂依。「這可能需要好一陣子。」

＊＊＊

半小時後，蒂依端著一杯咖啡進來，放在桌上。傑克沒拿下耳機，只是說：「謝謝，可是我不想再經過一次咖啡因戒斷了。」

「有回應嗎？」

「沒有。」

一小時後，仍然沒有反應，他終於伸出手準備調整接收器的頻道。

突然喇叭響起一個扁扁的聲音。

「KE5UTN？這裡是EI1456。」濃濃的愛爾蘭口音。

傑克壓下麥克風。「這裡是KE5UTN。請問你是誰？」

「朗諾？感謝上帝，我還以為你出事了呢！」

「我不是朗諾。我叫傑克．科爾克拉夫。」

「朗諾．史柴拉爾在哪兒？你用的是他的呼號。」

「我在他家，使用他的無線電設備。」

「朗諾在哪兒？兄弟？」

傑克聽到身後的門被打開，他轉頭，看到蒂依走進來。他說：「你是朗諾的朋友嗎？」

「從沒見過他。不過我們在無線電上聊天聊了九年了。」

傑克猶豫不知該如何開口。

「科爾克拉夫先生？我的調頻跑掉了嗎？」

「我很遺憾我得告訴你一個壞消息，可是朗諾和他太太死了。你可以告訴我你在哪兒嗎？」

耳機沉默了許久，最後聲音回來了，但變小很多。

「愛爾蘭的貝爾法斯特。你在朗諾家做什麼？」

「我們在三天前逃離在新墨西哥州阿布奎基的家，只是停在這裡看能不能找到什麼補給品。手機沒有訊號。市內電話也不通。也沒有網路。關於到底發生了什麼事，你有任何資訊可以告訴我嗎？已經演變成全球性的悲劇了嗎？」

「沒有，暴亂的區域只限於美國本土四十八州、南加拿大和北墨西哥。並沒有太多關於災區的報告，不過你聽說了新英格蘭的事了嗎？」

「我們什麼都不知道。」

「波士頓和紐約成了人間煉獄。一片混亂。死亡人數簡直是天文數字。有五、六段手機拍攝的影片流傳出來。街上堆滿屍體。人們爭先恐後逃出市區。宛如世界末日。你和你的家人還好嗎？」

「我們還活著。」

「還好你們住在人口密度比較低的地方。」

傑克抬頭看著蒂依，「你應該要出去外頭守著，以防有人追來。」

「娜歐蜜在前廊監看馬路。」

傑克壓下麥克風，「有人發現造成這些事的原因是什麼嗎？」

「嗯，是有一大堆天馬行空的理論，不過從昨天開始，大家都在談一個月前美洲所發生的一個特殊的大氣現象。」

「你是在說極光嗎？」

「對。那些名嘴說什麼這就像之前恐龍滅絕一樣，什麼極光誘發部分人口的潛在突變基因，終會導致大規模的死亡。不過我要提醒你，我只是在重複電視上的話。說不定他們全都在胡說。」

「所有看到極光的人都被感染了嗎？」

「我不知道。你看到了嗎？」

「沒有。我們一家……我們全睡著了。」

「運氣不錯，我猜算是吧？」

「聽著，離我最近的安全區域在哪兒？」

「加拿大南部。他們在那裡設立了難民營。你離邊界還有多遠？」

傑克覺得自己彷彿洩了氣，一下子縮小許多。「一千英里。還有什麼你可以告訴我們的嗎？我們在這裡收不到任何消息。」

「沒有什麼你聽了會開心的事。」

「我好像沒有請教你的大名。」

「麥修．豪森，叫我阿麥就好。」

「對你朋友的事，我很遺憾。」

「我也是。你們一家有幾個人？傑克？」

「四個。我有一個兒子、一個女兒。」

「今晚我上教堂做彌撒時，會為你們每個人點一支蠟燭。我知道我幫不上什麼忙，但希望上帝會幫助你們。」

＊＊＊

傑克拉開門，走上前廊。娜歐蜜坐在臺階上，他在她身邊坐下。夜涼如水。除了一隻蟋蟀孤單地在草地裡唱歌外，高地荒漠一點聲音都沒有。連風聲也沒有。

「媽媽說我們要走了。」

「對。我覺得我的在這裡並不安全。這房子只是——」

「沒關係的，反正我也不想睡在有死人的地方。」

「嗯，那也是原因之一。」

「我去他們的房間看過他們。」

「為什麼？」

她聳聳肩。「你覺得他們為什麼要自殺？因為正在發生的事嗎？」

「大概是。」

「太懦弱了。」

「史柴拉爾夫妻一起度過精采的一生，娜歐蜜。他們結婚很多很多年了。兩個人都老了。沒有辦法逃跑。我不知道我會不會說他們選擇那麼做叫懦弱。」

「你會那樣做嗎？」

「當然不會。我有你和柯爾——」

「如果我們出了什麼事，只剩下你呢？或者只剩下你和媽媽呢？」

他在黑暗中看著女兒。「我想都不願意去想這個可能性。」

蒂依和孩子們把水罐搬上路華，傑克將他從卡車吸出來的六加侖汽油倒進他們的油箱裡。凌晨三點，他們再度上路。車子往北開，遠光燈像火焰一樣驅走不斷越過馬路的麋鹿和羚羊。這裡已經好幾個星期，甚至一個多月沒下雨了。他們經過之後揚起的灰塵在月光中久久不散，彷彿沒有落地的一天。

他們越過一連串的高地，在凌晨四點進入懷俄明的州界。泥土路又變回柏油路。蒂依打開醃甜菜根的玻璃罐，餵傑克吃了一塊，然後把罐子遞給後座。

「這是什麼？」娜歐蜜問。

「甜菜根。吃一塊試試看。」

她聞了聞玻璃罐，皺起眉頭。「味道很噁心，媽。」

「你不餓嗎？」

「餓，可是這就好像在『一個星期不吃』和『噁心到吃了想一頭撞死的食物』中選擇。」

「柯爾呢？」

「他睡著了。」

傑克一直望著東方的天空，當他看到第一道光時，大大地鬆了一口氣。

蒂依一定也注意到了，因為她問，「我們要停在哪兒？」

「岩泉城的另一邊。」

「我們得再經過另一個城市？」

「最後一個，之後要過很久才會再遇到。」傑克回頭看，然後說：「你看。」柯爾枕在娜歐蜜的大腿上睡覺，姊姊靠在車門上，眼睛閉上，手指撫摸著弟弟的頭髮。

越野車突然劇烈震動了起來。

傑克看著儀表板。

「機油不夠。」他說，「引擎太熱了。」

「還有多少？」

「兩夸脫。不過我還不想現在就用。」

黎明的光照在荒涼的鄉間。他們看到東方七十英里內全是荒漠，沒有樹、沒有水、不能住人。

傑克關掉車燈。

他們悄悄駛過岩泉城。整座城沒有電。街道上空盪盪的。外面看不到一個人。傑克習慣在沒車的岔路減慢速度，呆呆望著不亮的紅綠燈好一會兒。他搖下車窗，聽著越野車的刺耳引擎聲。熄火。

令人不安的死寂從外頭湧入車內，和尋常甦醒中市區的寧靜早晨大不相同。

「所有的人都離開了。」他說。

對街一家超級市場的自動門像是被一輛卡車直接駛過那樣地被夷平。傑克打開車門，下車站在馬路上，跪下來，檢查路華的底盤。

光線太暗，什麼都看不到，只看到柏油路上的一小灘機油，反映著清晨天空，每滴下新的一滴就晃動一下。

出了岩泉城，往北的公路直直射入高地荒漠。開了七十英里後，本來在東北部的群山轉移到東部。太陽從它們後頭升起，照得柏油路面閃閃發亮。

「我們應該找地方停下來。」蒂依說：「已經快七點了。」

「等你看到有樹的時候，告訴我一聲。」

他們繼續開，傑克心想，這條路真是美國西部最精髓的代表。長長的遠景。空曠。荒漠在前，高山在後。放眼望去，既看得到山艾樹，也看得到皚皚白雪。

蒂依突然倒抽一口氣，傑克的心不禁沉了下去，就在他要開口叫她拿望遠鏡時，才發現他根本不需要。明亮的陽光灑在東方二十英里外一萬三千英尺高的花崗岩壁上，同時也將往他們駛來的車隊的金屬車身和玻璃車窗照得一清二楚。

蒂依從手套箱拿出望遠鏡，往荒漠掃視。

「還有多遠？」

「五或十英里，我不知道。」

傑克踩下剎車，越野車減慢速度，快完全停住時，他轉動方向盤，將車子從公路上轉進荒漠。

「你在幹什麼？傑克？」

「你沒看到我在往哪裡開嗎？」

右手邊幾英里處佇立著一個兩百英尺高的孤丘。

「你發瘋了嗎？」

「我們現在油箱只剩不到四分之一桶，絕對不夠們開回岩泉城。」

「所以你要載我們藏到孤丘後面。」

「完全正確。」

「那你就開快一點。」

「我的天啊！你脾氣真壞。我開這麼慢是因為這樣車子才不會揚起大到足以讓他們追蹤的灰塵。」

娜歐蜜抬起原本靠在車門上的頭。「為什麼突然變得這麼顛簸？」

「我們要繞路，小天使。」

「為什麼？」

「前面有車隊。」傑克避過一棟山艾樹。「我們揚起的灰塵大不大？」

蒂依推開車門，傾身探出去，往後看，「不大。」

擋風玻璃前的孤丘愈來愈大。多層的沉積岩上頂著一大片平坦的堅硬岩石。輪胎簡直像開在破碎的水泥塊上，震得越野車激烈搖晃。

「車子過熱了。」傑克說。他不斷望向他這邊的照後鏡，想看看公路，不斷忘記這個鏡子早在兩天前就被射破了。

「他們在哪裡？」娜歐蜜問。

「從我們這裡看不見他們。」蒂依回答。「希望從他們也看不到我們。」

車子駛進孤丘的陰影內，傑克沿著底部外圍開，直到來到它的背後。早上的太陽將孤丘的沉積岩染上淡淡的紅色。

他將排檔桿推進P檔，熄火。

「望遠鏡。」

蒂依遞給他。他推開車門，跳下荒漠堅硬的地面，跑上孤丘的矮坡。十步之後，他的四肢就已經感覺到熱浪；二十步之後，前額就全是汗珠。

坡度愈來愈陡，他目測孤丘的垂直高度至少有五十英尺，他翻越懸崖邊緣，就在快喘不過氣時，終於找到一個可以看到公路的角度。

他雙膝跪地，整個人貼在地面，用手肘爬行。荒漠前一晚吸收的寒氣未散，感覺很冰涼。他將望遠鏡舉到眼前，對準公路調整焦距，慢慢地順著它往北看。

他的身後傳來腳步聲。

蒂依喘著氣在他身旁趴下，他聞到她已經很微弱的洗髮精香味。

「你看到他們了嗎？」她問。

他看到了。一輛有十八個輪胎的大聯結車領著車隊，將陣陣黑煙排入空中，後頭跟著一長串轎車、卡車，綿延一英里以上。五百個引擎橫越荒漠所發出的聲音如此怪異，像是從異次元傳來的。

「傑克？」

「對，我看到他們了。」

「你看得到我們留下的痕跡嗎？」

他放下望遠鏡，看向應該是他們迴轉下荒漠的地方，再將望遠鏡舉到眼前。他看到的第一樣東西居然是兩隻動也不動、昂著頭、瞪著噪音方向的羚羊。

他調整對焦鈕，找到他們的輪胎痕。

「我看到我們的輪胎印了，不過沒有揚起任何灰塵。」

車隊正駛過他們離開公路、轉下荒漠的地點。

傑克說：「他們沒有停下來。」

他放下望遠鏡。

「傑克，等汽油用完了，我們該怎麼辦？」

「我們會在汽油用完前就找到新的油。」

「你說過接下來很久都不會有城市了——」

「得靠一點運氣了。」

「要是我們沒有——」

「蒂依，你想要我說什麼？我不知道接下來會——」

「你看！」蒂依一把抓住望遠鏡，要他轉頭看兩輛卡車在荒漠上飛馳揚起的灰塵。

傑克彈簧似地從孤丘上退下，不理會蒂依在背後的叫喚，一路跑回路華越野車。

他拉開後車廂，取出散彈槍，很慶幸自己昨天下午在汽車旅館裡換過彈藥，不過這是不是表示他有八發子彈可用？他不確定。

「爸爸？」娜歐蜜說。

「柯爾醒了嗎？」

「還沒。」

「叫醒他。」

「有人追來了嗎？」

「對。」

在蒂依上氣不接下氣地抵達時，他正拉開駕駛座的車門，先從座椅上拿出格洛克半自動手槍，再從中央扶手拿出一把十二口徑子彈。

「傑克，我們應該上車開走。讓他們追。」

他把子彈塞進口袋。

柯爾還在說夢話，「我好餓。」

傑克心想，這就是那種一步走錯就萬劫不復的決斷時刻，要是他做錯了，每個人都會死。他的兒子、女兒、太太，如果他運氣夠好，連他都會一起死。

「傑克。」

他的視線越過蒂依的頭，望向孤丘在荒漠的基座。

「娜歐蜜，你看到那個在五十碼外的山丘上的大圓石了嗎？」

「在哪兒？」

傑克一拳打穿塑膠布，將它一把拉下窗框。「那裡。」

「傑克，不要。」

「帶你弟弟爬上去，躲在那塊岩石後。不管發生什麼事，不管你看到什麼、聽到什麼，都不要動，也不要出聲，直到我們去那裡接你們。」

「要是你們一直不來呢？」

「不會的。我們一定會去。」

「我好餓。」柯爾大叫，他眼睛半閉，還沒完全從夢裡醒來。

「和你姊姊一起跑，夥伴。等你回來，我們就吃東西。」

「現在，馬上出發。」

「拉他爬上去，娜歐蜜，要緊緊看著他。」他轉向蒂依，她的眼睛裡全是淚水。

「你確定這樣做好嗎？傑克？」

「確定。」真是個瞞天大謊。

娜歐蜜把柯爾拖下車，可是小男孩躺在地上哭，不肯起來。

傑克蹲下。

「看著我，兒子。」他把男孩的臉捧在手上。

「我好餓。」

他打了柯爾一個耳光。

男孩馬上嚇醒，睜大眼睛瞪著爸爸，淚流滿面。

「閉嘴。立刻跟著姊姊走。不然你他媽的會害死我們所有的人。」他從沒對著兒子說過髒話，從來沒有打過他。

柯爾點點頭。

娜歐蜜幫助弟弟站起來，傑克看著他們倆手牽手一起跑上斜坡。傑克轉頭看著太太。「走吧！」

他們往南跑了六、七十碼，然後傑克將蒂依拉到一塊旅行車大小的岩石後。它應該是幾個世紀前，從孤丘上分裂出來的。

這時，傑克已經聽到引擎的咆哮聲。

蒂依很顯然在發抖。

一輛吉普車從孤丘後轉出來，司機換成低檔行駛，揚起滿天灰塵。

「另一輛卡車在哪兒？傑克？」他轉頭看向路華，沒看到第二輛卡車的蹤影。

「你待在這。」

「你要去哪裡？」

吉普車朝他們的方向加速，照這樣子下去，它很快就會越過圓石二、三十尺。

他站起來。「拿去！」把半自動手槍遞給她。「絕對不要離開這裡。」

傑克滑下斜坡，從岩石後站出來，開始跑。吉普車上有三個男人，一個站在後座，一手握住橫桿，一手拿著步槍，長長的黑髮被風吹到腦後。傑克滑向地面，停住，將搶托抵住肩膀，在他們看到他之前開槍。駕駛的臉上出現好幾個洞開始噴血，長髮男子則往後翻從車上掉進山艾樹裡。傑克退出彈殼，再開一槍，吉普車在此時經過他身邊，在同一瞬間，他看到副駕駛座上閃過火藥爆炸的亮光，他的鉛彈也剛好將第三個人從沒門的吉普車上射下來。吉普車轉了一個大彎，朝著荒漠加速而去，駕駛的頭還在方向盤上搖搖晃晃，點個不停。

蒂依大喊他的名字，他轉身，左肩傳來一陣灼熱劇痛，立刻感到噁心欲嘔。一輛福特貨車全力加速，揚起滿天風沙，在孤丘的北邊大迴轉。傑克跑回蒂依站著的斜坡，在她身邊伏下。

「你怎麼有辦法這麼厲害？」她問。

「我也不知道。」

他從口袋掏出兩顆子彈裝進彈匣裡，上膛。

福特貨車在路華越野車旁停下。兩個女人從車斗跳下。兩個男人從車廂爬出來。

「拿去。」他把散彈槍遞給蒂依，取回半自動手槍。

「你在流血。」

「我知道。可是——」

「不，我是說，你真的流了不少血。」

「朝山跑，像有鬼在追你那麼快。他們追你時，躺在地上，等他們靠近，開槍。扣扳機、上膛、扣扳機。上膛時要用力。它很堅固，你不會弄壞它的。」

「傑克。」她開始哭了起來。

「他們會殺死我們的孩子。」

她站起來，衝下斜坡，跑進荒漠。

他低頭望著手中的格洛克手槍，感覺如此小巧，無法給他和十二口徑散彈槍同樣的安全感。

然後他跑過斜坡，感覺不到自己的腿，也感覺不到肩膀裡的子彈，只感覺到心臟貼著胸膛噗通噗通地跳。他看到兩個人追在蒂依後頭，跑進荒漠。一個拿著大型左輪槍的男人跟在一個女人後頭爬上山，走向他的孩子們躲藏的圓石。

那男人停下腳步，看著傑克，舉起槍。

他們兩個各自開了六槍，卻沒有人擊中對方。

傑克的點四五手槍滑套鎖回去，男人則努力地想打開左輪槍的旋轉彈膛，而那女人就快走到圓石了。她大約三十歲，金髮，手握一把銳利的斧頭。娜歐蜜和柯爾躲在圓石後緊緊相擁，傑克距離他們二十碼，正在全力衝刺。

散彈槍的爆炸聲響徹荒漠。

女人消失在圓石另一邊，傑克對著女兒大喊，叫她快跑。這時散彈槍的爆炸聲又響了。

金髮女人從他的孩子們後頭冒出來，高舉斧頭。

他全速衝向她，撞得她猛然跌倒在地。他一把抓起手邊的第一塊大石頭，在什麼都還來不及想之前，高舉石頭用力捶向女人的頭。他打了七次，把她的頭骨都打裂了。

傑克反手將她的血從眼睛擦掉，拿起手槍，跑向孩子。

娜歐蜜歇斯底里地啜泣，緊緊將弟弟抱在懷裡，試圖保護柯爾。

女人躺在地面，還在抽搐。

下面的荒漠中，有人正一邊呻吟，一邊拖著身子爬行。

喔，拜託千萬不要是蒂依。

傑克拉開滑套，拿著沒有子彈的半自動手槍，從圓石後走出來。站在下坡十英尺處的男人還在把子彈填進左輪槍的旋轉彈膛。他抬起頭看到傑克眼睛睜得好大，彷彿他在偷東西或做什麼更糟的壞事時被逮個正著。傑克用兩隻手抓緊手槍對著他，可是手不禁抖個不停。

男人的年齡和那個金髮女人差不多。傑克還可以聽到她在圓石後哀鳴。他的臉被嚴重曬傷，全身發臭。嘴唇乾裂。穿著一件髒兮兮的卡其短褲和一件全是裂縫、破洞、汗漬和血跡的灰藍色長袖T恤。

「把槍扔掉。」

左輪槍掉到地面。

「去那邊。」傑克下令，要他往上坡走，離開左輪。「坐下。」

男人靠著圓石坐下，瞇起眼睛看著太陽。

「娜歐蜜，你和柯爾過來。」他轉頭對孩子們說，看到一個小小的人影在荒漠中往他們的方向走。是蒂依！在靜默的早晨，他可以聽到那輛朝山駛去的吉普車持續在變小的引擎聲。

男人瞪著傑克。「讓我幫助海瑟。」

娜歐蜜繞過圓石，一邊走，一邊掙扎攙扶還在她懷裡嗚咽的柯爾。

「讓他坐進車裡，娜歐蜜。」

「媽媽沒事吧？」

「沒事。」

「我要見海瑟。」

娜歐蜜經過男人身邊時看了她一眼。「為什麼？她死了。就像你待會兒也會死一樣。」

男人大叫女人的名字，當海瑟沒有回應時，他的臉垮了下來，埋進自己的手掌裡痛哭。

傑克的左肩失去了知覺。他的頭好昏，於是他慢慢蹲下，讓半自動手槍的槍口和男人的胸膛平行。

「看著我。」

男人不肯。

「看著我，不然我現在就殺了你。」

他抬起頭，抹抹臉。他的臉上覆蓋一片紅色的塵土，眼淚流過的地方劃出了一條一條的白痕。

「你叫什麼名字？」

「戴夫。」

「你從哪兒來的？戴夫？」

「明尼蘇達州伊登普雷。」

「你是做什麼的？」

他想了好久才回答，彷彿在追憶幾輩子之前的事。

「我是信用合作社的理財專員。」

「而在今天早上，你特地追到荒漠來，就為了殺我的孩子們。」

「你不明白。」

「你說的真他媽的對，我是不明白。不過如果你現在解釋讓我明白，你就不會死。」

「我可以先看看她嗎？」

「不行。」

戴夫瞪著傑克。他的眼中充滿恨意，但很快就消失了。

「海瑟和我幾個星期前和朋友們一起到謝里敦附近爬山。在比格霍恩北邊。我們在大堤頓湖紮營。只是一個海拔幾百英尺的小山丘。第一天晚上，我們準備了好多吃的：通心粉、麵包、乳酪、好幾瓶很棒的酒。睡覺前還吸了菸斗。半夜時，天空的光亮得讓我醒來。我叫醒海瑟，兩個人一起爬出帳篷去看看出了什麼事。我們也試著想叫醒布萊德和珍妮，可是他們兩個不肯起來。我們躺在草地上。海瑟和我，靜靜看著天空。」

「你看到了什麼？」傑克問。「是那個光讓你變成這樣的嗎？」

男人的眼睛裡全是淚水。「你曾經看過無瑕的美麗嗎？」

「你發瘋了。」

「我看了四十五分鐘的完美，它改變了我的生命。」

「你在講什麼？」

「上帝。」

「你看到上帝？」

「我們全都看到了。」

「在那個光裡頭？」

「他在那個光裡。」

「為什麼你恨我？」

「因為你沒看到。」

「吉普車上的那些人是你朋友嗎？」傑克問，雖然他已經知道答案。戴夫搖搖頭，傑克感到一陣酸意從胃湧上喉嚨。「你謀殺了他們。」

戴夫微笑，露出一個拍廣告般開心的奇詭笑容，突然間站起來狂奔，他跑了四步，傑克才想到應該有所反應。

鉛彈射中戴夫的胸膛，他倒向地面。蒂依拿著還在冒煙的散彈槍，一邊指著想要坐起來的戴夫，一邊上膛。槍支像一隻不高興的鳥兒，咯吱咯吱地發出很大的噪音。沒有多久，他倒回地面，在大量失血後休克，一點聲音都沒有了。

傑克掙扎地站起來，向蒂依走去。

「你傷得很重。」她說。

他只是點點頭，兩個人一起走下斜坡，往路華越野車和F-150卡車的方向前進。

「我要看看你的肩膀。你覺得子彈是還卡在肌肉裡頭，還是——」

「還在裡頭。」

他們走到汽車旁。

蒂依說：「真希望我們可以換開這輛卡車。至少它的窗戶都是好的。」

「我們至少可以利用它的汽油。」

「你還留著史柴拉爾家的水管啊？」

「對。」

在路華的後座，娜歐蜜把弟弟抱在懷裡輕輕搖晃，柔聲細語安慰他。

傑克用右手拉開滿是灰塵、黑底銀邊的F-150卡車副駕駛座，坐進車廂裡。全是防曬油的味道。地板上全是垃圾，空的鋁箱、空的塑膠牛奶桶，還有好幾百發子彈殼。

他把鑰匙拉了下來。

他下了車，轉開油箱旋鈕。

「裡頭有多少？」蒂依問。

「我沒看燃料表。」他接過她手裡的水管，將它插進洞裡。「塑膠桶呢？」

「在這裡。」

他可以感覺到一股寒意慢慢流下他左大腿內側，他不禁想，自己不知道損失了多少血。

「你還好嗎？傑克？」

「還好，我只是……有點頭昏。」

「讓我來做吧？」

「我快弄好了。你把塑膠桶瓶蓋轉開就好。」

「已經開了。」

「噢。」

就在傑克拿起水管正要吸時，卡車裡傳來一個聲音穿透了他腦袋裡的一片混沌。

「八十五號，請回答。」

傑克找到手套箱裡的對講機。

「八十五號、八十四號，現在六十八號到七十一號正在往你們的方向前進，如果你們已經在回來的路上，告訴我們一聲。完畢。」

傑克壓下說話鈕。「我們已經上路了。」

另一個聲音切入，痛苦呻吟，氣若游絲：「我是八十四號……噢，天啊！請求支援……拜託。」

「我聽不見你說什麼。完畢。」

傑克丟下對講機，爬下車。「那是吉普車的司機。我們趕快走。」

「不拿汽油嗎？」

「沒時間了。」

他跌跌撞撞地跑向越野車，拉開車門，坐進駕駛座。

「我們需要油，傑克。我們剩不到四分之一桶——」

「他們派了另外四輛車過來。等我們死了，也用不著汽油了。」

她跑回福特，一把抓起水管和空塑膠桶，扔進路華後車廂，用力關上車背。

「我來開車。」她說。

「為什麼？」

「你沒辦法集中注意力。」

她說得對。他的左腳鞋子簡直是浸在血裡。他爬到副駕駛座，蒂依上車，關門，發動引擎。

「娜歐蜜，扣上你和柯爾的安全帶——」

「很快走。」傑克大叫。

他們開始越過荒漠，傑克靠在車門上，試著集中注意力觀察經過的地形，而不去想肩膀上灼熱的那把火。他的肩膀痛得不得了，簡直到無法承受的地步。他一定不小心呻吟出聲了，不然娜歐蜜不會突然問他，「怎麼了？爸爸？」

「我沒事，寶貝。」

他閉上雙眼，覺得頭好昏。他心神恍惚了好一會兒，直到聽到蒂依的聲音。他坐了起來。眼冒金星。

「望遠鏡。」她說，「你能不能看一下公路？」

她把望遠鏡放在他的大腿上，他拿起來湊上眼睛，花了好一會兒的時間才從副駕駛座的窗戶看到公路並對焦。

反射在許多面擋風玻璃上的陽光實在明顯。

「他們來了。」他說，「不過還有一段距離。大概兩英里吧？」

蒂依將車駛上公路的瞬間荒漠的可怕顛簸感也同時消失。

「不要想省汽油慢慢開。」他說，「油門踩到底，趕快載我們逃離這裡。」

他們加速往北，引擎的聲音聽起來粗糙響亮。傑克克制住自己想靠過去看燃料表的衝動，因為太多不必要的移動會讓他想吐。

「汽油還剩多少？」他還是問了。

「四分之一少一點。」

「現在的時速呢？」

「八十五英里。」

傑克睜開眼睛，瞪著擋風玻璃外，西方盡是空曠的荒漠，東方則是綿延的山丘。他的情緒激動，明白他們在逃了五天之後已經來到終點。他們就要在公路上用盡最後一滴汽油，陷在什麼都沒有的荒漠，然後四輛卡車即將出現殺了他們全家。他的眼睛裡蓄滿淚水，他轉身，小心不讓蒂依發現，將眼淚眨落。

煙的味道薰得傑克將身子從車門上移開。

「我們在哪裡？」

「派恩戴爾鎮。」

迷你西部小鎮被大火燒過，老舊的大街上全是燒得只剩骨架的卡車和早被搶光的商店的殘骸。小鎮中央，一排戴著牛仔帽的屍體在人行道上坐成一排，彷彿裝飾石像，全黑，而且還在冒煙。

「燃料警示燈剛剛亮了。」蒂依說。

「差不多是該亮了。」

「你還好嗎？」

「還好。」

「你要用力壓住肩膀，傑克，不然傷口的血不會停的。」

車子終於駛出愈來愈淡的煙霧，蒂依重踩油門。前方的早晨天空是萬里無雲的蔚藍。

傑克坐直身體，回頭望向後座，但是後窗被翻飛的塑膠布矇住，什麼都看不到。

「我不喜歡看不到後頭的狀況。」他說，「你停一下。」

出了派恩戴爾鎮三英里後，蒂依將車停在路肩，傑克踉蹌走下車。在他還沒將望遠鏡放上眼睛之前，他就聽到了追來的引擎聲。油門被踩到底，彷彿就也承受不住的引擎咆哮聲。

他跳回車上，「趕快走！」蒂依打入D擋，在傑克關門前時速已經開到四十英里。

「還差多遠？」

「我沒看。你把散彈槍放在哪兒？」

「後車廂地板上。」

「把槍拿給爸爸，娜歐蜜。」

傑克從女兒手上接過散彈槍，在隆隆的引擎聲中大吼，「你開了幾槍？蒂依？」

「我不知道。四或五槍吧？我沒有算。」

傑克拉開中央扶手的蓋子，抓起幾顆子彈，開始填裝，每個動作都牽引到肩膀的三角肌，讓他痛得要死。

「娜歐蜜，爬到後車廂裡，找個洞往外看。看看你能不能看到有什東西追上來。」

他伸手到座位下，拉出地圖，翻到懷俄明州那一頁，找到從岩泉城往北走到派恩戴爾鎮的路。

「前面有條岔路，蒂依。三五二號公路。轉出去。」

「那會通到哪裡？」

「會通到風河鎮。二十英里後就沒路了。」

「喔，天啊！我看到卡車了。」

「還有多遠？娜歐蜜？」

「我不知道。看起來還很遠，不過看得見。而且愈來愈近。」

「為什麼你要我轉進死路呢？傑克？」

「因為開在這條又長又寬的公路上，他們可以清楚地看到我們，然後趕上我們。開快一點！」

「我已經開到九十了。」

「那就開到一百。如果在轉進岔路前被抓到，我們就死定了。」

「我想我看到岔路了。」

他們對著路標尖叫。

「你要錯過它了！」

她踩下剎車，在時速減到三十五英里時轉出去，路華甩尾轉進岔路，只有兩個輪子貼在地面行駛了好幾秒。

「很好。」傑克說。

透過他那面塑膠布上拳頭大的破洞，他回頭瞪著公路，看到四輛汽車閃電般往他們的方向開來，相距可能不到半英里。

「你看到他們了嗎？」蒂依問。

「對。儘快開上山。」

公路在進入山區前直直開過最後一點荒漠地帶，傑克可以聞到引擎的熱氣和飛馳經過的山艾樹的味道。

他們以時速一百英里穿越只有三棟建築的無人小鎮。兩家荒廢的商店、一個被棄置的郵局。距離山丘和荒漠的接壤處不到一英里了，他們的車開始爬坡。

「燃料表怎樣了？蒂依？」

「指針幾乎到底了。」

公路轉了個彎，繞過山丘，經過一座白楊樹林，他們沿著河邊駛進峽谷，帶著松香的冷冽空氣穿過塑膠布鑽進車子裡。

傑克說：「開始找個地方開下去。」

「這裡的樹太密了。」

「娜歐蜜，你可以再爬到後車廂嗎？當我們開下公路時，一定要確定看不到我們。」

從樹稍灑下的陽光亮得讓人睜不開眼。

傑克又靠向車門，感覺到蒂依握住他的手。

「跟我說話，傑克。」

「我不想說話。」

「因為很痛嗎？」

「對。」

「我還沒看到他們追來。」娜歐蜜大叫。

「柯爾還好嗎？」他問。

「他睡著了。簡直叫人不敢相信。」

他們駛進一大片草原，結霜的綠草在陽光下閃爍，公路變直往前延伸四分之一英里。

在他們進入草地另一頭的樹林時，娜歐蜜大叫：「他們現在才要進入草原。」

「幾輛車？親愛的？」

「四輛。」

「你感覺到了嗎？傑克？」

「什麼？」

「引擎發出劈啪一聲。」

他掙扎著坐直身體。

彎腰向前。

吐在地板上。

「傑克，你的嘔吐物裡有血嗎？」

「我不知道。」

他坐正，強迫自己將注意力集中在窗外的樹，努力不去理會喉嚨後頭的胃酸灼熱感。

當他們到達另一個急轉彎時，傑克看到松樹間有個空隙。它稱不上是路，連小徑都不是，只是樹和樹之間的間隔。

「那裡，蒂依。看到了嗎？」

「哪裡？」

「那裡。慢一點。從那個大圓石左邊下去。在這裡開下公路。」

蒂依轉動方向盤，駛進樹林裡。

劇烈的震動將傑克甩向儀表板，車子底盤不知撞上什麼，當他躺回座位時，鼻子忽然冒出血來。蒂依將路華駛到五、六棵巨大黃松後頭，藏在濃密的樹蔭裡。

她熄掉引擎，傑克制推開車門，踉踉蹌蹌地走出去。

他們穿過森林的痕跡很明顯，不但撞斷許多小樹枝，也在草地上留下兩條灰色的輪胎印。

四輛卡車疾馳過兩百碼外的樹林。傑克靜靜聽著他們的引擎咆哮而過。十秒鐘後，噪音逐漸遠去，愈來愈小，愈來愈小，傑克不自覺地屏住呼吸，肩膀傳來規律的抽痛，彷彿是另一顆心臟。

蒂依走過來。

「他們一定在想我們還在他們之前呢？還是轉進別的地方了？」他說：「如果他們夠聰明，就會兩輛車繼續追進峽谷，另外兩輛等在大草原入口。」

「可是他們不曉得我們沒油了。」蒂依說，「如果他們以為我們迴轉了，也許他們會再一路追回主要公路上。」

終於一點引擎聲都聽不見了。

娜歐蜜出聲叫傑克。

他轉身。「噓……」

「你覺得他們走了嗎？」蒂依輕聲問。

「沒有。他們正停下來想看看能不能聽到我們的引擎聲。去把槍拿來。」

他們離開車走進森林裡，但傑克走不到五十碼就倒在一片柔軟的松針上。

「蒂依……」傑克呢喃。

「什麼事？」

「你要留意細聽有沒有人追來，好嗎？我得休息一下。」

「好的。」她的手指梳過他的頭髮。「你閉上眼睛就是了。」

傑克轉向右側，他試著想聽聽看有沒有靠近的腳步聲，可是他意識模糊，無法專心。太陽慢慢移過松林，光影在他臉上追逐嬉戲，終於，他沉沉睡去。

傑克醒來時，日正當中，他聽到蒂依在講故事給柯爾聽。他坐起來，天旋地轉，低頭看見一堆松針被他的血黏在一起。他覺得忽冷忽熱。蒂依很快趕來，扶著他的背，輕輕引導他躺回地上。

他睜開眼睛，試著坐起來，然後又想了一下，決定繼續躺著。蒂依坐在他身旁。太陽從頭頂消失了。從松樹的縫隙往上看，被切割成一小片一小片的天空呈現下午特有的豐厚湛藍。

「嗨，你好嗎？」她說。

「現在幾點了？」

「四點十五分。你睡了一整天。」

「孩子們呢？」

「在溪邊玩。」

「沒人追來？」

「沒人追來。我猜，你一定渴了。」她轉開塑膠牛奶桶的瓶蓋，湊到他嘴邊。冰涼清澈的水滑入食道，刺痛了他的喉嚨，他才發現自己真是渴得不得了。當他喝完後，抬起頭來看著他的妻子。

「我的情況如何？醫師？」

她搖搖頭。「我止住血了，可是你的狀況不太理想，科爾克拉夫先生。」她將手伸向急救箱，打開一瓶止痛藥。「來，嘴巴張開。」她丟了一大把藥丸在傑克的舌頭上，提起塑膠牛奶桶倒水幫他沖下去。「我必須將那顆子彈拿出來，而且我得要在天色變暗前做完這件事。」

「該死。」

「傑克，在這種狀況下，你應該慶幸和你陷在一起的人是我。」

「還有比太太兼醫師更糟的人選嗎？」

「確實。」

「你是個內科醫師。上一次你拿解剖刀是多久之前的事？醫學院時代嗎？我是說，你連工具都沒有——」

「真的嗎？傑克？你想要我把所有即將發生的血淋淋細節告訴你？還是你想要把頭轉開，讓我專心做我的事？」

「你真的行嗎？」

她捏捏他的手。「我可以。而且我非做不可，不然你一定會感染，然後死掉。」

傑克仰躺著，他轉頭不看左肩，真希望自己能昏迷不醒。

「傑克，拜託你儘量不要動。」

蒂依割開他的襯衫。

「你在用我的瑞士刀嗎？」

「沒錯！」

「不用先消毒嗎？」

「恐怕你的保險計畫並不包括消毒手續。」

「真幽默。說真的——」

「我已經消毒過了。」

「用什麼消毒？」

「一根火柴和一片碘酒棉花。現在我要先清潔你的傷口。」她說。

她擦掉子彈入口處的凝固血漬和殘留火藥，感覺像一塊冰壓在著火的傷口上。

「看起來如何？」他問。

「像有人開槍射你那樣。」

「你看得出子彈埋得多深嗎？」

「請讓我專心。」

他感到肩膀裡有東西在移動。很痛，但比他想像中的又好一點。

蒂依罵了一聲：「幹！」

「真是個有禮貌的醫生。怎麼了？」

「我以為或許可以很輕鬆地完成。直接用這支塑膠夾子就把它拉出來。」

「聽起來是個很不錯的計畫。為什麼無法執行？」

「我碰不到它。」

「幹！你要切開我的肉？」傑克聽到剪刀固定的聲音。「大剪刀？小剪刀？」

「想點別的事。」

「像什麼？」

「像待會兒晚餐要吃什麼。」

他真的想了，大概持續了四秒鐘。想著路華後車廂裡裝著醃甜菜根的玻璃罐，他不禁想哭出聲來。所有的一切。躺在樹林裡，痛得要死，沒有食物，太陽就要下山了，沒有地方可以去，沒有交通工具……然後刀子插進他的肩膀，一陣劇痛。

「幹！老天──」

「不要動。」

她專注地往下割，傑克握緊拳頭，忍住想吐的衝動。他試著想問她看到子彈了嗎？她可以碰到它了嗎？絕望地想知道這場酷刑也許就快結束了。天啊！真是痛！可是他的眼睛翻白，什麼都來不及說，他便陷入慈悲的黑暗之中了。

當他醒來時，戴著頭燈的蒂依低頭俯視他。柯爾和娜歐蜜在她身後伸頭探看。她捏著還連著白線的針，對他微笑，看起來像是累壞了。

「你昏倒了。你這個大嬰兒。」

他說：「感謝上天讓我昏倒。請告訴我你已經把它拿出來了。」

娜歐蜜用手指捏著前頭爆開的蕈狀鉛彈。

「我要把它串成項鏈，讓你掛在脖子上。」

「你和我真是心有靈犀啊！親愛的。」

蒂依繼續幫他縫合，他忍不住呻吟。終於，她在尾端打了個結。

「我知道很痛，可是我得繼續做完。」她又開始縫合另一處。「除了切開肌肉，沒有別的辦法可以把它拿出來。你流了兩品脫或三品脫左右的血。要是再多一點，你就有生命危險了。」

那天夜裡，他一直醒過來，即使躺在他的睡袋裡，還是凍得發抖。透過松樹，可以看到星星在天空閃爍。他一邊發燒，一邊做噩夢，夢到自己爬向小河，渴得要死，但每次他伸手掬起水，就要送進嘴裡時，水就變成了灰，被風吹上天空。

有一次他醒來時，聽到娜歐蜜的聲音從黑暗中傳來。

「沒事的，爸爸。你只是在做噩夢而已。」

她舉起水罐放到他嘴邊，幫助他喝了幾口水。當他跌回夢鄉時，她還在那裡，一隻手放在他滾燙的額頭上，為他降溫。

他感覺到眼皮上亮晃晃的陽光。他把睡袋拉過頭，舉起右手撫摸左臂。原本的灼痛消失了。

柯爾的笑聲在森林裡飄揚。

傑克睜開眼睛，推開睡袋，慢慢坐起來。

日正當中。

處處都是陽光烘烤出的松針香味。

秋風吹過樹稍，吹得松樹頂端微微晃動。

蒂依檢查他的左肩。「看起來還不錯。」

「失血的問題呢？」

「你的身體會自動把它補回來，可是你必須不斷喝水，要超過我們現存的水量。你也需要食物。尤其是鐵質，才能讓你的身體製造新的紅血球。」

「孩子們還好嗎？」

「很餓。娜歐蜜將柯爾照顧得無微不至，不過我不確定她還能忍耐多久。」

「你呢？」

她轉頭看向越野車。「你覺得車子還能發動嗎？」

「即使能發得動，我們也剩不到一加侖的汽油了。說不定更少。沒辦法確定。」

「也不能坐在這裡不動啊！」

「我們可以走回主要公路，或者繼續爬上峽谷。看看可以找到什麼。」

「傑克，你心裡很清楚，我們什麼都找不到的。」

「確實有這種可能。」

「我們需要汽油。」

「我們需要一輛新車。」

「如果我們不趕快想辦法，傑克，如果我們今天晚上還困在山裡，除了走路之外，沒有別的移動方法，而你的體力還沒恢復，是走不遠的。那麼情況就會在短時間內變得很糟。」

「你想要禱告嗎？」

「禱告？」

「對，禱告。」

「這實在太悲哀了！傑克。」

引擎在鑰匙第一次轉動時就順利發動。但在蒂依打入倒車檔時，引擎蓋下方傳來可怕的噪音。她將車子倒出小樹林，慢慢穿過樹木，駛向公路。

「哪一邊？傑克？」

「峽谷那邊。」

「你確定嗎？」

「對，我們已經知道主要公路那邊什麼都沒有了，不是嗎？」

她轉上公路，逐漸加速。他們將塑膠布拆掉了。引擎的咆哮聲讓他們只能大吼大叫地溝通。傑克轉頭望向後座，看到娜歐蜜和柯爾正在分食那罐醃甜菜根。他對兒子眨眨眼表示心照不宣，心裡想著他的小男孩看起來瘦了許多，小臉的顴骨都凸出來了。

「燃料指針已經掉到零以下了。」蒂依說。

他們以四十英里的時速前進，傑克不斷地回頭透過沒了玻璃的後窗看有沒有什麼車追來。

四英里後，柏油路面變成泥土路。

已經出了峽谷。

泥土路往山裡延伸。原本的松樹被質地更硬、看起來更像高山植物的常綠樹取代。白楊樹的葉子已經全部變色，滿是秋意。下午兩點四十八分，引擎發出劈啪聲。兩點四十九分，車子在平坦的路面上熄了火。

車子慢慢停了下來，傑克先看著蒂依，再轉頭看著孩子們。

「到此為止了，同伴們。」

「我們沒有汽油了嗎？」柯爾問。

「一滴不剩。」

蒂依拉起手剎車。

傑克推開車門，站到泥土路上。「來吧！」

「傑克。」蒂依跟著爬下車，關上車門。「你在做什麼？」

他調整了一下蒂依用多餘T恤幫他左臂做的吊帶，說：「我要沿著這條路走，直到我找到有什麼可以用的東西，或到我再也走不動為止。你要一起來嗎？」

「再往上走也不會有什麼東西的，傑克。我們陷在鳥不生蛋的荒野裡了。」

「那麼我們要不要就躺在這裡的馬路上等死？還是我應該把格洛克半自動手槍拿出來，給我們全部的人——」

「你不要——」

「嘿，你們兩個。」娜歐蜜下了車，走到路華前面，擋在爸爸、媽媽之間。「看！」

她指著山側離他們所在地約五十英尺處的一條雜草叢生、沒入林間的小路。

傑克說：「那大概是很久以前的貨車棧道。我相信這附近曾經有過礦區。」

「你沒看到嗎？」

「看到什麼？」

「那裡立著一個信箱。」

信箱被漆成黑色，上頭沒有任何記號，科爾克拉夫一家人走入它旁邊的小徑，往樹林裡走。傑克在第一個急轉彎前就覺得有點頭暈，還好他走在蒂依和孩子們之前，才能在不被家人發現的情況下先休息一下，好好喘口氣。

下午四點三十分，他停在一個懸崖上，覺得頭重腳輕，心臟劇烈跳動，全身發抖，左肩更開始傳來陣陣抽痛。他上氣不接下氣地癱在岩石上，在其他家人抵達時還在大口喘氣。

「你的體力還不能負荷。」蒂依說。她也喘得很厲害。

他們看到下方幾百英尺有一小段路在樹林間露出。十英里外一座方頂的山隱約可見，山頂似乎還積了點雪。在它之後，還有好多座更高的山。

傑克掙扎地站直身子，繼續前進。

小徑在滿是白楊樹的山丘上蜿蜒。白楊樹的葉子不是灰黃、深黃，就是偶爾才出現一次的金黃，風兒吹過所有的葉子全抖得像沒有重量的銅板。

太陽逐漸往西方落下。空氣中已經可以感到一絲涼意，宣告著另一個清澈冷冽的夜晚即將來臨。他們沒有把睡袋從車上背下來。也沒有帶水。除了散彈槍和半自動手槍外什麼都沒帶。傑克這才想到今晚他們很有可能就要什麼裝備都沒有地睡在星空下了。

走過幾個Z字彎道後，小徑一轉，傑克走出白楊樹林，進入一片草原。

他停下腳步。

從腰帶拿出半自動手槍，推開滑套。

蒂依倒吸了一口氣。

柯爾問，「怎麼了？媽媽？」

傑克轉頭，示意他們安靜，要他們先走回森林裡。

「有人嗎？」蒂依小聲地問。

「不知道。我先去確認一下。」

「我去才對，傑克，你太虛弱了。」

「不要離開這裡，誰都不准亂走，直到我回來為止。」

他慢慢跑回草原。從這裡，他可以看到西方的荒漠，血紅的太陽正要沉下，一九一號公路像一條灰線似地劃過地面。氣溫在降低。他減慢速度，改用走的，左肩又開始痛了起來。風停了。樹木一動也不動地直立著。他聽見某處小溪潺潺流動的水聲。

一個加蓋前廊沿溪而建，裡頭放了許多柴薪。太陽能面板貼在斜斜的屋頂上，二樓還開了個天窗。正中央有支煙囪。所有的窗戶都是黑的，玻璃反射著落日餘暉，他看不見裡頭。就算走上臺階也一樣看不到。

他的重量讓木頭前廊下陷、吱吱作響。他傾身趴在窗戶上，鼻子緊貼玻璃，舉起雙手遮在眉毛額前阻隔天然光。

屋裡是黑的。傢俱的形狀。挑高的天花板。沒有東西在移動。

他試著打開前門。上鎖了。轉身，舉起手臂保護眼睛，將手槍用力朝窗戶揮去。

蒂依在樹林裡大叫。

「我沒事。」他喊回去。「只是在打破窗戶。」

他抬起腳，跨坐在窗框上，翻窗進入小木屋。從入口處的天窗，一道夕陽斜斜穿過玻璃，橘色的暖光不偏不倚地照在中央的石頭壁爐上。空氣中有種不常有人居住的味道，聞起來像已經有段時間沒人來過的樣子。

在愈來愈暗的光線中，他看到開闊寬敞的公共空間。挑高的天花板下有座螺旋梯連結二樓，傑克站在一樓就能看到上頭開放式走廊的欄杆和三個開著的房門。

他大步走過硬木地板，進到廚房。

後窗的牆面整齊砌著深水槽和花崗岩流理臺，後頭還有個陽臺可以看到美麗的白楊樹林。

他走向食物貯藏櫃，用力拉開門。

傑克領著蒂依和孩子們走上前廊臺階，回到小木屋。

「有食物嗎？傑克？」

「先進來再說。」

殘留的最後一絲陽光正好足以照亮廚房。傑克打開每個櫥櫃的門，好讓家人看到他找到的寶藏。

蒂依緩緩坐下，將頭埋在兩膝之間，開始啜泣。

廚房窗戶外的世界變黑之後，他們全坐在地上，各自吃著手上冷冷的罐頭食物，同時分食一大包散在地板上的德國酸味扭結硬麵包餅乾和六罐裝微溫的Sierra Mist汽水。

「噢，我的天啊！這是我一生中吃過最好吃的東西了。」娜歐蜜一邊捧著她吃了半罐的英式奶油蛤蜊湯，一邊說著。大家紛紛口齒不清地表示同意。傑克吃著墨西哥玉米湯，蒂依選擇蔬菜牛肉湯，柯爾則狼吞虎嚥波洋迪大廚牌的義大利餛飩。

半小時之後，娜歐蜜在離壁爐不遠的皮沙發上睡著了。傑克拉出娛樂用品櫃裡的兩條毯子，蓋在她身上。他提著一樓咖啡桌上的煤油燈，小心地爬上螺旋梯。蒂依抱著柯爾跟在後頭。他們轉進第一間臥室。傑克拉開棉被、毯子和床單，蒂依將兒子放在床上，彎腰親吻他的額頭，將棉被、毛毯蓋回去。

「晚上這裡會很冷。」她說。

「再冷也不會像昨晚那麼冷。」

「如果他醒來，發現一個人都沒有，他會很害怕。」

「真的嗎？在經過這幾天之後？他會睡死的，蒂依。他一定會睡上好幾個小時才會醒來。」

他們躺在漆黑的一樓的床，蓋著好幾件毯子。不知哪個時鐘的秒針滴答滴答響個不停。娜歐蜜低沉的呼吸聲從起居室傳來。除此之外，周圍安安靜靜，沒有一點聲音。

「你覺得我們在這裡安全嗎？」蒂依耳語。

「比在外頭山上凍死、餓死安全多了。」

「我的意思是長期呢？」

「我還不知道。我現在沒辦法思考。我已經精疲力竭了。」

蒂依鑽到他身邊，伸出一隻腿跨在他身上。她的皮膚涼涼的，感覺像顆粒很細的砂紙。她張開手指撫摸他的胸毛。這是好幾個月來，她頭一次伸手撫摸他，讓他覺得既陌生又興奮。

「精疲力竭了嗎？傑克？」她將手滑進他內褲的鬆緊帶。「因為這個明明還挺有精神的。」

「女兒離我們不到二十英尺遠呢！」他小聲說。

蒂依爬離床墊，躡手躡腳地走過地板，關上鑲著毛玻璃的法式對門。他聽到門閂被推上的聲音。她拉下肩帶，襯衣立刻掉在腳邊。接著她脫下內褲，傑克看著她白皙赤裸的身體走向他，心裡不禁希望如果能有月亮照在她身上，讓他看到她爬回床上的樣子有多好。

「我很髒。」他說，「我已經好久沒有洗澡——」

「我也是。」

她幫他脫了衣服，讓他靠著床板躺好，然後慢慢靠向他的大腿。他馬上覺得自己的肩膀再也不痛了。他知道這絕對會是他人生中最棒的性經驗之一。

傑克在早晨提著一加侖汽油走下山。他在車庫找到三十加侖，猜想應該是屋主為太陽能發電系統萬一故障時準備的補給品。路華的引擎掙扎了一下，但還是發動了。他將四輪驅動切成適合行駛一般道路的排檔。

往山上開了一百碼後，他停車，從後座抓起電鋸，將手從吊帶拿出來。他花了半個小時先鋸掉低處的濃密枝葉，清除出一圈他待會兒可以下手的空隙。為了避免扯裂肩膀上的縫線，進行的速度變得異常緩慢。之後他花了二十分鐘才在樹幹上鋸出缺口。當大雲杉樹終於橫倒在路上時，空氣中全是樹汁的香味和四散的木頭碎屑。

傑克回到屋子時，娜歐蜜和柯爾都還在睡。蒂依在廚房完成傑克交待的任務，將所有的食物從櫃子、貯藏室裡搬出來，做進一步的準備。

「看起來沒很多的樣子。」他以打招呼的口吻說。

蒂依坐在廚房地板上，周圍全是罐頭、玻璃瓶和紙盒。她抬起頭來。「車子怎樣了？」

「很慘，不過至少停進車庫了。也許這幾天我可以來充當一下技工，看看能不能把它修好。」

他們花了一整個早晨將食物分類，想著如果傑克能啟動太陽能發電系統，讓烤箱能夠使用，也許就能用麵粉、白糖做出可以吃的食物。最後，他們理性計算出，如果省著吃，這些食物應該可以夠他們一家人撐上十三天。

「不夠好。」蒂依說，「而且在我們真正餓死之前，會一直處在饑餓的狀態中。」

「這些食物已經比我們昨天有的多很多了。我看到車庫裡有些毛鉤釣的釣具，房子後頭還有一條溪。」

「你只不過在兩年前去上了一節課，傑克。你在家裡的飛繩餌沒有一個下過水的，你真的認為你有辦法去溪邊釣到足夠的魚給我們——」

「在這種情況下，也許給我一點比較正面的反應會比較好吧？親愛的？」

她假笑了兩聲，眨了眨眼。「我相信你抓的魚會多到讓我們吃不完，傑克。我知道你一定做得到的。」

「你真是個惡毒的潑婦啊！」他愛憐地回答。

他在車庫裡組裝了一支六號飛繩竿，將背心口袋塞滿各式各樣的毛鉤餌，提著一個小保冷箱走進樹林，朝水流聲的方向前進。走不到五十碼就到了，一條平緩寬闊的小溪優雅地從白楊樹林中流過。他在長滿草的河岸坐下。太陽正掛在一天中的最高點。從樹梢灑下的陽光晶瑩透亮。藍到發紫的天空一片雲都沒有。

他在保冷箱裡裝了溪水，綁好子線，隨便選了一個毛鉤餌，試了五次才打好結，然後他往下游走，直到找到樹蔭下一個遠離喧鬧主水流、深約五英尺的池子。

第一次投擲得太用力，毛鉤越過溪面，勾在雲杉的小樹枝上。他走進溪裡，及膝的水非常冰冷，還好沒過多久他就爬上對岸暖和的草地。

一小時後，他終於感覺到有魚上鉤。

下午兩點多，他釣到一條小魚。傑克捲線，從河岸往後退。小魚在草地上跳來跳去，他小心地抓起那條魚。它先是激烈地扭動身體，然後全身僵直不動，只剩魚鰓還在他手中上下開合。銀色的魚身帶著棕色圖點。他拿下毛鉤，走向保冷箱，將鱒魚丟進水裡，心裡想著：天啊！它真是有夠小的了。即使他在清除魚鱗、去內臟時沒把它毀了，頂多也只夠吃個兩、三口吧？

＊＊＊

太陽下山之後，他們坐在廚房餐桌吃晚飯。四個人分食兩罐冷冷的白豆湯。每個人得到三塊德國酸味扭結硬麵包餅乾。蒂依從越野車上搬下一個塑膠牛奶桶，讓大家喝水。

「你今天抓到幾條魚？」柯爾問。

「一條。」傑克回答。

「多大？」

傑克將姆指、食指分開五英寸。

「噢……」

「它還在溪邊的保冷箱裡。可是我看到一些大魚喔！」

「明天我可以和你一起去釣魚嗎？」

「當然可以。」

半夜時，躺在床上的傑克突然坐了起來。

「怎麼了？」蒂依睡眼惺忪地問。

「我應該把信箱砍斷的。」

「你在說什麼啊？」

「泥土路旁的信箱。娜歐蜜看到它，所以我們才會找到這裡的。」

「明天早上再去就好。」

「不行，我現在就要去。反正我也睡不著了。」

在黑夜裡，他拿著電鋸獨自走下山坡，凌晨四點時，到達小徑的入口。非常冷。他猜測應該不到零度。遠處正方形山的圓頂積雪在月光下閃爍。他走到泥土路上，靜靜地站著傾聽了好一會兒。電鋸的馬達聲在這時間似乎顯得很不恰當，就像在教堂裡放聲尖叫一樣。他鋸斷信箱，抱著它橫越泥土路，把它丟下山崖。

他回頭走向小木屋，在轉過一個急彎時，突然停住。二十英尺外的山坡出現的矇矓物體讓他的心跳加速。牠舉起牠的大頭，巨大的角在黎明前的月光下顯得既灰白又尖銳。他差點就要舉起散彈槍了，但是考慮到他的左臂還不能承受它的重量，最後只得決定放棄。所以，他只能默默地看著那頭七百英磅重的大麋鹿離開小徑，消失在樹林裡，忍不住想，要是能殺了牠，他們一家人不知道可以飽餐幾頓啊！

早晨九點左右，他開啟獨立式太陽能發電系統，抽水馬達經由地下貯水槽將清水導入屋內，熱水器也開始暖和了起來。他們將五個雜貨店塑膠袋放在水龍頭下裝水，綁好之後扔進冰櫃。每個人都試著不去想他們沒吃午餐的事實。

蒂依和娜歐蜜留在小木屋裡翻閱《烹飪之樂》（*Joy of Cooking*），試著想找出一個可以利用她們手上的食材做出麵包的食譜。傑克則帶著兒子一起走進樹林。

他猜柯爾一定想釣魚。既然車庫裡沒有多餘的釣竿，那天早上他便從白楊樹砍了根細枝，裝上八尺長的尼龍線，在頂端鎖上小鐵勾。雖然柯爾用它大概只能釣起很小的魚，可是他看到爸爸特別為他製作的小釣竿還是驚喜得不得了。

他打結和投擲都得心應手多了，傑克幾乎每次都把乾毛鉤投進預定的位置。

下午三點前，他已經釣了兩條小魚。四點時，更是利用乾毛鉤釣起在瀑布旁的水池游盪的十二英寸長大虹魚，逮到了他人生中的第一條大魚。傑克把魚拉上岸時，柯爾開心地尖叫。兩個人一起蹲下，在明亮的秋季陽光下檢視著它微紅的魚身和黑色斑點，雲母般閃亮、邊緣呈白色的魚麟。

「真漂亮，是不是？」傑克說。

「你超厲害的，爸爸。」

傑克將釣竿放在草地上，從魚的嘴巴裡取下鉤子，雙手小心地捧著虹魚走向溪邊的保冷箱，緊張謹慎地像他第一次抱到剛出生的娜歐蜜和柯爾一樣。

他們釣到天色變暗才開始收拾。傑克不停在兩側河岸更換垂釣地點。柯爾沒過多久就將白楊樹小釣竿扔在一旁，在爸爸的對岸拿河床光滑的石頭當積木玩。傑克試著不去想那件已經讓他擔憂了兩天的事，那件他還沒有做好心理準備去勇敢面對的事。他不相信有哪個父親做得到。可是在這個時刻，他感覺自己至少已經可以遙遠的、粗略地想一下這件事。再多，他的心就無法承受了。

他們回到小木屋時，太陽剛掉到荒漠的地平面下。蒂依和娜歐蜜正忙著在窗戶上掛毯子，烤麵包的甜香味四處飄盪。

她們已經從前廊搬了不少木柴堆在壁爐旁。趁著柯爾唱作俱佳、加油添醋地講著他們抓到大魚的故事時，傑克利用柳籃裡的十多顆毬果在壁爐築了個底，然後一把抓起《今日美國》（*USA Today*）的舊報紙。

在撕下印滿戰爭、政治鬥爭、華爾街和年輕名人猝死的頭版之前，他看了一下上面的日期。六個月前。

「為什麼要在窗戶上掛毯子？」他一邊問，一邊將體育版揉成一團，將第一根木頭扔進壁爐裡。

「這樣外面就看不到我們的火了。」

他又放了兩根木頭，然後擦亮火柴，小心點燃報紙。

傑克躺在床上看著火影在起居室的牆面跳舞。毯子下很暖和。雖然肚子餓，但心裡很滿足。

「我們不能再像現在這樣升火了。」他說。

「什麼意思？」

「非必要的時候，不可以再升火。這裡冬天一定冷得不得了。我們應該把柴火留到暴風雪襲擊、室內溫度降到零度時再用。我想我得再去砍更多的木柴。」

「所以你想繼續待在這裡？」

「如果我們可以解決糧食問題的話。」

「我不確定這樣好不好，傑克。」

「為什麼？難道你寧願重新回到我們才剛逃離的世界嗎？」

「當然不是。可是我們待在這裡會餓死的。」

「有像我這樣經驗豐富的野外求生專家在就不會了。」

她笑得全身顫抖。

「你有沒有注意到柯爾有什麼不一樣？」他問。

「沒有。為什麼這樣問？」

「我們在荒漠裡遇到的那個男人……就是他攻擊我時你開槍射擊的那個，記得嗎？他和他太太陪另一對夫妻去露營。他們看到那個光。另外那對沒有。之後，他們就殺了他們的朋友。」

「這件事和我兒子有什麼關係？」

「你、我、娜歐蜜，我們三個在北極光出現時都在睡覺。柯爾那天卻住在艾力克斯家。他們全家和鄰居一起到棒球場去看北極光。記不記得？他回家後還有描述給我們聽過。」

蒂依沉默良久。

傑克看著壁爐裡餘火，聽著女兒沉睡的呼吸聲。

「那個男人說的事又不一定是真的，傑克。他是我們的兒子，看在老天的份上。你怎麼能認為他會想傷害我們？」

「我不知道。我們應該特別留意。今天，我看到他瞪著鏡子裡的自己，很久很久。很奇怪不是嗎？我不知道他是在看什麼，但是——」

「我們不曉得現在發生的這些事是不是真的和那個光有關係。一切都只是假設，沒有證明。」

「我同意。但是，要是柯爾變了怎麼辦？要是他開始出現暴力行為呢？」

「傑克，我現在就可以告訴你，如果他真的變了……我要你一槍斃了我。」

「蒂依——」

「我不是在開玩笑，也沒有誇大其詞，我只是告訴你，我還沒堅強到能夠處理這些。」

「你還有個女兒。你沒有選擇不處理的權利。」

「你是在迂迴地問我，如果我們的兒子會威脅到其他人的生命安全，我們應該要殺了他嗎？」

「我們兩個一定要先討論這件事，蒂依。我不想要在事情發生時錯手無策。」

「我相信我已經回答了你的問題。」

「所以呢？」

「我寧願自己去死。」

「我也是。」傑克說。

「所以我們決定要怎麼做了嗎？」

「我們決定……決定他是我們的兒子，不管發生什麼事，我們都要在一起。」

傑克在黎明時躡手躡腳地爬下床，在黑暗中穿好衣服，抓起靠在床頭櫃的散彈槍，走出起居室。他解開前門的鎖，踏上前廊。

非常冷。玻璃上結了厚厚一層霜。

荒漠是紫色的。西方還是一片漆黑。

他越過草原走進樹林，坐在一棟白楊樹下。四周沒有一點聲響。草原那頭，睡著他最愛的人的小木屋也一樣靜悄悄的。

他呼出的氣在空中結成了霧。他想起他的父親，想起他在人文學院最好的朋友瑞德，還有每週四晚上他們一起在「兩個傻瓜」酒館喝下的啤酒。這些回憶讓他心痛，立刻決定不再去想，將注意力轉到接下來幾個小時要做的事，一條一條列出先後順序。來到小木屋之前發生的事已經都無所謂了，只有今天才最重要。他以這樣的信念澄清自己的腦袋，然後一邊掃視和草原接壤的樹林，一邊祈禱麋鹿會再度出現。

中午前，他用電鋸砍了不少白楊樹。左肩的縫線沒出問題，於是剩下的時間他都在溪邊釣魚。他在上游四分之一里的河岸邊找到許多較深的水塘，一共釣到三條鱒魚和一條美洲紅點鮭。流過岩石的溪水透明清澈，深一點的溪水在陽光下是綠的，而在樹蔭下卻像墨汁一樣黑。

傍晚時，傑克站在柯爾的對岸，隔著溪觀察小男孩拿著白楊樹葉放在小瀑布上玩。他捲好尼龍線，將釣竿放下，涉水而過。他爬上岸，在他兒子旁邊坐下，身上的水不停滴到他撿來的樹葉上。

「你好嗎？夥伴？」

「好啊！」

柯爾將另一片樹葉推進水裡，兩個人一起看著溪流帶走它。

「你喜歡這裡嗎？」傑克問。

「喜歡。」

「我也喜歡。」

「這些都是我的小船。它們會在經過瀑布時翻覆。」

「我可以玩一片嗎？」

柯爾遞給他一片葉子，傑克將另一艘金黃色小船送上死亡之路。

「柯爾，記得你和艾力克斯一起去看的北極光嗎？」

「記得。」

「我想要問你一點關於它的事。」

「什麼事？」

「在你看到它之後，覺得自己有什麼地方不一樣嗎？」

「一點點。」

「像是什麼？」

「我不知道。」

「你對媽媽、姊姊或我有什麼奇怪的念頭嗎？」

小男孩聳聳肩。

「你知道你可以告訴我的。我要你記得，不管什麼事，你永遠都可以來找我、向我傾訴。即使是你覺得很糟糕的事也一樣。」

「我只是很希望你們也看過那個光。」柯爾說。

「為什麼？」

「它真的很漂亮。比我看過的任何東西都要漂亮。」

太陽下山時，他們放乾保冷箱裡的水，一邊聽著裡頭的魚在塑膠板上發出啪啪響聲，一邊將它提回小木屋。

＊＊＊

傑克和蒂依坐在前廊的搖椅上，一邊喝著從冰箱裡找到的美樂啤酒，一邊看著許多黑煙盤旋升上西北六十英里、靠近大堤頓山國家公園的天空。

「著火的是什麼地方？」蒂依問。

「我猜是傑克遜鎮。」

他們吃完晚餐，將孩子們送上床。當他們出來前廊時，太陽終於完全掉落在地平線後，遠方燃燒的城鎮烈焰像被遺忘的營火，在黑夜中特別顯眼。

傑克再打開兩瓶啤酒，將一瓶遞給蒂依。

很疲倦。身體的痠痛卻帶給他一種奇怪的滿足感。

他一直在想要怎麼開口，想了一整天。事實上，從昨天就開始想了。他決定乾脆心一橫，現在就說，雖然原本擬好的說詞他一點都不記得了。

「你會不會覺得……」傑克說：「我們的人生似乎正在從新開始？」

「有一點。我們住在這裡多久了？」

他想了一下。「三天。」

「感覺不只三天，感覺上比三天久多了。」

「沒錯。」

他可以感覺到酒精在他的腦袋裡發酵。美好的微醺感。不知道是因為高海拔，還是因為營養不良，可是他想不起來上一次喝兩瓶啤酒就讓他快醉了是多久之前的事。

「我要告訴你一件事。」他說。

「什麼？」她大笑。「你偷偷交了女朋友嗎？」

他在心裡排演過好幾種可能的對話劇本，卻從未想過蒂依居然會蹦出這個問句。他一下子變得好清醒，只剩下頭骨底部微微的抽痛，宣告著宿醉的來臨。

「兩年前。」

蒂依臉上輕鬆的表情瞬間消失無蹤，啤酒瓶從手上掉落，淡黃色的啤酒灑了出來，從前廊木頭地板的裂縫流出去。空氣中突然全是酒精的酵母香。

「只持續了一個月。」他說，「我只做過這一次……我選擇結束，因為我受不了——」

「是你他媽的助教之一嗎？」

「我們認識——」

「不，不，不要。我不想聽任何細節，甚至不想知道她叫什麼名字。不想知道她的任何事。為什麼你現在要告訴我這個？在這個時候？我可以到死都不知道這件事，為什麼你要告訴我？」

「當我們離開阿布奎基時，我們的婚姻瀕臨破碎。我在想，三天前的做愛是我們兩個在……在……我甚至不記得是多久——」

「七個月。」

「蒂依，我知道長久以來我對我們的家庭並不是那麼投入。是因為罪惡感，還是因為沮喪，我不知道。過去這九天，雖然是我們生命中最糟糕、最艱難的九天，可是另一方面，它也是最棒的九天。而現在，我覺得我們似乎要重新開始了，所以我不想要讓我們之間存在任何謊言，也不要有任何祕密。」

「嗯，確實是沒有了。可是……你他媽的幹什麼要告訴我？」

她尖叫大吼。看不見的樹林組成高牆，彈回她的聲音。

「我和基亞安的事，至少，我從頭到尾都對你都很坦白。」蒂依說。

「對，在我們的婚姻破碎時，你的坦白真是帶給我無比安慰。」

蒂依從搖椅跳起來，用力走下前廊，消失在草原裡。

傑克灌完手上的啤酒，將瓶子丟進草堆裡。

他坐在搖椅上，在太太暗夜哭聲的伴奏中，眺望地平線那端的熊熊火光。

清晨五點十五分。傑克慢吞吞地爬離床鋪，背起散彈槍。他瞄準兩天前走上小徑時遇到的同一頭雄鹿的脖子，扣下扳機。後座力讓他的左肩有如受到雷擊，爆炸聲像震波一樣在草原傳開。

麋鹿低下頭，晃了兩下。

傑克站直身體，為散彈槍上膛，再度扣下扳機，子彈穿過結霜的草地。

當他走到牠身邊時，雄鹿側躺著，睜大眼睛，呼吸淺而紊亂。傑克單膝蹲下，一隻手搭上牠巨大的角，看著鮮血在地面積聚成池，迅速擴大。

自從大學時代最後一次和爸爸在蒙大拿打獵後，他已經有二十年沒摘除過動物內臟。然而一旦開始，解剖技巧就逐漸甦醒。

娜歐蜜和柯爾以半驚恐的眼神看著他綁住四隻蹄子，將雄鹿推成仰躺，用他在科羅拉多州錫爾弗頓得到的獵刀將牠從肛門到喉嚨一路剖開。

他很努力，想盡快完成這個工作。當第一縷陽光穿過白楊樹照上草原時，他割開包住內臟的橫隔膜，讓冒著氣的熱騰騰內臟從腹腔滾落地面。他摘除結腸和膀胱，肝臟和心臟，然後派柯爾回木屋拿來五、六條毯子。

他花了三小時剝去鹿皮，兩小時將腿和胸骨分開。再花上整個下午切割腰肉、剔除肋骨間的肉條、剝除肋骨下的里肌肉。他把所有的東西放在大毯子上瀝乾、冷卻。太陽降到荒漠的地平線後時，他才將後腿及臀部從骨盆割下。他儘量避免割到肉，可是還是浪費了不少。

娜歐蜜給他一罐蕃茄湯當晚餐。不到一分鐘，他就把它喝光。他問她媽媽在做什麼？她說蒂依一整天都躺在床上睡覺。

殺死麋鹿十三個小時之後，傑克在寒冷的暮色中將估計有兩百磅重的肉分成五趟扛到小木屋的前廊。

冷凍櫃裡的水袋已經結成硬實的冰。傑克把還包在毯子裡的鹿肉全放進去。他全身曬傷，又累又虛弱，而且濺滿了血。不只是麋鹿的血，還有他自己的血。他肩膀上的縫線有好幾處裂開，原本結疤的傷口又開始滲出血來。

他洗了來到小木屋後的第一次澡。在近乎滾燙的熱水中沖洗了二十分鐘，他刮掉所有留在頭髮和皮膚上的血塊，看著髒兮兮的汙水流入腳下的排水孔。快要十點時，他爬上樓上第二間臥室裡的白楊木床架的雙人床。柯爾小小的鼾聲從隔壁房間傳來。透過窗戶，他可以聽到森林裡溪流的潺潺水聲。

聽到腳步聲，他頓時驚醒。他睜開眼睛，看到蒂依的黑影站在房門口。她走過來，爬上床。在黑暗中，兩個人的臉幾乎貼在一起。

「我聽說我們有了一頭鹿。」她輕聲說。

「現在正乖乖地躺在冷凍櫃裡。」

「我希望你知道，你成了孩子們眼中的超級英雄。我從來沒聽過娜歐蜜用今天那種崇拜的語氣談論你。」

「我會想念從前當只會害她尷尬的老爸的日子。」

她伸出手撫摸他的臉。「你不臭了。」她說。

「洗完澡就不臭了。」

「為什麼你睡在二樓，而不是睡在我床上？」

「我以為你還想要獨處。」

她吻他。「跟我來。傑克。」

隔天早晨，草原被灑上一層薄薄白雪，但是中午之前就融化了。蒂依重新幫傑克的肩膀縫合。他花了一個小時從里肌肉條上分切出一塊塊的鹿排，然後利用廚房裡的調味料醃肉。

他在車庫裡找到一套威浮球具。他們用空牛奶桶做成壘包，堆了一個投手丘，開始男女對抗賽。男子隊的柯爾在第七局擊出三壘方向平飛球，將傑克送回本壘，結束了這場精彩的比賽。

下午時，傑克坐在前廊休息，一邊喝啤酒，一邊看著蒂依和孩子們在草地上玩。他不回想過去，也不思索未來，只容許自己享受現在。微風吹過金黃的白楊樹葉，陽光烘得他的肌膚暖洋洋的，柯爾天真無邪的笑聲，還有不時會回頭看他、對他揮手的蒂依的身影。她的肩膀曬成健康的棕色，遠距離外帽沿下的五官有些模糊，可是他仍然可以辨認她微笑的亮白貝齒。

當一天拉近尾聲時，他烤了好幾塊鹿排和一條虹魚，並拿出一瓶在水槽上方櫥櫃找到的一九九四年銀橡木酒莊紅酒，給大家意外的驚喜。他們坐在廚房餐桌吃燭光晚餐，連柯爾都分到一小杯甜美的紅酒。晚飯快要結束前，傑克站起來，對兒子、女兒、太太一一敬酒，以哽咽的聲音告訴每一個人，在他的一生中，今天是他過得最快樂的一天。

另一個秋高氣爽的日子。傑克獨自在溪邊釣魚、想心事，聽著彷彿已經成了他身體的一部分、連在夢裡都會聽到的潺潺流水聲。他想像著這地方的冬天不知道會是什麼樣子。大概會是一整季只能待在室內、完全不能出門的生活。

午餐前，他釣到兩條布魯克鱒魚。他把它們關進保冷箱裡。兩天前處理麋鹿的疲倦仍未完全散去。他在下游找到一大片苔蘚，脫下已經快解體的慢跑鞋，躺在天然的地毯上。白楊樹上的葉子比一個星期前他們剛到時少了許多，但樹木的顏色反而更深了。他可以感覺到苔蘚的溼氣慢慢滲進他的上衣裡，帶來舒服的涼意，剛好和照在他臉上的溫暖陽光達成完美平衡。他緩緩入睡。

他在傍晚提著保冷箱走回家，四條離了水的魚在裡頭啪啪啪地掙扎。

爬上前廊臺階時，他大喊，「我回來了。」

放下保冷箱，他踢掉鞋子。

蒂依和孩子們在起居室地板上玩大富翁。

「誰贏？」他問。

「柯爾。」蒂依回答。「娜歐蜜和我都破產了。他買了每一塊他經過的地。連『命運』、『機會』都買走了。不久前，我才把『免費停車場』賣給他。」

「這樣符合規則嗎？」

「我相信現在他只求我們兩個繼續玩，其他怎麼他都無所謂。太可笑了。」

他彎腰，親了一下老婆。

「你身上都是魚腥味。」她說，「成果如何？」

「四條。」

「大嗎？」

「還不錯。」

「等你弄好，我們就可以開飯了。」

傑克洗了個澡，穿上木屋主人留下的格子襯衫和藍色牛仔褲。它們有點小，還帶著上個主人強烈的氣味。甜膩的菸味，他猜不是雪茄就是菸斗。傑克從臥室走到廚房，覺得牛仔褲後頭的口袋好像放了什麼東西。他伸手拿出一張派恩戴爾鎮野外運動用品店的收據，四個月前一個叫道格拉斯·W·霍爾的人用信用卡買了一盒飛釣子線。

晚餐有三道菜：剛出爐的麵包、一罐花椰菜乳酪濃湯和調味過的烤鱒魚。他們學會慢慢進食，藉著聊天或穿插其他的事拉長品嘗每一道菜的時間。那天下午，蒂依在娛樂用品櫃裡找到一大堆平裝小說。她挑了一本大衛·莫瑞爾（David Morrell）的恐怖小說，決定在喝湯時朗誦第一章給大家聽。

晚餐後，她煮了一壺甘菊茶。

「今晚的湯真是太美味了。」傑克在她雙手各抓住兩個冒煙的馬克杯放上餐桌時對她說：「你愈來愈厲害了。」

「你知道的，家傳的古老祕方。我從金寶家（譯註：Campbell，美國首屈一指的罐頭湯生產商）學來的。」

「他們是誰？」柯爾問。

「媽媽開玩笑的。」

「不過，說真的，傑克，那條魚真好吃。」

他啜飲他的茶。如果濃一點就更好了，不過他的手因長時間投擲毛鈎而傷痕累累，光是拿著溫暖的杯子就已經覺得夠舒服了。

「你今天很忙吧？」蒂依問，「鈎了四條魚，另外還砍了多少柴火？」

「我今天沒去砍樹啊！」

「你當然有。」

他露出困惑的微笑。「嗯，可是我真的沒有。」

「你在開玩笑嗎？」

「開什麼玩笑？」

「砍樹的事。」

「沒有。為什麼這樣問？」

「我聽到電鋸的聲音。」

傑克放下馬克杯，瞪著蒂依。

「什麼時候？」他問。

「接近傍晚時。」

「電鋸的聲音是從哪裡傳來的？」

「車道。我以為是你在砍更多的樹。」

柯爾說：「怎麼了嗎？」

「傑克，如果你是在開玩笑，想一想我們經歷過的事，想一想我們面對的狀況，這一點都不好笑——」

「我整天都在釣魚。娜歐蜜，是你把電鋸拿出去的嗎？」可是在她開口前，他就知道答案了，因為她手中的馬克杯抖個不停，撞得桌面喀啦喀啦響。

蒂依立刻要站起來。

「不，不要起來。」

「我們必須——」

「聽我說。」傑克降低音量，「如果這棟小木屋被發現了，那麼那些人大概正在你的背後透過窗戶監視我們，準備等我們上床後才開始行動。」

「什麼行動？」娜歐蜜問。

「每個人繼續喝茶。表現出我們只是快吃完晚餐、正常的一家人。」他的嘴巴好乾。他啜了一口熱茶，很快地把目光移到蒂依身後、屋子裡唯一一個因為正對樹林而沒被用毯子遮住的窗戶。太陽早就下去了，什麼都看不見。他心裡想，不知道有沒有人正趴在黑暗中，監視著他們的一舉一動。

「你確定你聽到了？」他小聲問，「電鋸的聲音？」

「確定。」

「我也聽到了。」眼淚流下娜歐蜜的臉頰。「我還以為是你，爸爸。」

傑克在晚餐前關掉了太陽能電力系統好讓它在晚上充電，所以吃飯時屋裡是沒電的。除了廚房餐桌上的蠟燭，起居室裡也點了五六根。樓上則是每間臥室點一根。

「散彈槍和格洛克半自動手槍都在我們床墊下。」傑克說，「我相信我們還有一盒幾乎全滿的手槍子彈，可是十二口徑的卻只剩下六發。」他看著娜歐蜜、蒂依，然後柯爾，很心疼地看到他們臉上驚恐的表情。「我們要假裝這不過是另一個正常的夜晚。我先送柯爾上床。娜歐蜜，你也回你的房間去。蒂依，把桌子收拾乾淨，拿走所有的罐頭，將剩下的麵包全放進塑膠袋裡。另外收一些刀叉和開罐器。我們不知道他們離小木屋有多近，也不知道他們能不能看到裡面，看到我們在其他房間的活動情形，所以不要表現得很匆忙，但也不要花太多時間。」

「鹿肉怎麼辦？」

「只能留下來。我會回到一樓來，然後蒂依和我吹熄起居室、廚房和臥室裡的蠟燭。我們四個必須摸黑穿衣，把所有穿得上的衣服都穿上，然後大家在一樓另一個臥室碰面。車庫旁的那個臥室。娜歐蜜，我下樓後，你陪弟弟待在二樓，直到聽到我叫你們下來。聽懂了嗎？」

她開始哭了起來。「我不想離開這裡。」

「我也不想。但是，你可以做到我剛才要你做的事嗎？」

她點點頭。

「聽好。也許外頭沒有人，可是我們還是得確定才行。直到我們確定之前，我們都不算安全。」

「我們要開車嗎？」蒂依問。

「不。因為他們很可能在車庫外停了一輛車擋住我們的路了。我相信他們一定是先用電鋸砍斷我放在車道中央當路障的大樹，因為他們要把車開上來。我們躲到樹林裡，讓我看看情況到底是怎樣，再決定下一步。」

傑克抱著兒子走過廚房，走上螺旋梯，進入臥室。他拉開棉被，將柯爾放到床上。

「娜歐蜜就在隔壁。」傑克說，「你要聽姊姊的話，知道嗎？」

「不要吹熄蠟燭。」

「我沒有選擇，夥伴。」

「我不喜歡黑。」

「柯爾，我需要你拿出勇氣。」他親吻小男孩前額，「我們待會兒就會碰面了。」

傑克吹熄五斗櫃上的蠟燭，提醒自己不要衝下樓梯。廚房裡很黑，裝食物的塑膠袋已經綁好放在爐邊。他吹熄咖啡桌上的蠟燭，摸黑走向他和蒂依的臥室，眼睛慢慢適應黑暗的環境。

蒂依站在掛著毯子的窗戶旁。

「你在做什麼？」他小聲問。

「只是在偷看外頭的草地。可是我沒看到任何東西。」

「趕快行動吧！」

傑克穿上另外兩件滿是菸斗味的襯衫，他的手指在黑暗中摸索扣子，心臟在胸膛裡跳得好劇烈。穿好衣服後，他在散彈槍裡放進兩顆子彈，取代他在殺麋鹿時用掉的那兩顆。他把剩下的四顆子彈塞進牛仔褲的側邊口袋，拉開床頭櫃抽屜拿出手電筒，把格洛克半自動手槍遞給蒂依。

回到起居室，傑克抬頭叫喚孩子們。他在等娜歐蜜和柯爾下樓梯時綁好鞋帶，然後一家人走過壁爐，進入一樓的第二間臥室。

傑克爬過床墊，用力拉下蒂依掛在玻璃上的毯子，打開鐵環。

他把窗戶往上推。夜晚冰涼的空氣立刻湧入。

傑克爬過窗框，站到戶外的草地上。

「好了！柯爾，出來。」

他雙手抓住兒子的胳肢窩，將他從小木屋裡抱出來。「站在我旁邊，不要出聲。」

他先扶娜歐蜜出來，最後輪到蒂依。他把窗戶推回去，將太太拉近身邊。

「沒拿到袋子，我們不能走。它們都在路華後車廂，對吧？」

「對。」

「等我出聲，你們再過來。」

傑克躡手躡腳地走過草地，躲在小木屋的角落探頭張望。

草原延伸，後頭是無盡的黑暗。

沒有風。沒有月亮。沒有任何東西在移動。

他飛快地跑向二十碼外的車庫，趴在車庫牆後伸長耳朵聆聽，可是除了自己如雷的心跳，什麼都聽不到。

傑克吹了一聲短而尖銳的口哨，然後看著蒂依和孩子們從小木屋的陰影處跑過來。他等了漫長的八秒鐘，聽到長褲在草地上發出咻咻咻的磨擦聲，他們才終於來到他身邊。

「我做得很好嗎？」柯爾問。

「你做得很棒。蒂依。我要繞到車庫前面去拿我們的袋子。如果事情出了錯，你聽到槍聲、聽到我大叫之類的，趕快帶著孩子躲進樹林，往裡頭一直跑到溪邊。我會去那裡找你們。」

他站起來，沿著車庫後牆移動，一隻手拿散彈槍，另一手拿手電筒。他繞過轉角，車道隱約可見。他沿著樹林邊緣慢慢地跑，直到站到車道上。在稀疏的星光下，單線車道往下沒入黑暗的白楊山丘裡，他順著下坡路走直到抵達第一個急彎。一輛雪佛蘭廂型車擋在路上，光線太暗，看不清顏色。一輛達特桑卡車停在它後面。他用手電筒照進駕駛座，檢查兩輛車的啟動系統。沒有鑰匙，他不曉得該怎麼拉出線路發動引擎。

他沿著上坡車道往回跑。在樹林裡幾分鐘後，空地看起來變得好亮。他站在那裡，眼睛掃視草地和它外圍的樹木，可是陰影隱藏了一切，他連躲在車庫後暗處的妻小都看不見。

二十大步之後，他走回車庫旁。

繞過角落，伸手握住門把，他拉開門鑽進去，喀吱作響的鉸鏈和尖銳的生鏽磨擦聲同時響起。伸手不見五指的漆黑讓他一時之間失去了方向感。

傑克單膝跪下，把散彈槍放在泥土地上，摸索著手電筒的頭，想轉亮它。

一陣窸窣聲從數英尺處傳來。

傑克呆住，恐懼如潮水湧來，讓他的頭皮發麻，喉嚨緊縮。是老鼠嗎？還是工具倒下？也許是有人正拿槍指著他？還是他太過疲憊產生的幻覺？

兩個選擇。看它，或射它。

他將手電筒放回泥土地面。就在他摸索散彈槍位置時，十英尺外響起了馬達聲，像有人用力拉下了啟動繩。然後，聲音再一次傳來，車庫裡頓時全是汽油味和兩段式引擎的可怕噪音。一個被水電用黑膠布固定在握把上的ＬＥＤ小燈亮了起來，四散的光照亮了路華越野車、車庫的三面牆壁和雙手以握球棒的姿勢握緊轉動中的電鋸，一邊左右揮舞，一邊衝向傑克的長鬍子彪形大漢。

傑克沒有時間站起來或擺出正確射擊姿勢，只能在那男人快到他面前時抓起散彈槍扣下扳機。爆炸的後座力震得傑克仰躺在地，近距離的射擊幾乎將穿著滑雪外套的男人攔腰切斷。

傑克爬起來，散彈槍再上膛，拿起手電筒，轉亮燈泡。

那人還緊緊抓著已經不動了的電鋸，不過只剩一隻手。他的右腿靠近膝蓋的部分傷得很重。

傑克彎腰，切掉電鋸開關。

周圍一下子又變得好安靜，只剩那個人絕望地發出如同溺水的聲音。在他吵嘈的呼吸聲中，傑克聽到蒂依透過車庫的後牆呼喚他的名字。他走向它，將嘴巴靠在木板牆上說：「我沒事。現在就去我們約定的地方。他們來了好幾個人。」

他走到越野車的後車廂拿出自己的袋子，試著回想裡頭裝了什麼，考慮是不是應該翻翻蒂依的背包，或者乾脆也把它背上，可是沒有時間了。

他把袋子背上肩，扣上腰帶和背前帶，走回穿滑雪外套的男人面前。他的臉色灰白，大量的血流向地面積聚成一汪黑色血池。

「你們一共有幾個人？」傑克問他。可是那人只是用玻璃珠般的眼睛瞪著他，不知道是不願意，還是根本已經不能說話了。

傑克關掉手電筒，輕輕推開門，偷看外面。

他們已經越過一半的草地，除了四個跑向他的影子外，還有兩個體型較小的跑在其他人前面。

他舉起散彈槍，開了三槍。

四個光點回應，瞬間的爆炸亮光在黑夜中彷彿是超強力的螢火蟲。子彈射中他身旁的木牆，把他頭上的門打出一個洞。

他鑽出門，繞過轉角，飛快跑向車庫後方。

他的妻小已經走了。

輕快的腳步聲向他奔來，夾雜鐵鍊的叮噹聲和狗兒的咆哮。他轉頭，看到一隻鬥牛梗犬從角落衝過來，斜斜地在草地上奔跑想修正牠的方向。

傑克舉起散彈槍，惡犬加速衝向他。在牠對準他的喉頭跳起來的那一秒，傑克扣下扳機。鉛彈立刻了結了牠的生命。他推動滑套，瞄準第二隻繞過角落、以更快的速度奔向他的鬥牛梗犬，子彈穿過狗的身體，牠垂直落進草地裡，一邊嗚咽，一邊翻滾。

傑克跑進十英尺外的樹林裡，放下背包。他蹲伏在一根倒在地上的大圓木後面。除了自己的喘氣聲外，什麼都聽不見。他閉上雙眼，將臉埋進樹葉裡，直到心跳平緩下來。

他再度抬頭時，四個人影站在他的家人幾分鐘前躲藏的車庫後牆。還有另外三個人正向他們走來。

其中一個說：「法蘭克呢？」

「在空地那裡。他的脖子受到一點槍傷。」

一個女人肩上扛著一把斧頭走向樹林。

她說：「我剛才看到有人從這裡跑進去。」

一束光線照射在地上。「我們進屋吧！反正他們只有四個人，其中兩個還是小孩。」

另一道光。

又一道光。

有人用手電筒掃過樹林。傑克躲在圓木後，光束斜斜射過他，照亮了樹皮的邊緣。他們還在交談，可是他的臉藏在圓木下，伸長了手要從口袋撈出十二口徑的子彈，所以沒聽到他們在講什麼。

傑克本來要移動身體，可是一聽到腳步聲就停住了。

他們正在往他的方向走，聽起來應該是八個人一起，因為樹林裡頓時全是乾葉子被踩碎的窸窣聲。有人站上大圓木，跳下來時鞋跟差一點就踩到傑克的左手。他聞到那人身上的體臭，看著他們繼續往前走，八道光束在樹林間到處掃射。他不禁擔心他的家人跑得夠不夠遠，蒂依不知是否對即將面對的狀況有所準備。

過了一會兒，他從大圓木下翻滾出來，坐直身子。他回頭望了一眼車庫。再往前看進樹林。他聽得出來腳步聲愈走愈遠，變得愈來愈模糊，刷刷聲像下個不停的雨。光束成了小光點，只有偶爾有人射穿霧氣時才會看到整道光束。

傑克從口袋裡掏出子彈，把最後四顆裝進槍裡。

六顆子彈。八個人。

他站起來，背上背包。

散彈槍上膛，開始往光點的方向走。

四十碼之後，潺潺流水隱約可聞。很快的，空氣中就只剩水聲，以及冷冽清甜的溪水氣味。

他減慢速度，在河岸邊停住。光點繼續往前。黑暗籠罩整個夜空。他心裡想雖然他告訴蒂依到溪邊等他，可是當她看到一大群手電筒光束時，可能只好先躲到別處。他吞下想大聲呼喊她的名字的衝動。

他站起來，又開始走。

當星光有時候穿透樹木照到地面時，他看到溪水像黑玻璃似的發亮，彎曲、分裂，但大多數時候什麼都看不見。他不敢開亮手電筒。

他在黑暗中摸索前進了十五分鐘，往上游走了四分之一英里。

他癱坐在一處冰冷潮濕的沙地上，瞪著剛剛走來的路。他試著想平息呼吸，可是他坐在那裡愈久，心裡愈是惶恐。最後他站起身子，往上游跑，一直跑、一直跑，跑到他的心臟狂跳，像要衝出胸膛似的。他不知道他跑了多久。可是，每一次他停下來時，樹林中還是只有他一個人，以及無窮無盡的黑夜。

身體劇烈的顫抖驚醒了他。

傑克從樹葉中抬起頭來。就快黎明了。酷寒下的每樣東西都泛著一層淡淡的藍光。他做了夢，可是夢境太過甜美真實，反而讓他不敢再多睡一會兒。

他往上游走了三十分鐘才在溪邊一塊蓋滿結霜苔蘚的大圓石旁停下。環顧四周，擦拭眼淚。他想著所有可能的錯誤，也許他該往下游走而不是往上；也許蒂依和孩子們整夜都在走，已經領先他太多；也許他在黑暗中不知不覺超越了他們；也許他們根本沒有待在溪邊，而在幅員廣闊的山裡到處亂走。

他又走了兩百碼，來到一塊大圓石旁，看到對面河岸的樹葉堆裡躺了三個緊緊抱在一起的人。

他停下腳步。低頭看著自己的鞋尖。再抬頭。還在那裡。他簡直不敢相信，即使在他涉水過溪時都還覺得他們隨時可能消失。

蒂依被他的腳步聲嚇一跳，立刻彈坐起來用手槍指著他的胸口。他微笑，眼眶一紅，然後一把抱住啜泣到發抖的太太。

「你知道在黑暗中錯過我們是多麼容易的事嗎？」她耳語。

「可是我沒有錯過你們。」他說。

「我聽到好幾聲槍響。我還以為你已經——」

「我沒受傷。而且我也找到你們了。」

「我不知道是不是該留下來等，還是往前走，然後我看到好幾道光束在樹林裡掃射，所以就——」

「你做得很對。」

娜歐蜜坐起來揉揉眼睛。她皺著眉頭看著父親。

「嘿！」她說。

「早安，小寶貝。」

「我們不能回去。」傑克說。他看著蒂依袋子裡的罐頭湯，還有他放在樹葉堆上自己袋子裡的東西，只有一個帳蓬、兩個睡袋、濾水器、露營瓦斯爐、地圖。就這樣。

「可是說不定他們會很快離開？」

「為什麼他們要離開？我看到他們的車了，蒂依。他們沒有備用品。沒跟上大車隊。所以他們面臨了和我們一樣的問題——沒汽油、沒水、沒食物。然後他們偶然發現了這個裡頭什麼都有的小木屋，不但可以遮風避雨，冷凍櫃裡還有兩百磅的鹿肉。」

「傑克，那個地方很完美。我們可以——」

「他們有八個人。八個有武器的成人。我們一定會被殺的。」

「嗯，我只是不喜歡在野外漫無目的地亂走。」

「不是漫無目的，蒂依。」他單膝蹲下，打開懷俄明州的地圖。「我們在這裡。」他說：「風河鎮的北邊。事實上我們離這座山的東緣不遠。」他的手指沿著北邊一條黑線畫過去。「我們就朝這條公路走吧！」

「多遠？」

「十五英里左右，最遠不會超過二十英里。」

「我的天啊！然後呢？傑克？」他可以聽得出來她聲音中的沮喪。「我們走到這條雞不拉屎鳥不生蛋的公路，然後呢？」

「我不知道。」

「你不知道。哼，我知道。我們需要一個他媽的大奇蹟。因為奇蹟是我們繼續活下去的唯一希望，傑克。他媽的大奇蹟。這就是我們現在面對的可怕狀況。你要我們爬過這些——」她的聲音哽咽破碎，無法再往下說，一轉身便走進樹林裡。

「媽。」娜歐蜜要去追她，可是傑克拉住女兒的手臂。

「讓她去，寶貝。讓她獨處一下。」

他們在山裡走了一整天。愈爬愈高，白楊樹就愈少，長青樹就愈多。溪水的水量大為減少，潺潺流水聲逐漸減弱，直到最後消失在一個岩壁大洞裡，就什麼聲音都沒有了。

爬到九千英尺時，他們停在一個小湖邊，天色還算明亮。小湖靠在一個剛好把石冰川一切為二、高約兩百英尺的懸崖前，一半的石冰川浸在湖水裡，對面的湖岸還有不少巨大的圓石露出半個身子。

傑克架好帳篷，撿拾冷杉毬果和松針，加上超過三晚所需的木頭。

夕陽落下時，他走到湖邊。湖水看起來黑而平靜。所以如果不是結冰了，就是湖底有黑曜石。有時紅鮭魚會浮到水面，泛起一個個的同心漣漪。他不斷地告訴自己這個地方有多美，提醒自己，如果他們住在東岸或留在阿布奎基，有可能正在遭受折磨，也可能像其他許多受害者一樣，已經喪失生命。然而，今晚他卻無法燃起正面樂觀的心情，隨著天空的光線消失，湖面的反射只是讓他感到絕望。

他回頭看著他坐在帳篷外、等他生火的妻小。他站起來走向他們。爬山一整天，他兩邊膝蓋都腫了。他可以感覺得出來，身體即將起更大的反應。

孩子們抬頭看著他。

他強迫自己微笑。

半夜時，柯爾問他，「那是什麼聲音？」

傑克躺在他旁邊的睡袋上。他也被吵醒了。他輕聲回答：「只是湖對面的石頭掉下來。」

「是有人在丟石頭嗎？」

「不是，只是石冰川自己在移動。」

「那麼水花聲呢？」

「有魚跳出水面。」

「我不喜歡。」

「你要我出去告訴牠們別鬧了嗎？」

「好。」

「沒事的。我向你保證。趕快睡吧！」

「沒有人來追殺我們嗎？」

「我們在這裡很安全，柯爾。」

「我好餓。」

「明天早上我們就會吃東西。」

「一大早？」

「一大早。」

小男孩幾乎立刻又睡著了。可是傑克躺在那裡，卻睡不著了。他試著不去理會睡袋下凸出的石頭。月色明亮，亮到可以透過帳篷的布。他聽著其他人沉重的呼吸聲，在心裡想著，他這一輩子，曾經為那麼多無謂的瑣事失眠過，為了錢、為了工作、為了他和蒂依的爭執，而現在他面對的可是生死攸關的大事，可是他唯一想做的，居然是好好睡一覺。

湖的邊緣結了一層薄冰。在早晨的陽光下，水氣冉冉昇起。傑克在長草的湖邊將水打入過濾器，再倒進不鏽鋼鍋裡。他煮沸水，從救急袋裡取出三包燕麥片加進去。全家圍坐在營火的餘燼旁，將鍋子傳來傳去，並試著想清醒過來。

吃過早餐後，他們拆掉帳篷，收拾東西，在枯黃草地的霜都還沒散時就出發。沒有現成的小徑可以走。

傑克利用指南針決定十英里外的一圈花崗岩高塔就是他們行進時的東方。

他們在雲杉樹林裡走了一整個早上，在正中午時來到一大片廣闊的上坡草原。一大群沒人看管的牛在吃草。

放眼望去全是山，但東方隱約可以看到溫暖的荒漠紅光。

到了下午兩、三點，柯爾開始抱怨他的腳好痛。

蒂依背起傑克的背包，傑克背著柯爾繼續走。

他們在早餐時都喝了大量的水，可是在高海拔的太陽下已經流汗流光了。傑克可以感覺到脫水的頭痛就要來襲。換句話說，每個人都會開始不舒服。

他們靜靜地往前走。沒有人有力氣說話，也渴的說不出話來。

那天晚上他們走進一個峽谷，發現中央有個湖。娜歐蜜一邊用長了水泡的腳跛行，一邊哭著告訴大家她沒事，她可以自己走到湖邊。

傑克組裝過濾器，將水打上來，讓他的妻小直接從塑膠管喝湖水。十五分鐘後大家才覺得喝夠了，換蒂依為他打水。傑克躺在涼涼的草地上，讓冰冷的湖水沖進他的喉嚨，濺溼他曬傷的臉。

他覺得頭重腳輕，頭顱裡似乎有東西爆炸了，但他仍然在迷迷糊糊中搭好了帳篷。他沒力氣升火，也不想吃東西，沒人有胃口，但蒂依還是幫每個人開了一罐罐頭，同時遞給他三顆最強效的止痛藥。

「我會吐出來的。」傑克說。

「不，你不會。你會吞下去。我們全都嚴重脫水，並且得了高山症。」她將豬肉豆子湯遞給他。「吃下去，多喝點水。然後去睡覺。」

全家都睡了，但傑克的頭痛並沒有減緩。過了午夜之後，他爬到外面，跌跌撞撞地走到湖邊。冷得不得了。月亮在每樣東西上投射出影子。他跪下，雙手、雙膝著地，將他的頭泡進薄冰層下的湖水裡。

到了清晨，他的頭已經不那麼痛了。他聽到其他人起床走到外頭的聲音。太陽升起之後，陽光直射，帳篷裡頭很快變得很熱。他不記得自己回來睡覺。不記得前一晚他做了什麼。他的頭腦像漿糊一樣，彷彿被果汁機攪過似的。

他們在湖邊吃早餐，他走過去。太陽已經比他樂意見到的升得更高。他們出發的時間晚了。

「你們還好嗎？」他問。

「棒得不得了。」娜歐蜜回答。

他在女兒身旁坐下，她將手上的玉米濃湯罐頭遞給他。

他喝著冷冷的玉米湯。「你的腳還好嗎？小寶貝？」

「它們不像以前那麼漂亮了。媽媽把它們包起來了。」

「以後睡覺時，要把食物帶在身邊。」蒂依說，「我的蘑菇湯裡居然有冰塊。」

「我個人是蠻喜歡湯裡有冰塊的。」傑克說。

柯爾笑了。

「我們不會吃太多嗎？」傑克一邊說，一邊將罐頭遞還給娜歐蜜。

「我們非吃不可，傑克。我們爬山消耗了太多體力。」

「我們還剩幾罐？」

「八罐。」

「我的天啊！」

＊＊＊

到了下午兩點左右，他們總算爬上山谷東側的陡坡，來到連樹木都不長的山峰。東方幾里外，隱約可以看到花崗岩高塔的尖頂從低垂的雲海中露出頭來。放眼望去看不到一棵樹，到處都是岩石。從他們站的地方可以看得到四個湖。雲層下的湖水是有點黯淡的灰藍色。

他們往東繼續走，雲海愈降愈低。

很快的，天就黑了，天空開始下起寒冷的細雨，可是他們還是走到山谷裡最遠的那個湖才停下。每個人都淋得溼透，冷得全身發抖。他們找到一塊平坦的草地，好不容易架起帳篷。每個人都脫下溼衣服，爬進睡袋，傑克幫大家拉上拉鏈。他們在睡袋裡相擁，聽著雨滴打在帳篷上，看著外頭愈來愈黑。

「我可以說一件事嗎？」娜歐蜜說，「很沒有禮貌，可是會讓我覺得舒服點？可以嗎？」

「寶貝，你想說什麼就說什麼。」

「這個。幹。爛透了。」

他們吃了晚飯。傑克穿上乾衣服。他從背包拿出過濾器和水壺。

「我馬上回來。」他說。

把腳伸進溼溼的慢跑鞋，爬出帳篷外。

他走到湖邊，蹲了下來。在藍色的薄暮中，他呼出的氣成了一朵朵的霧。他伸長耳朵想聽到他家人的聲音，想聽聽他們在談些什麼，可是卻只有一片靜寂。

他眺望湖的對岸，只能隱約看到盆地的線條。看不見岩石的紋理，看不見任何細節。只能看到參差不齊的山嶺的墨黑色輪廓。像是高山的鬼魂。

他將水壺裝滿，帶回帳篷。

「這壺是娜歐蜜的。」他說。

看著他的女兒貪婪地兩口就喝光了水。

他過濾了一壺給柯爾，另一壺給蒂依，最後他回到湖邊幫自己過濾一壺。

暮色更沉，盆地連輪廓都看不見了。雪花夾雜著雨滴不斷落下。水還沒裝滿，他卻停了下來。他的雙手不停顫抖。

趕快讓情緒過去。如果你一定要崩潰，在這裡崩潰。

他把臉埋進臂彎裡，失聲痛哭，直到再也流不出眼淚。

他們在寒冷的黑夜裡縮在一起，傑克和蒂依躺在兩側，把孩子們夾在中間。很久很久，沒有一個人開口，最後傑克終於說：「大家都還好吧？」

「好。」

「我猜吧！」

「還可以。」

「哇，你們的語氣真有說服力。」

「這是你經歷過最糟的一次事嗎？爸爸？」

「是的，娜歐蜜。遠遠超越其他任何的麻煩。」

柯爾問：「我們會死嗎？」

「不會。」

「你怎麼知道？」

「因為那不會發生在我們一家人身上。我不會允許它發生的。懂嗎？」

「懂。」

「你相信我嗎？」

「相信。」

「晚安，各位。」

「晚安。」

「晚安。」

「晚安。」

「你們知道我很愛你們吧？我是不是應該更頻繁地告訴你們『我愛你』？」

「夠了，爸爸，你說得很夠了。」

她不耐煩的回答讓他想起以前那個粗魯、尖銳、壞脾氣的娜歐蜜。

他不禁露出這天唯一的一個笑容。

帳篷上積了一英寸的雪。岩壁也被灑上薄薄白粉。傑克凝望天空和映照著天空的深藍色湖面。他好餓。餓得不得了。然而晨光的純淨美麗還是感動了他，想到它轉眼即逝，讓他不由得感傷起來。

盆地的輪廓若隱若現。彷彿在提醒他，他們躲不開它的。他站在冷風中，試著想找出一條可行的路線，但不管哪個方向看過去全陡峭得不得了。它們高高聳立著，似乎在譏諷笑他，在嘲弄他，笑他連想都不該去想，更別提他還帶著一個七歲的小男孩，要翻過山脈簡直是天方夜譚。

他喚醒全家。當娜歐蜜和柯爾在打雪仗時，蒂依為傑克的肩膀拆線。然後他們收拾行囊，重新包裹長水泡的雙腳，喝下他們的胃所能承受的最多的水，在太陽從山脊升起來前出發。

他們沿著湖邊走，進入每塊石頭都和汽車一樣大的圓石區。地勢在中午之後才變高，他們沒吃午餐，開始往上攀爬。到了下午三點左右，除了陰影處外的積雪全都融化了，他們站在湖的上方一千英尺，看著湖像顆被山谷捧在掌心的鑽石閃閃發亮。

柯爾的體力已經到達極限，娜歐蜜也差不多了，可是他們仍然一邊哭，一邊繼續往上爬。山勢愈高，岩石愈小，坡度愈陡，而眼看著太陽就快衝下山，黑夜馬上就要來了。

他們每走五十英尺，就停下來等落後的柯爾，然後蒂依和傑克會安撫他，誘導他再往前走。睜著眼睛說瞎話地告訴他，就快到了！

四點半時，傑克把背包拿給蒂依，將兒子抱起來，讓他跨坐在肩膀上。再往上爬了一百英尺後，他停了下來，太陽就快沉入西方的地平線。他突然想到他們今天最多就只能走這麼遠，晚上一定要在高山上過夜了。他抬頭張望，頭昏腦脹。岩石被夕陽下染成粉紅色，山脊也在微微反光。

「我們停下來吧！」他說。

「停下來？」

「我們應該要找個地方休息。」

「過夜嗎？」娜歐蜜說。

「是。」

「我們要在哪裡紮營？」

「今晚不能紮營，甜心。」

娜歐蜜靠著岩石滑坐在地上。他女兒毫不遮掩的哭聲傳進山谷裡。

傑克蹲下，讓柯爾從肩膀上下來，手腳併用地爬向娜歐蜜。

「對不起，娜歐蜜。真的對不起。爸爸知道這很辛苦。」

「我討厭這樣。」

「我也是。可是我們會在山上找到最棒的休息地點。想想待會我們會看到什麼樣的絕世美景。」

「我一點都不想看什麼狗屎美景。」

「對，其實我也是。」

「我討厭這座混蛋高山。」

「我知道，親愛的，我知道。」

傑克癱坐在他找得到的最大、最牢固的圓石下方。經過八小時的攀爬，他的雙手變得又粗又腫，眼睛也因塵土飛揚而乾澀不已。他們順著山坡躺坐，把多餘的衣服拿來當枕頭、鋪在兩個睡袋下。天空裡看不到一片雲，也沒有風，傑克心裡暗暗祈禱這樣的天氣會一直維持下去。溫度已經很低了。太陽從地平線後消失，傑克看到下面平坦的盆地底部沒有樹，卻有七個大大小小、顏色如墨水的湖。

一群野狼的嚎叫從下面傳來。

傑克打開最後四罐食物，他們一邊靜靜地吃，一邊看著太陽光逐漸隱沒。

慢慢的，樹木不見了，然後星星出現，一顆、兩顆，很快的整個天空充滿了好幾百萬光年前發出的閃光。他們一家人躺在高山上，縮在睡袋裡，相擁而眠。

傑克醒來，覺得又冷又渴，而且全身痠痛得不得了。他的妻小都還在睡。柯爾縮在他身旁，完全鑽進睡袋裡。傑克讓他們繼續睡，畢竟這是暫時逃離現實陡峭高山的唯一方法。他可以感覺到自己潛在的惶恐正在心裡到處流竄，試著要鑽出來。他把全家帶進這個絕境，他聽見自己的腦袋輕聲地指責，沒有食物，沒有水，卡在海拔一萬兩千英尺的高山，爬都爬不出去。他完全搞砸了，現在他們全家都要死了。

娜歐蜜說：「一盒家樂氏香果圈。我說的可不是小包裝的那種。」

「要家庭號的。」

「沒錯。我要把整盒倒進我們拌沙拉用的玻璃盆裡，然後加進一大瓶香濃冰涼的全脂牛奶。噢，我的天啊，我幾乎可以嚐到那個味道了。」

「Lucky Charms 棉花糖水果口味燕麥。」柯爾說，「不過我只要吃裡頭的棉花糖，加上很多巧克力牛奶。」

「我想吃大學附近那家小餐館的美國西南早餐墨西哥捲。」蒂依說，「裡頭要有炒蛋、西班牙臘腸和青辣椒。兩個肉桂捲。一杯熱騰騰的黑咖啡。傑克，你呢？」

「培根、牛小排、兩顆荷包蛋，還有浸在臘腸肉汁裡的比司吉。然後我要把整個盤子擠滿楓糖漿和辣醬。淹沒每一樣食物。」

「不喝咖啡嗎？」

「當然要喝咖啡。那還用說？說不定我還會在咖啡裡加點波旁威士忌，讓一天的清晨有個對味的開始。」

他們開始在陰影中攀爬，手摸上去石塊還冰冰的。爬了兩百英尺後，山坡從鬆動的泥石變成了堅硬的花崗岩，而且坡度比之前更陡。蒂依領頭，兩個孩子中間，傑克則爬在最後面。四個人全貼在岩壁上。

他伸出手抓住另一個凸出岩塊時，蒂依突然說：「我的天啊！傑克！」

「怎麼了？」

「你看到下面了嗎？」

他往下看。他們腳下的山豬如萬丈深淵，看起來非常可怕。

「看起來會比實際的更糟糕。」雖然傑克覺得他就快吐了，可是他還是硬撐著回答。他閉上眼睛，靠向山壁，緊緊抓著，胸膛磨擦岩石劇烈起伏。「繼續爬，」他說，「如果你會怕，不要往下看。」

「我不會怕。」柯爾說。

「很好。不過你還是要儘量小心。」傑克說，「娜歐蜜？」

「我他媽的怕得不得了。」

「我知道它看起來很恐怖，不過不要這麼常說髒話，寶貝。」

「我做不到，傑克。沒有辦法。」

「蒂依，你想要我告訴你一個祕密嗎？」

「什麼？」

「我們很厲害。想想我們經歷過的——」

「現在才是最糟糕的。」

「比被射殺還糟嗎？比我們看過的一些慘狀還糟嗎？」

「對我來說，是。我以前就做過類似的噩夢。卡在懸崖上，進退兩難。」

「嗯，我們並沒有卡住，而且我們非翻過這座山不可。只能這樣，沒有第二條路了。」

「我的腿抖個不停，傑克。」

「你做得到的。你一定可以的。」

他們又開始攀爬。傑克押後，檢視他們的進度，監看娜歐蜜和柯爾在岩壁上的姿勢，告訴他們做得真好，同時掙扎地隱瞞自身的恐懼。

往下看很可怕，往上頭其實更糟。他看不到山脊，不知道他們到底離頂峰多近或多遠，只看到一大片冰冷、帶著裂縫的岩壁，以及它上頭深藍色的天空和亮得讓人睜不開眼睛的陽光。

就在攀爬凸出的岩塊時，他突然想到即使他們願意回頭，往下爬回谷底的可能性根本為零。

「要不要休息一下？」他問。

他的妻小站在他上方一塊長了草的凸出石塊上，他攀爬最後數尺，也坐上去。

「不大妙，傑克。」

「什麼？」

「這個。」她用手輕輕在垂直的岩壁上拍了兩下。「變得更陡了。」

「應該會有別條路可以上去。」他說，「一定有。」他繞過娜歐蜜，順著岩壁走到凸出石塊的另一端，卻發現它在二十英尺後逐漸縮小，小到連讓他站的地方都沒有。

他側身走回家人身邊。「這邊不行。」他一邊說，一邊檢視蒂依身後的岩壁。確實是比他們剛才爬過的任何山壁都要陡，但至少有相當明顯的手抓、腳踏的凸出石塊，而且在他們上方十二英尺，還有一個蠻大的裂縫。

「我在想我們可以爬那個。」他說。

「你瘋了嗎？」

「看好！」

他伸長手，將手指固定在裂縫裡，把身體拉上去，再將他的腳踩上凸出的石塊。

「不可能的，傑克。」

「事實上，這還不難。」他說，雖然他可以感覺到此刻承受他全身重量的右腿就快開始發抖了。他抬起左腳放上一塊凸出的岩石，右手也換地方抓。現在他在長了草的石塊上方七英尺，世界開始傾斜，他的下方空盪盪的，除了空氣什麼都沒有。

他只能繼續往上爬。

他努力爬進裂縫，擠入一個和棺材差不多大小的空間。

「把孩子們推上來。」他說。

「傑克，別鬧了！」

「你照做就是了蒂依。柯爾，你能爬到爸爸這裡來嗎？夥伴？」

「要是他們掉下來——」

「沒有人會掉下去的。連提都不要在他們面前提這種事。」

「我做得到的，媽。」

柯爾伸手，把自己拉上岩石。「看著他，蒂依。」

「不要這樣，柯爾。」

「你必須讓他上來。」

她一邊哭，一邊舉高雙手，說：「讓開一點，娜歐蜜。不然他滑下來會撞到你。我可不想要看見他把你撞得跌下山。柯爾，你一定要非常小心，寶貝。」

小男孩靈巧地在岩石上移動，彷彿不知道失足的代價。傑克跪在岩石縫底部，往下伸長右手，等著兒子爬進他拉得到的範圍。

「柯爾，抓住我的手，我會拉你上來。」

柯爾伸出手。

傑克牢牢握住他的手腕，用力將兒子拉進岩壁裂縫。

笨重的背包和固定在上頭的散彈槍占據了裂縫裡大多數的空間。

「蒂依，你還有格洛克半自動手槍，對不對？」

「對，怎麼了？」

「我必須把背包丟掉。」

「傑克，不要。我們的帳篷、我們的睡袋、我們的——」

「我知道。相信我。我也不想這樣做，可是我沒辦法背著它在裂縫中移動。剛才它就卡住過兩次，害我差一點就掉下去了。」

他解開腰部的扣環。

「傑克，拜託，你再考慮一下。」

「我已經考慮過了。」

「我們不能沒有帳篷啊！」

他解開胸前的扣環。

「我們會想出辦法的。」

「什麼辦法？」

「我還不知道。小心點，你們兩個讓開。」他讓肩帶滑下，用力把背包往外一拋，免得它撞上長草的凸出石塊。

它往下掉落一百五十英尺後才撞上岩壁，接下來的四百英尺不斷彈起、落下，直到消失在圓石區的上緣時，傳達較慢的撞擊聲波都還聽得到。

「好了，娜歐蜜。」傑克說，「輪到你了。」

她開始爬。不知道是因為比較小心，還是對自己不如柯爾那樣有自信，她爬得很慢。爬到一半時，她不動了。

「我卡住了。」她說。

「你沒有卡住。上面兩尺的地方有個很大的凸出石塊可以抓住。」

「我再也抓不住了。我的手指──」

「聽我說，娜歐蜜。手伸長，抓牢，把身體拉上來。只要你過了那一點，我就能握到你的手腕了。」

她抬頭看著他，眼淚不斷地從眼角滑落，滿臉恐懼，全身顫抖，指關節因為抓住岩石承受的巨大重量而泛白。

「我在往下滑，爸爸。」

「娜歐蜜。往上伸長手抓牢，不然你真的會掉下去的。」

她猛然往凸出石塊伸出手，卻沒抓到，傑克驚恐地看著她的手指在平滑的石塊上滑動。就在她快掉下山時，他不顧一切往下伸手拉住她的手腕。他的手伸得太低，差點整個身體就從裂縫跌出去。娜歐蜜的腳在岩石邊晃動，一百五十磅的體重慢慢地將傑克的肩膀拉到快脫臼，也慢慢地將他拉出裂縫。

「噢，我的天啊！傑克。」

「我抓到她了。把腳踩上岩石，娜歐蜜。」

「我在試了。」

「不要試。趕快做。」她終於踩到石塊。傑克使盡吃奶的力把她拉上岩石，拉過凸出石塊，然後拉入裂縫裡。三個人擠在一起，娜歐蜜歇斯底里地放聲大哭。

「祝你們從此過著幸福快樂的日子。」蒂依說，「因為我是絕對不可能爬上去的。」

「別這樣，親愛的。上來嘛！只要你爬到這裡，後面就容易了，變得像吃蛋糕一樣簡單喔！」

「真的嗎？」

「也許蛋糕太美化了一點，但至少是奶油酥餅吧？聽起來也還蠻可口的，不是嗎？」

「我好恨你。」

可是至少她開始爬了。

事實證明在裂縫中往上爬真的比較容易，或許是因為三面環繞所產生的錯誤安全感，當然有許多凸出的踩腳、抓手處也是一大原因。他們一整個早上都在往上爬。傑克的手指頭起了不少水泡。

他一直在想不知道中午了沒有，為了應付危機湧出的腎上腺素把他的時間感搞得一團亂。同時，他也在擔心以大家的精神狀況應該是無法在山裡再過一夜了。

爬了三十英尺後，柯爾大叫一聲。

傑克的心臟幾乎停了。他抬頭，亮晃晃的陽光扎痛了他的眼，熊熊火焰般的威力讓他什麼都看不見。

他大叫：「大家都沒事吧？」

蒂依喊著回答：「我們到頂了。」

傑克站在山脊，忍受強風吹拂，望向東方。他們腳下的山勢逐漸往下進入一大片松樹森林緩坡，然後連接著一望無際的荒漠高原。幾里遠處，如果再往下爬一英里，就能到達一條筆直通往北方的柏油公路。

「在那裡。」傑克說，「我沒看到任何車子。」

「山的這一側看起來沒那麼糟。」蒂依說。

「是沒有，只是非常非常長。」

蒂依在山脊上蹲下。

「準備好要下山了嗎？」

「喔，百分之百準備好了。」

他們往東方走，走進殘留不少去年餘雪的陡峭圓石區，一條一條的白雪硬如柏油。當他們終於離開圓石區走進雲杉林時，天色已經快黑了。在堅硬的岩石走了兩整天後，傑克腳下的森林溼土感覺簡直像海綿一樣軟。他太累、太痠痛到忘了饑餓，但是卻渴得不得了。

「要停下來了嗎？」他們走過愈來愈暗的樹林，蒂依問。「我的意思是，又不是說我們得找個很棒的平地才能架設帳篷。什麼地方都可以睡，不是嗎？」

「有條溪會更好些。」他回答。

＊＊＊

傑克停下來四次，讓大家屏息靜聽，看看能不能聽到水流的聲音，可是沒有一次有人聽到，終於每個人都精疲力竭，累得再也走不動了。

傑克爬到一棟巨大的雲杉樹下，盡可能地將低垂的樹枝折斷直到他再也沒力氣為止。他的妻小和他一起躺在大雲杉樹下的鬆軟泥土上，擠成一團取暖睡覺。

蒂依伸出手，握住傑克的手。

柯爾已經睡著了。

天空幾乎全黑，只剩一點點微光掙扎穿過樹枝上的蜘蛛網。傑克想在蒂依和娜歐蜜睡著前對她們說幾句鼓勵的話，告訴她們他有多以她們為傲，可是他不該在思考應該說什麼時閉上眼睛。

他在半夜醒來一次。四周一片漆黑，他聽到「啪啪啪」的雨聲。還好上方的雲杉枝葉厚到足以為他們遮蔽風雨。傑克的身體冰冷，但他仍然可以感覺到臉上曬傷的發熱乾裂。當他閉上眼時，天色已經微亮。他心裡想著，雨水就在外頭不停地落下。水。可是即使他渴得不得了，也實在沒有力氣爬出去了。

森林裡飄散著昨晚下雨的味道，每樣東西都還在滴水。他們可以躺在樹下一整天，看著光線從樹枝間射進來，但他要他們動身。自從離開山的另一邊的高山湖後，他們已經整整兩天沒有喝到一滴水，他的頭劇烈地抽痛著。

他們離開時，天色才剛亮。沒有現成的小徑可以走，只能選擇障礙物較少的地方慢慢地穿越雲杉林。柯爾走不動了，傑克讓他坐在自己的肩膀上。他覺得頭昏腦脹，他的兩隻腳都不時抽筋，心裡還一直自責昨晚他應該在下雨時把全家拖到外頭，好好喝點雨水。他們就快渴死了，而他卻浪費了痛快喝個夠的好機會。

下午時，他們像殭屍似地踉踉蹌蹌穿過森林。回到松樹區，往下方的荒漠走。吹上山坡的風帶來了它的熱氣和乾燥鼠尾草的獨特氣味。

如果不是柯爾，他們一定會錯過。

小男孩指著樹林裡有點距離的一塊圓石，大叫著，「你們看！」圓石表面一條一條的暗色痕跡在陽光的照耀下閃閃發光。

傑克把兒子從肩上放下，跑向大圓石，跳過兩根倒下的樹幹，跪著在它底部附近的溼泥土滑行停下。

一股潺潺泉水不斷地從岩石頂端流下。他彎腰，喝了一小口，確定水可以喝。流進喉嚨裡的水是這麼的冰涼甘甜，他好不容易才有足夠的意志力把自己從水源拉開。

「怎麼樣？」蒂依說，「可以喝嗎？」

「保證你從沒喝過這麼好喝的水。」傑克站起來望著消失在岩壁裡的泉水。「是個湧泉。」他說：「過來，柯爾。」他幫助兒子踏上溼泥，抱著他，讓他的嘴靠近泉水三十秒。

「好了，夥伴。輪到姊姊了。」

他們每個人先就著泉水喝半分鐘，然後再從柯爾開始，要喝多久就喝多久，直到覺得足夠為止。

看著他的孩子們一口接著一口地灌水，對他來說是種痛苦的折磨，於是傑克離開圓石在附近閒晃，想找個適合今晚睡覺的地方。結果他幾乎不費吹灰之力就找到了，一塊在大樹蔭下的空地，低垂的樹枝很大，除非來一場暴風雨，否則絕對可以保證他們的乾爽。他把小石頭從泥土地上挑出來，把附近的苔蘚剝下，鋪在地上，成了一大片柔軟溼潤的地毯。他在苔蘚上坐下，透過低垂的枝葉仰望樹頂的天空。他沒戴手表，可是他猜現在應該是下午四、五點了。影子拉長，雲朵消散。已經在變冷了。

他的妻小睡著之後，傑克躺在泉水流下的地方。要花上十四秒的時間，流出的水才能裝滿他的嘴巴。他吞下，再張開空空的嘴。他在那裡躺了四十分鐘，看著天空變黑，一直喝一直喝，喝到他的胃都脹了起來，移動時隱約還可聽到肚子裡嘩啦啦的水聲。

身上的溼衣服在夜裡全結了冰。他們躺在樹蔭下，一邊發抖，一邊看著月亮從荒漠升起。傑克爬起來，走進樹林裡，折斷他能找到的每一根樹枝。全是松樹，上頭還有密密麻麻的松針。他抱著一大把樹枝回去他們可憐的營地，將樹枝放在他擠成一團、抱在一起的妻小的身體上。

他站在那裡凝視他們。

他回頭往西看，他們今天爬下山頭在暮色中若隱若現。

裂開的花崗岩在月光下閃閃發光。

為自己驕傲的感覺像藥物被注入似地在全身流竄。不過，說是驕傲其實並不精確，應該說是自我了解和認識。為他的視野開了前所未有的一扇窗。他客觀地面對自己，面對他所做的一切，他如何用自己的雙手和腦袋克服恐懼，他讓他的妻小到現在都還活著。他慢慢明白了一件事：一部分的他需要這個災難，熱愛這個災難，熱愛自己能為他們而強壯，為他們忍受飢餓和口渴，甚至為他們動手殺戮。他知道他會毫不猶豫地再做一次。他媽的，一部分的他可能還會很歡迎這種機會呢！在他過去的生命中，完全沒有任何經驗可以和為了保護他的妻小而殺人的刺激相提並論。在這一刻，這就是他存在的意義。

這輩子他頭一次覺得自己像個真正的男子漢。

他終於爬進樹枝下，張開手，擁抱兒子。

柯爾的牙齒在打顫。「我好冷。」小男孩說。

「你會暖和起來的。」

「什麼時候？」

「很快。」

「有人被冷死過嗎？」

「有，可是這種事不會發生在你身上的。」

「我還是沒有暖和起來。」

「乖，耐心一點。很快就會暖了。」

黎明時分，傑克醒來後的第一件事就是將手放上孩子們的身體。

「他們還在呼吸。」蒂依輕聲說。

「你睡得好嗎？」

「沒怎麼睡。」

「我們好臭啊！」他說。

「不要把我算進去，說你自己就好。」

「不，我想在這一點上，我可以全權地代表你。」

他看著太太。專注地看著她。這是他好幾天來第一次這麼做。她的臉頰髒汙，滿臉灰塵。嘴唇乾裂。嚴重曬傷。

「你的頭髮糾結在一起變成髮辮了。」他說。

「我看起來好醜，是不是？」

「看起來像個小男孩。」

「你就會甜言蜜語。」她伸手越過孩子們，握住他的手。「我們不能再這樣下去了。」她說，「你知道的，是吧？」

「我們就快走出山區了，蒂依。情況會愈來愈好的。」

「或者愈來愈糟。」

「你相不相信我們會找到一個安全的地方？可以讓我們活下去的地方？也許可以回到我們以前的生活？」

「我不知道，傑克。」

「我覺得你需要去相信那就是未來會發生的事。」

「只是……太難了。我好累。我好餓。然後我看著他們兩個，知道他們比我們更痛苦，我就心如刀割。」

「我們差一點死了，蒂依。我們很可能已經全都死了，或死了一、兩個。可是我們還活著，而且我們還在一起。你得緊緊抓牢這一點。讓它領著你繼續前進。」

中午前他們走出森林，來到一片光禿禿的下坡地。山坡的底部有一條河。過了河之後幾百碼就是柏油公路。公路之後是往東延伸一望無際的崎嶇山岩，灰暗、乾涸、波浪狀、一棵樹都沒有。

他們在鼠尾草的縫隙中穿梭，來到河邊，停下來喝水。

傑克讓柯爾坐在他的肩膀，涉水而過，蒂依和娜歐蜜跟在後頭。冰冷的河水讓娜歐蜜在踏入時倒抽了一口氣。還好現在是冬天來臨前的乾季，最深的水位也不過到膝蓋高而已。

度河之後，他們在一塊小山丘上休息。一家人坐在野草裡望著公路。

沒有任何車子。只有潺潺的流水聲和吹過草地的風聲。

過了中午，低矮的灰雲快速地往西方的天空聚集。

傑克站到柏油路上，看向離他四分之一里處的公路。

他回頭看，兩天前越過的高山聳立在一切之上，上頭還有皚皚白雪。

「要是有車子來了，我們要怎麼辦？」蒂依說，「我們沒有辦法知道他們是好人還是壞人。」

「我們必須要馬上做出決定。」傑克說，「如果只有一輛車，裡頭只有一、兩個人，也許我們就擱下它。不然，我們就躲起來。」

他們沿著路肩往北走。

她把格洛克半自動手槍遞給他。他退出槍匣，把子彈一顆顆退出來，一共九顆，再一一裝回去。

「把槍給我，蒂依。」

「你知道這是什麼公路嗎？」蒂依問。

「我猜應該是二八七號公路。」

「它通到哪裡？」

「大提頓國家公園。再往北到黃石公園，最後進入蒙大拿州。」

「我們要去蒙大拿嗎？」娜歐蜜問。

「為什麼？」

「因為蒙大拿過去就是加拿大。到了加拿大，我們就安全了。」

他們走了五、六個小時。一輛車都沒有。公路似乎成了地形分界線，以東是崎嶇的山岩，以西則是逐漸往上、一路連結到高山的丘陵。

雲層愈來愈厚，接近傍晚時，第一滴雨打上了柏油路面。傑克估計他們已經走了兩英里，可是除了架設在公路左側路肩的電話線桿子外，沒有看到任何一點文明世界的影子。

「我們得找個地方躲雨。」傑克說。

他們越過公路走進森林裡。可是高大直挺的松樹卻擋不了什麼風雨。

天空愈來愈暗，森林裡全是雨滴落下的唏噓聲。

他們靠著一棟大松樹坐下。傑克立刻感覺到在柏油路上走了幾小時帶給他雙腿的傷害。他的膝蓋腫脹。腳踝像有一百萬支針在刺那樣的痛。他皺緊眉頭地站起來。

「我去找找看有沒有什麼東西可以遮雨的。」

「不要走太遠，傑克。」

他離開他們，慢慢地往上坡走，進入原始森林。

四分之一里後，他走出樹林。

他停下腳步，開心地笑了。

他領著他們穿過森林走到空地，驕傲地揮手展示他們今晚的住處：一棟荒廢的馬廄。

「雖然不是希爾頓大飯店。」他說，「但我們住在裡頭就不會淋濕了。」

馬廄的圓木經過長久的風吹日曬，已經全變成灰白色。錫屋頂也鏽蝕成深棕色，而且只遮住半個馬廄。他們四個人躲進唯一還乾著的右邊角落。

雨滴打在錫屋頂上的咚咚聲像在打鼓。

「還好我們及時走出山區了。」傑克說，「現在那裡說不定在下雪。」

他們看著門框外的世界，雨不停地下，天色從灰暗逐漸轉成深藍。

柯爾爬上傑克的大腿，「我的胃好痛。」

「我知道，夥伴。我們都餓了。」

「我們什麼時候可以吃東西？」

「明天，明天我們會找到東西吃的。」

「真的？你保證？」

「他不能保證，柯爾。」娜歐蜜說：「他沒辦法確定我們明天一定可以找到東西吃。我們只能努力嘗試，但不見得一定找得到。」

柯爾開始哭了起來。

傑克親親他的頭頂，柯爾的頭髮還是溼的。「不哭，乖寶貝。」

雨仍然在下。他們沒有離開躲雨的角落，而且現在已經黑到伸手不見五指，所以他們短時間內也不打算離開。

「我真希望我們能有個營火。」娜歐蜜說。

「那一定很棒。」

「我知道怎麼做。」柯爾突然出聲。在黑暗中，看不到他的表情，只聽得到他的聲音。

「怎麼升火嗎？」蒂依問。

「我們要怎麼知道他們是好人還是壞人。」

「你在講誰啊？寶貝？」

「如果我們聽到公路上有車子來的話。」

「你一直在想這件事嗎？」

「如果他們有光，我們就知道他們是壞人。」

傑克說：「什麼光，夥伴？」

「就是他們頭上的光啊！」

「他在說什麼？傑克？」

「我不知道。柯爾，你說的光是什麼？我們之中有人頭上有光嗎？我、媽媽或姊姊有嗎？」

「沒有。」

「你的頭上有嗎？」

小男孩沉默了好一會兒。「有。」

「它看起來像什麼樣子？」

「像我的頭和肩膀上都散發著白光。」

「為什麼你有光，而我們沒有？」

「因為你們沒看過那個光。光就不會降落在你們身上。」

「記不記得我問過你，你在看過北極光後有什麼不一樣的感覺嗎？」

「記得。」

「你現在會覺得討厭我們嗎？」

「不會，爸爸。」

「你確定。」

「我確定。」

「我不想和他一起睡在這裡。」

「住口，娜歐蜜。他是你弟弟。」

「他被感染了。他和其他那些瘋子一樣看過那個光——」

「他還是個孩子。」

「那又怎麼樣？」

「他曾經試過要傷害你或爸爸、媽媽嗎？」

「沒有。」

「所以，也許那個光不會影響小孩。」

「為什麼會這樣？」蒂依問。

「我不知道。因為他們很純潔？」

柯爾開始哭了起來。「我不想傷害任何人。」

「我知道你不想。」傑克一邊說，一邊把小男孩拉入懷中。

幾小時後，傑克被柯爾的呻吟聲吵醒。

「蒂依？」

「怎麼了？」

仍然黑的伸手不見五指。

「柯爾有點不對勁。他在發抖。」

蒂依的手越過他的身體，摸著小男孩的臉。

「噢，我的天啊！他在發高燒。」

「為什麼他抖得這麼厲害？」

「他失溫了。來！把他抱給我。」

她接過柯爾，抱在懷裡，輕輕地搖晃他，安慰他。傑克躺在泥地上，聽著雨滴打在錫屋頂上，慢慢墜入夢鄉。

黎明的灰暗光線從馬廄殘破的屋頂滲入，柯爾的臉色看起來十分蒼白憔悴。

傑克說：「你覺得是什麼？」

「我看不出來是病毒還是細菌，可是我確定情況正在惡化。」

「我們今天就待在這裡。讓他好好休息。」

「發燒會讓人覺得口渴。他需要喝很多水。」

「你想要繼續走？」

「我覺得我們一定要走。」

「還有什麼事可以做，能讓他覺得舒服一點？」

她的眼睛裡全是淚水，卻只是搖搖頭。「我們先找水，然後找個溫暖乾燥的地方讓他躺下。能做的就這麼多了。」

烏雲密佈。

溫度極低。

持續的雨淋濕大地，每片葉子都在滴水。

傑克雙手抱著柯爾。

小男孩醒了，但他的眼睛混濁，視線失焦。顯然神智不清。

他們穿過松樹森林，回到公路。

剛開始的一英里是筆直的爬坡路，接下來卻是好幾個Z字彎道。傑克再度低頭時，柯爾已經睡著了。

又轉過一個彎後，他停下腳步，在公路上蹲下，但用手掌撐著柯爾的頭，免得孩子醒來。

「我不行了。」傑克說：「如果讓他騎在我肩膀上，我可以支持久一點。可是抱著他實在不行。」

「我們可以停下來休息。」蒂依說。

「休息不會增加我的臂力。他重達五十四英磅。我的身體受不了。」

他環顧四周。他們已經走進降雪區。除了柏油路面，其他的東西全覆蓋了一英寸半融的雪。長青樹的枝葉被積雪壓低著頭，每隔一陣子積雪滑落地面，它們才倏地彈回空中等待下一個輪迴。

「傑克，你想要——」

「先讓我休息一下。他還在睡，我不想吵醒他。」

他們坐在公路上。一切靜悄悄的，只有雪在融化和風吹過雲杉的聲音。柯爾在睡夢中發抖，傑克用自己的外套包住他。每隔五分鐘，蒂依就會伸手觸摸小男孩的前額。

娜歐蜜問：「他會死嗎？」

「當然不會。」傑克說。

他們吃了一些雪來解渴，可是卻同時讓他們覺得更冷。傑克捧著半融的雪讓柯爾吃了幾口。一個小時之後，他們掙扎起身，繼續往前走。公路不斷往上爬。很快的，連柏油路上都出現半融化的殘雪，接著換成結結實實的白雪。傑克發現將柯爾的身體抱直讓他的頭垂在他的左肩上，會比雙手抱著打橫的孩子來得容易一點。他們每走一小段，就得停下來休息，然後同樣的過程再來一次。只是走的時間變得愈來愈短，而休息的時間卻愈來愈長。

一整天，雪下下停停，公路領著他們走進高原。接近傍晚時，他們看到一處廢棄的工地，傑克心跳加速，期待著也許能找到一輛卡車，或者堆高機也好。可是唯一被留下的卻只是一個在成堆的波浪排水鋼管上骨架若隱若現的起重機。

＊＊＊

那一夜，他們睡在一根六英尺寬的水管裡。傑克坐在開口處，看著雪花不斷飄落，直到天色變暗，聽著蒂依輕聲安慰因高燒而一邊哭泣，一邊胡言亂語的柯爾。想到他們一家正面臨危機，他就沒有了睡意，他只是想閉上眼睛一下下，一下下就好……

當他再度睜開眼睛時，外頭天色已亮，雲杉樹頂的天空一片蔚藍，地面積了半英尺高的新雪。娜歐蜜的鼾聲在水管裡迴盪。

他望向醒著的蒂依，她還將柯爾抱在懷裡。

她說：「他的燒一小時之前退了。」

要是他還站著，鬆了一口氣的感覺一定會讓他腿軟癱坐在地。

「你整夜沒睡嗎？」他問。

她搖搖頭。「不過我現在有點想睡了。」

傑克看著外頭，白雪在晨光下閃閃發光。「我到附近去繞繞。」

「今天要找食物。」她說。

「什麼？」

「無論如何，我們都得設法找到食物。所以就今天吧！到了今天晚上，我們就有五天沒吃飯了，很快的，我們就會失去繼續走的體力。我們的身體沒有辦法這樣運作，只出不進是不行的。」

他的眼光越過蒂依，看向睡在陰暗處的女兒。「娜歐蜜還好嗎？」

「她沒事。」

「你呢？」

蒂依擠出一個笑容。「過去三個星期，我大概掉了二十到二十五英磅。我一直在想等我穿上比基尼，我一定性感得不得了。」

＊＊＊

傑克穿過工地，爬上起重機的骨架。駕駛室的門沒鎖，他將裡頭徹底翻了一遍。找到三袋結成球狀的馬鈴薯片和一個紙杯裡裝著四分之一滿、看起來應該是可樂的冰塊。

他將紙杯移到陽光下，走回堆疊水管的空地。

公路上蓋滿了白雪。

他爬上山坡，大口大口地呼吸著被雪淨化過的冰冷空氣。他的胃咕嚕咕嚕叫。能這麼早起，在穿透樹林的陽光間走動感覺很舒服。

有人在大叫。

傑克停在路中央，回頭，可是聲音的來源不是工地的方向。

更多的聲音從上方樹林傳來。

他考慮了三秒鐘，然後開始爬坡，努力對抗積雪的摩擦力往前狂奔。

聲音愈來愈大。

當他到達下一個轉彎處，看到一個綠色的路標上寫著：「托格沃蒂嶺口，海拔九六五八英尺。」遠方有一棟辦公室、加油站，甚至還有幾間小木屋散布在雲杉樹林裡。

停車場上擠滿了車，好幾十輛的轎車和休旅車、三輛軍用悍馬、兩輛裝甲運兵車、一輛史泰克系列八輪裝甲車、一輛布雷德利戰車，以及一輛貨櫃上漆著兩個大大的紅十字，中間夾著車身寫上「難民救助」四個大字的大貨櫃車。

傑克走向林地裡一群穿著迷彩軍裝、站在加油泵附近的男人。其中一個看到他，不發一語地便舉起放上夜視鏡的M16突擊步槍。其他人看到同伴的反應，紛紛舉起自己的武器，轉過來面對傑克。

他停下腳步，瞪著五個拿不同武器指著他的男人，腦袋裡想到的第一件事居然是這是九天前他們逃離小木屋後他第一次看到除了他妻小以外的人，感覺實在非常奇怪。

「你從哪兒來的？」

傑克彎腰喘氣，手指著公路的方向。講話的是最靠近他的那個人。一頭紅髮、蒼白、滿臉雀斑，看起來和傑克差不多年紀，差不多高度，可是多了三十英磅的肌肉和兩天沒刮的鬍渣。他拿著一把德國製半自動手槍指著傑克的臉，「你走過來的嗎？」

「是。」

「你身上有任何武器嗎？」傑克停下來想了一下才記起他把格洛克半自動手槍留給在大水管裡的蒂依了，他看著這群人手中的軍火，明白也許這是一件好事。

「沒有，什麼都沒有。」

男人對其他人揮揮手，他們全放下武器。

「你從哪兒來的？」

傑克站直身體。「阿布奎基。過去一個半星期，我都在爬山。已經五天沒吃東西了。」

男人把手槍放回槍套，微笑說：「嗯，看在老天的份上，誰來給這個可憐人一包即食口糧。」

可是沒有人真的去做。

他有雙淡藍如夏日晴空的眼睛。在陽光下，他瞇起眼睛看傑克。「還好你趕上我們了。我們已經在拔營準備離開了。」

「我叫傑克・科爾克拉夫。」傑克往前站了一步，伸出手和那人相握。

「很高興認識你，傑克。我的名字……」他的手肘撞上傑克的下巴。在黑色真皮戰鬥長靴的加強不鏽鋼靴頭用力踢上傑克的臉時，他跌進雪堆裡。「……一點都不重要。」傑克睜開眼睛。他仰躺著，紅髮男人的臉離他不過數英寸，他的鼻子被踢傷，眼淚流個不停，淡藍色的眼睛在扭曲的視線中彎曲變形。「還有誰和你在一起？」

男人一把抓住他的無名指，用力一扭，傑克覺得他的骨頭應該是斷了，然後他踩在他的左臂上，將刀子拉出刀鞘，傑克痛得發出哀嚎。

「只有我一個人。」

傑克恢復意識時，男人拿著他的無名指，舉在他面前，上上下下地拉扯玩弄著他的純金婚戒。

「把這個戒指套上去的人現在在哪兒？」

傑克整個左手臂彷彿被烙上融化的鐵棒，痛得不得了。

男人從槍套拉出手槍，槍管壓上了傑克的左眼，「先生，老實說，不然我可會讓子彈穿過你的眼角膜。」

「他們全死了。」傑克說，「被你們這群喪心病狂的瘋子殺死了。」

蒂依睜開眼睛，遠處傳來的引擎咆哮聲將她驚醒。她輕輕地將柯爾放在大水管的地板上，爬到外面。

雪地裡反射的陽光亮得讓她張不開眼。

她大喊傑克的名字。

掃視整個工地，卻不見他的身影。

聽到更多的引擎發動聲，她匆忙跑向公路。

車隊離她不是太遠，穿過樹林後再走一小段路就到了。她朝著上坡公路跑，往空地奔去。她轉過一個彎，看到小徑最上方有個綠洲。軍用汽車在停車場裡移動。她以為他們終於安全了，可是雀躍的心情卻只維持了短短幾秒鐘，然後她看見兩名離她一百英尺遠的士兵拖著一個滿臉是血的男人的雙臂，朝一輛十八輪貨櫃車張開的後門走去。

傑克。

她開始走向他，但在三步之後，她心裡媽媽的本能壓過了身為妻子的情緒。她已經站到空地上。二十多輛車的引擎聲響得震耳欲聾，空氣中全是汽車排放的廢氣。那兩個人拖著她丈夫走上貨櫃車後頭的坡道，另外兩名士兵則拿著槍指向半黑的貨櫃。她拿著格洛克半自動手槍，可是面對這一切，感覺卻像個糟到不能再糟的玩笑。她腦袋裡的聲音要她趕快跑。要是被人看到，他們就會追她追進森林，殺了她或把她抓走，那麼她的孩子就會獨自被留在野外，她無法想像世界上有什麼事比這個還糟糕了。

她從公路上倒退走回樹林，趴在雲杉樹苗的樹叢後，看著布雷德利戰車轉出停車場駛上公路，領著車隊開向小徑西方。傑克的腳消失在貨櫃裡，其他的轎車和休旅車也跟著一輛一輛轉出來。很快的，兩名士兵走出來，關上貨櫃後門，上鎖，跳到柏油路上，抬起金屬坡道放進貨櫃車下方。他們跑向史泰克系列八輪裝甲車，一個縮進後車廂，另一個爬上屋頂操作點五口徑的長程狙擊步槍。

大貨櫃車慢慢轉出停車場，後頭跟著史泰克系列八輪裝甲車。她眼睜睜地看著車隊愈走愈遠，漸漸駛向山的另一邊，覺得她的心彷彿被撕碎了。

沒有多久，她再也看不見車隊，只能聽到卡車在陡坡上的剎車聲。然後一切又恢復寂靜。沒有風聲、沒有鳥鳴，只有太陽亮晃晃地照在雪地上。

蒂依趴在冰雪上，痛哭失聲。

她踉踉蹌蹌走回公路，往小徑東方的下坡路走。喉嚨因為剛才痛哭而隱隱作痛，手上仍抓著自己崩潰時拔下的頭髮。她絕望地想做點什麼來改變既成事實，可是她什麼都不能做。無助感讓她覺得好像皮膚下有股強大而狂亂的電流在到處亂竄，找不到出口。她得花上好大的意志力才能克制用槍抵住自己腦袋的衝動。

她走回工地，慢慢走向大水管。兩個孩子都還在睡。她爬進去，坐下，曲膝，雙手抱著自己的小腿，試著不要再哭好讓孩子們睡久一點。每過一秒，傑克離他們就愈遠，她可以感覺到他們之間愈拉愈長的距離，讓她心碎不已。

娜歐蜜醒了。蒂依轉頭，看著水管裡的陰暗處，看著女兒坐起來揉眼睛。

她環顧四周。

「爸爸呢？」

蒂依輕聲回答。「出來外頭。我不想吵醒柯爾。」

「出了什麼事？」

眼淚又開始在她眼眶裡積聚。「先出來再說。」

當蒂依告訴女兒出事的經過後，娜歐蜜用手摀住嘴，跑向遠遠的一堆大水管，爬進下層中的一根。蒂依站在雪地裡流淚，聽著娜歐蜜的哭聲在大水管裡迴盪，像有人在吹著悲傷的長笛樂曲。

＊＊＊

柯爾瞪著她，臉色灰白，可是沒有哭。他們坐在公路一塊乾燥的柏油路面上，暖暖的高山陽光灑在他們身上。

「他們要帶他去哪兒？」小男孩問。

「我不知道，親愛的。」

「為什麼他們要帶走他？」

「我不知道。」

「他們會殺死他嗎？」

他的問題像刀刃，一把一把插在她心上，讓她無法逃避，只能更認清它代表的一切可怕事實。

「我不知道。」

柯爾轉頭望著工地。「娜歐蜜什麼時候才會出來？」

「要再一會兒。她很難過。」

「你難過嗎？」

「是的，我也很難過。」

「我們什麼時候才能再看到爸爸？」

她搖搖頭。「我不知道，柯爾。」

小男孩看著一小灘雪融化，滑過柏油路面。「這真是發生過的最糟糕的事了，是不是？」

「是的。」她看得出來他在思考，在分析整件事對未來的影響。

「如果我們找不到爸爸，那麼是不是以後你就變成我的太太，而我就可以管教娜歐蜜？」

蒂依抹抹臉。

「不是，親愛的。並不是這樣。」

到了下午，蒂依走到娜歐蜜躲了好幾個小時的大水管，從開口爬了進去。她看到女兒動也不動地躺著，她伸出手握住她的腳踝。

「娜歐蜜？你睡著了嗎？」

「沿著公路走，不久之後就有幾棟屋子。我想可以去看一下，也許裡頭會有食物。或許還有床可以休息。」

她還是不動，也不回答。

「你不能永遠躺在這裡，希望事情沒有發生。」

「我知道，媽媽。我知道。只是，你能不能再給我三十分鐘？拜託？」

「好。可是，三十分鐘後，我們就得離開了。」

他們在半融的雪水中走向小徑頂端時，太陽將他們的影子拖得好長。

木屋被惡意破壞。

餐廳也被洗劫一空。

冰箱裡除了腐爛的蔬菜水果外，什麼都沒有。她看到幾罐壞掉的調味料，甚至認真在考慮是不是要把它吃下肚。

蒂依必須打破玻璃才能進入其中一棟小木屋。他們從窗框爬進去。裡頭和戶外一樣冷，可是至少有個雙層床靠在牆邊。

孩子們爬到床上，蒂依打開門鎖，走到外面。她走回公路，站在小徑頂端。三十五英里外，夕陽的下緣已落到大堤頓的山峰之後，它附近的山脊反射著彩霞的亮光。白雪和岩石全裹上一層水蜜桃色的光澤。

她看著夕陽緩緩落下，心裡想著不知道被關在黑暗中的傑克現在人在何處。

她閉上眼睛，大聲地說：「傑克，你聽得到嗎？不管你在哪兒，不管你發生了什麼事，在這一刻，記得我愛你。我的心永遠跟隨你。永遠。」

她從沒以這麼絕望的情緒說過話，幾乎可以算是在祈禱了。她心裡想，不知道她滿肚子的怒氣會不會驅使什麼祕密的能量將她的話帶給他。

她在星光下走回孩子們睡覺的地方，積雪隨著她的腳步嘎吱嘎吱作響。有一部分的她仍然相信當她走進小木屋時，傑克會在那裡，她的感官記憶依然堅信他一直都陪在他們身旁。

小木屋裡一片漆黑，她聽到柯爾和娜歐蜜低沉地呼吸聲。她脫下破爛的鞋子，爬進有床單但沒有毯子的下舖床墊。希望她的孩子們能夠做個好夢，不要再夢到他們悲慘的現實人生。

隔天早晨，娜歐蜜幾乎沒有足夠體力爬下床。蒂依費盡力氣好不容易叫她起床，整個過程不禁讓她想到兩個月前開學第一天的母女大戰。

他們走到外頭，已經快中午了，氣溫回升，不算太冷。太陽高掛，大多數的積雪都融了，只剩陰影處和森林裡還有一些殘雪。他們強迫自己吃了一些，直到再也吃不下為止。

柏油路是乾的。他們朝下坡方向走。蒂依覺得好冷，她的頭比以前捐完血時更昏。雲杉樹和天空沒有顏色，在她眼裡只剩一片深褐。森林的聲音和他們踩在公路上的腳步聲聽起來是如此的模糊不清。

她心裡想著，也許他們就要死了。

到了下午兩、三點，蒂依回頭，看見娜歐蜜坐在公路中央，像被風吹動的蘆葦左搖右晃。

蒂依在她身旁坐下。

「我們要停下來嗎？」柯爾問。

「對，休息一下。」

「我也覺得應該要休息一下。」蒂依說。

小男孩走到路肩看著一個棕色告示牌，上頭畫著警告的鉛彈，寫著：「你現在進入了灰熊之鄉」。

「我不是在休息。」

「那麼，你是在做什麼？」

「我又餓又累，而且爸爸大概也被殺了。我只想現在就死掉，和爸爸一起。」

「不要說這種話。」

娜歐蜜慢慢地轉頭看著媽媽。「難道你不想嗎？誠實地回答我。」

「我們必須繼續走，娜歐蜜。」

「為什麼你要這麼說？我們什麼都不用做。我們可以在這裡等死，或者你可以現在就結束我們的痛苦。」

她的視線望向插在蒂依腰間的格洛克半自動手槍。

蒂依揚起手來打了女兒一耳光，同時嚇到娜歐蜜和自己。

她小聲說：「你他媽的立刻給我站起來，小ㄚ頭，不然我會親手拖著你的屁股翻過這座山。老天在上，我養你這麼大，可沒教過你遇到困難就放棄。」

蒂依掙扎地站起來，娜歐蜜卻癱在公路上用她僅存的一點點力氣痛哭起來。

蒂依也哭了。「來吧！柯爾，我們走。」

「娜歐蜜怎麼了？」

「她會沒事的。她只是需要一點時間。」

「我們要把她留下嗎？」

「不是，她想獨處一會兒。」

到了傍晚時，他們只走了不到一英里，然後他們離開公路，走進一個散布許多圓石的草原。沒有雪，也沒有泉水。覺得好渴卻找不到東西喝。蒂依一直想著他們早上走過的雪地，一直想著她應該從小徑起點的餐廳拿個容器在雪地裡裝滿冰塊留著備用的。

因為最近下過雪，地面還很溼軟。他們蜷曲在一塊大圓石的背後，以防有車從公路經過看到他們，在星星出來之前，每個人都睡著了。

蒂依被照在臉上的陽光和脫水造成的頭痛喚醒。兩個孩子都還在睡，她讓他們繼續睡。她覺得無精打采，又覺得毫無希望。完全沒有從溼冷柔軟的草地爬起來往下坡公路走的動力。

她躺著，時醒時睡，但總會回到相同的問題：你在哪兒？還有，你是不是已經……？她不相信如果他真的死了，她會不知道，她的靈魂不可能沒有絲毫感應。

她面對著女兒側躺，娜歐蜜的眼睛半開。枯萎的黃色雜草彎腰在她們之間晃動，蒂依慎重地考慮它的可食性。

「我全身都在痛。」娜歐蜜說。

「我知道。」

「我們要死了嗎？媽媽？」

這種問題要她怎麼回答。

「我們的情況不大好，寶貝。」

「會比現在更痛嗎？我的意思是，在最後要死的時候。」

「我不知道。」

「還要多久？」

「娜歐蜜。我不知道。」

蒂依完全失去了時間感。她無法從太陽在天空的位置分辨出現在是早上還是下午。她伸長手，觸摸柯爾的背，確定他還在呼吸。小男孩靠著大圓石睡，她可以感覺到從岩石透出的陣陣寒氣。

蒂依轉回去面對女兒，娜歐蜜已經在草堆中坐了起來。蒂依看著她的臉，心想她的顴骨似乎特別凸出，在她凹陷的眼窩下方像一彎新月浮在空中。

「你聽到了嗎？」娜歐蜜說。

蒂依聽到了。像是持續打雷般的轟隆隆聲。她抬起頭來，「在我們上方，娜歐蜜。」

一架飛機橫過天空，在一片蔚藍中留下一道長長的白煙。距離太遠，看不出是什麼型號。

夜裡非常冷。蒂依的背靠著圓石躺著，柯爾縮在她懷裡發抖。孩子們睡著了，可是她已經醒了超過一個小時，努力在對抗各種負面的想法。她其實並不打算在草原裡躺一整天的。只是他們太過虛弱，而且精疲力竭，根本爬不起來。明天，她就必須做出選擇，可是她知道他們只會比今天更累、更渴、更痛苦，她已經在心裡列出一個又一個的藉口，說服自己為什麼他們不該繼續走。三個人一起躺在兩尺長的草地上是多麼舒服的一件事啊！

娜歐蜜搖醒她。

「媽，起來。」

蒂依睜開眼睛，女兒的輪廓在星空中彎腰看著她。

「怎麼了？娜歐蜜？」連講話都很不舒服，她的喉嚨腫起來了。

「有人來了。」

「拉我起來。」

她掙脫柯爾的體重，抓住娜歐蜜的手臂，用力坐直身體。

她仔細聆聽。

一開始時，什麼都沒聽到。然後，她聽出來一個引擎聲遠遠傳來。她皺著眉想分辨它是愈走愈遠，還是愈來愈近。

「它正朝著我們開過來，媽媽。」

蒂依扶住圓石，讓自己站起來。她拿出格洛克手槍，金屬上結了一層薄薄的霜。他們走過高山草原來到公路的路肩。雙黃線在星光下微微發光。車子的引擎聲愈來愈大，就像一陣陣的浪潮不斷地撲向海岸。

蒂依的大腿肌肉灼痛。她手掌的熱氣融化了手槍上部分的霜，她拉起襯衫，擦掉鋼鐵上的冰。

「回去圓石那裡等我，娜歐蜜。」

「你要做什麼？」

蒂依將手槍放進她雨衣的側身口袋。「等聽到我叫你時，搖醒柯爾，把他一起帶過來。在我沒叫你之前，什麼都不要做。如果事情出了錯，你記得躲好，不要出來，好好照顧你弟弟。」

「媽——」

「沒有時間了，你馬上走。」

娜歐蜜跑回草原，蒂依站到公路上，在樹林的縫隙間找尋車燈的蹤影，可是除了漸漸接近的引擎聲外，她什麼都沒看到。

一個影子在轉角出現。

她本來想躺在柏油路上，可是面對一輛沒開車燈卻在黑夜中以高速奔馳對著她衝來的車，她失去了勇氣，所以她只是跨站在雙黃線上，像個瘋婆子似地拚命揮舞手臂。

相距不到一百碼時，車子放慢速度，剎車燈亮了起來，路面變紅，輪胎在路面發出刺耳的磨擦聲。蒂依遮住眼睛，害怕自己就快被撞上，但是仍然堅持不讓步地佇立原地。

然後，引擎聲在離她兩英尺處停下，空氣中全是橡膠燒焦的味道。聽到駕駛座的車門打開，她把抬高的手臂放下。是一輛越野吉普車。光線太暗，看不出是深綠還是棕色。四個塑膠汽油桶綁在車頂。

「你想自殺嗎？」男人大聲咆哮。

蒂依拿出格洛克，對準他的心臟。從吉普車內部散發的燈光，她看得出來他已經有點年紀，短棕髮，一大把白鬍鬚，灰白的鬍鬚。他的左手似乎握著什麼東西。

「把你手上的東西扔掉。」她命令。

他面露猶豫。她直直地盯著他。他一定在她視線裡看到了什麼，因為一把槍隨即被丟在柏油路上。

「你埋伏在這裡等著打劫我嗎？」

蒂依大叫孩子的名字。在黑暗中，聽見他們跑過來的聲音。

「雙手抓住車門上方。」蒂依說。

娜歐蜜和柯爾跑過馬路時，他照做了。

蒂依注意到車門上畫著「國家公園管理局」的徽章。

「你看得到他嗎？柯爾？」小男孩擠到她身邊時，蒂依問。

「看得到。」

她繼續盯著那個男人。

「他的頭上有光嗎？」

「女士，你是在幹什——」

「閉嘴。」

「沒有，媽媽。」

「你確定？」

「我確定。」

但她還是用槍指著他。「你叫什麼名字？先生？」

「愛德。」

「姓什麼？」

「安布納西。」

「你跑到這裡來做什麼？安布納西先生？」

「那麼你們跑到這裡來做什麼？」

「拿槍的人才有問話的權力。」

「我試著要活下來。」

「我們沒被感染。」她說。

「我也沒有。」

「我知道。」

「你怎麼可能會知道？」

「你有水和食物嗎？」

他點點頭。蒂依的腦袋突然閃過一個念頭，考量他們現在的狀況，還有美國目前的局勢，她應該立刻殺了他，搶走他的吉普車和車上所有物資，不該再花時間和他交談，因為事情要是出錯，他們全死定了。可是要真的扣下扳機，她實在狠不下心。他也許是個好人，也許不是，可是她沒辦法冷血謀殺他，即使是為了她的孩子都不行，再進一步想，也許正是因為他們，她才下不了手。

「我們本來是四個人的。」她一邊哭，一邊說：「可是兩天前我丈夫被某個軍隊抓走了。你知道他可能會被帶去哪兒嗎？」

「對不起，我不知道。」

「我們已經一個星期沒吃東西了。」蒂依覺得自己快昏倒了，她的右腿往後試著撐住自己。「我不想繼續用槍指著你的臉。」

「我一點都不反對。」

她放下手槍，將它插進牛仔褲的後口袋。

愛德彎腰，突然停下。「我要把我的槍撿起來，可是沒有要攻擊你們的意思。」

「好。」

他在車門後蹲下，從柏油路面撿起左輪槍，朝他們走來。蹲到和柯爾一樣低。

「我叫愛德。」他說，「你叫什麼名字？」

柯爾沒有回答。

「告訴他你的名字，夥伴。」

「柯爾。」

「你喜歡士力架巧克力棒嗎？」

蒂依的胃頓時開始咕嚕咕嚕地響了起來。

「喜歡，先生。」

「嗯，那麼你運氣真好。」

「你是個好人嗎？」

「我是。你呢？」

柯爾點點頭，愛德雙手在大腿一推，站直身體，轉向娜歐蜜。

「我叫娜歐蜜。」她說。

「很高興認識你，娜歐蜜。」

蒂依伸長右手。「愛德，我叫蒂依。」

「蒂依，很高興認識你。」

突然間，一陣天旋地轉，蒂依無法控制地倒向愛德，雙手抓住他的頸子。她忍不住啜泣，感覺到他輕輕拍著她的背。她聽不清楚他在說什麼，但他低沉的聲音宛如雷鳴似地流過她的身體，算是她這幾天來所得到最大的安慰了。

愛德把吉普車開到草原，下車打開後車廂。蒂依和孩子們等在車後看著他在一大箱袋裝食物裡翻找。後座座位上擺了另外三個塑膠汽油桶，地板則放了許多大水瓶。

蒂依和娜歐蜜、柯爾坐在後車廂，因為過度焦急，在幫柯爾撕開包裝紙時，她的手指抖個不停。當巧克力和花生的香味噴鼻而來時，她的饑餓膨脹成劇痛。

他們各吃了兩包巧克力棒和五、六個蘋果，一起喝了一大罐裝在玻璃瓶裡的水。他們吃得好急，狼吞虎嚥，彷彿不是在吃東西，而像是被壓在水裡好久，總算能浮出水面大吸一口空氣。當他們吃完後，蒂依克制住想乞求更多食物的衝動，因為她看得出來愛德的儲糧也不多了。

「你是從哪兒來的？」她問。

他坐在後保險桿旁的草地上，剛好在吉普車的頂燈照得到的範圍。「猶他州的拱門國家公園。」

「你是公園巡警嗎？」

「是。」

「我們住在阿布奎基，是……我不知道，三星期前吧？我猜，離開的。今天星期幾？」

「星期五。嗯，現在應該是星期六凌晨了。」

「我們想要逃到加拿大去。聽說只要一過了國界就有難民營。」

「我也聽到同樣的消息。」

「你路上遇到很多麻煩嗎？」

他搖搖頭。「我是在三天前才啟程的。大多只在晚上行動。事實上，我真的該走了。」

他站起來。蒂依注意到他穿著綠色長褲、長袖灰色襯衫，猜測這可能是他巡警的制服。

她說：「你可以讓我們一起去嗎？」

「我沒辦法載你們全部的人。」

「那麼，請帶走我的孩子。」

「媽媽，不要。」

「閉嘴，娜歐蜜。拜託你？求求你。」

愛德拿出他的左輪槍。

「我要你們全部下車，馬上。我會留些食物和水，甚至可以留個水壺給你們。可是我不能載你們一起走。」

蒂依低頭看著自己又髒又破的鞋。

「我們會死在這裡的。」

「如果你們和我一起走，我們全都會死的。現在，下車。我得走了。」

蒂依眼睜睜地看著吉普車駛過草原，開回公路，聽著引擎加速，看著車尾燈閃爍離開，聽著它離他們愈來愈遠，消失在黑暗之中。

娜歐蜜哭喊著。「你應該射死他的。媽媽。他的槍扔在馬路上時，你就應該——」

「他不是一個壞人，娜歐蜜。」

「現在，我們死定了。」

「他並不想傷害我們。你想要住在一個我們必須殺死無辜的人才能活下去的世界嗎？我不會這麼做。即使為了你和柯爾，我也不會。有些事比死亡更糟糕，對我來說，殺他就是。」

柯爾說：「你們聽！」

愈來愈近的引擎聲。吉普車的影子又出現了，在它駛進草原時畫出一道三角形的光。

引擎熄火。

愛德下車。

「我並不喜歡這樣。」他一邊說，一邊走向後車廂，打開行李廂的門。「他媽的一點都不喜歡。所以什麼都不要說。看在老天的份上，千萬不要謝我。你們現在馬上過來幫我挪出空間。」

愛德把可以移到後車廂的東西搬過去，挪出夠讓娜歐蜜和柯爾擠進去坐的空間。蒂依爬進副駕駛座，扣上安全帶，愛德發動引擎。排氣管噴出熱氣。電子時鐘亮著凌晨兩點五十九分。愛德握住排檔桿，慢慢駛出草原，上了路肩，回到公路上。

他一邊加速，一邊打開音響。

喇叭傳出經典藍調歌曲的旋律。「她是個好心的女人，她時常看到邪惡的事，她是個好心的女人，她時常看到邪惡的事，如果你有這個想法，就好像殺了我一樣。」

蒂依把頭靠在車窗上，看著樹木快速後退。再一次聽到輪胎在柏油路上轉動，以這麼快的速度前進，感覺十分怪異。公路在過了那個小徑頂端後，以急降坡蜿蜒通過雲杉樹林，她的耳朵有時閉塞，有時又打開，聽到的聲音時大時小，先是悶著，然後在她嚥口水時又變大聲。滿月高掛在天上，光芒耀眼，陽光似地照在公路上，照得樹木都出現了清楚的影子。她望向西方，一片荒蕪，透過擋風玻璃，她可以看到大堤頓山的魁偉輪廓。

蒂依從前座中的縫隙往後看，柯爾和娜歐蜜睡成大字形，手腳彼此重疊。她伸出手，碰了一下愛德的肩膀。

「你救了我們的命。」

「我剛才還講得不夠清楚嗎？」

「我不是在謝，我只是在陳述事實。」

「是，問題是，我並不想這麼做。我是個極端自私的混蛋。」

蒂依將座椅往後調。「你想換手讓我開車時，告訴我。」

他咕嚕了一聲，雙手隨著藍調在方向盤上打拍子。蒂依心想，如果他們不在車上，他大概會跟著唱吧？

「你要跟著唱也沒關係。」她說，「我們無所謂的。」

「將來你要提議什麼事前，要小心地想一想。」他說，然後開始放聲高歌。

他的歌聲五音不全。

她靠在車窗上打瞌睡，做了很多片斷而光怪陸離的夢，然後墜入無夢的深眠。

等她醒來時，電子時鐘亮著五點二分。

窗外仍一片黑暗，但東方的天空已經開始露出極淡的紫光。娜歐蜜和柯爾還在睡。音樂停了。

「你想要換我開嗎？也許你可以睡一會兒？」

「不用了。再過幾英里，我會找個地方停下來，好在白天時遠離危險的公路。」

襯著黎明前的天空，老忠實客棧看起來巨大如山。他們將車子停在前面柱廊下。孩子們感覺到速度變慢，紛紛醒來。愛德關掉引擎，下車，打開後車廂。從工具箱裡拿出一個手電筒。

紅色雙門微微開了一條縫，他們用力推開大門。

愛德打開手電筒。

「有人在嗎？」他的聲音在廣闊的大廳迴盪。手電筒的光束掃過超大壁爐，以及數量看來有一整座森林的光滑樹幹搭建成的七層中空閣樓。

沒人回答。

「你來過這裡嗎？」愛德問。

「來過一次。」蒂依說。

他們爬上臺階，來到一排可以眺望上層門廊的房間。蒂依和孩子們挑了一間兩張雙人床的房間。牆壁全是香柏嵌板。窗戶下有個鑄鐵暖爐。他們不再需要手電筒，因為天窗已經透進了黎明的晨光。

愛德說：「我覺得我們應該要輪值，以防有別人進來。」

「你開了整晚的車。」蒂依說，「我來當哨兵吧！」

「只要讓我睡五、六個小時，我就又生龍活虎了。中午時叫醒我。」

＊＊＊

蒂依在黯淡的走廊裡漫步。這個地方在靜默中更顯壯麗。她以前和傑克來過。十六年前的夏天。那時大廳裡人群熙熙攘攘，亮得不得了。是在他們從蒙大拿州搬到新墨西哥州的路上，傑克即將去新墨西哥大學任教，而蒂依也要在開始在大學附屬醫院當駐院醫師。他們在這裡的餐廳吃中飯，只停留了幾個小時，可是她仍對當天的感覺記憶猶新，他們那時才剛新婚四個月，覺得兩人的未來充滿希望，面對他們正要一起開始的新生活，她至今都還記得她當初輕鬆愉快的心情。

她下樓回到大廳，走向戶外，踩著柏油小徑來到觀景臺。天色大亮。噴泉的另一頭有一大群麋鹿在最近才被燒過的美國黑松樹林旁吃草。

過了一會兒，一柱噴泉湧向空中，在冷空氣中冒出蒸氣。上一次蒂依看到噴泉噴發時，旁邊至少有五百個觀光客。她聽著溫度超高的噴泉灑向礦石化的地面，一陣輕風吹向她，水霧灑在她臉上時只剩微溫。

下午一、二點時，她和愛德爬上客棧最頂端的屋脊平臺，眺望噴泉和山丘，附了地面旗幟飛揚的聲音，周圍一片靜寂。她突然有種奇怪的感覺，彷彿只要她瞪著遠方夠久、夠用力，她就能看到他在別處的身影。

「你在想念你先生，是吧？」

她擦擦眼淚。「你離開猶他州時，留下了什麼人嗎？」

愛德搖搖頭。

「這樣事情會比較容易吧？我的意思是，你只要擔心自己就好。」

「我結過一次婚。我最近一直在想她。不知道她怎麼樣了。」

「有孩子嗎？」

「很久沒和他們聯絡了。」他看著她，好像想要進一步解釋似的，可是很快又換了一個話題。「我猜要越過國界到加拿大可能很困難。我絞盡腦汁地想找出其他的辦法。」

「像什麼？」

「我們再往北開幾小時就會到達博茲曼。那是離我們最近的機場。也許我們可以設法找到一架飛機。」

「你是飛行員？」

「以前駕駛過不少商業噴射機。」

「你上一次進駕駛艙是什麼時候的事？」

「你確定真的想知道答案嗎？」

「你還能飛嗎？我是說，航空科技過去幾年不是改變了很多嗎？」

「我們找一架最基本的雙引擎螺旋槳飛機就好。不會太複雜。那麼，不到兩小時，我們就可以抵達加拿大了。」

蒂依睡到傍晚，然後她帶著娜歐蜜和柯爾走到觀景臺。等噴泉終於噴發時，陽光平行地射過滾燙的水霧，將透明的水轉成無數朵紅色的火焰。

愛德維修吉普車，為它加油，差遣柯爾擦乾淨每扇車窗。他們在月亮高掛天空，月光亮到可以不開車燈都能看到路時，才在馬蒂・瓦特（Muddy Waters）的藍調中往北疾馳。

一個半小時後，他們進入蒙大拿州。他們快速經過格地尼、麥尼爾和艾瑪格蘭等孤立小鎮，全部空無一人，全被燒個精光，徹底到他們連想停下來找找看有沒有食物的慾望都沒有。

午夜之前，愛德將車在路肩停下。

「我們快到博茲曼了。」他說，「可是如果我們繼續開這條路，就非接上高速公路不可。」他打開置物箱，拿出地圖在方向盤上攤開。

他們開了整晚的公路在地圖上是一條深色粗線。蒂依靠過去，指著一條從粗線上分出去的淡灰色細線，「要改走這一條嗎？」

「對，我們應該改走這一條。你看到它是怎麼橫切過去的嗎？只要轉進這條路，再開二十英里，我們就會到博茲曼機場了。」

蒂依在越野車開過頭時注意到那條岔路。愛德在空曠的公路上迴轉，駛進泥土小徑。路面很顛簸，對吉普車老舊的避震器是個很大的挑戰。他們左搖右晃了好幾英里，穿過一個松樹森林緩坡。森林裡的道路太黑，愛德只好開亮車燈。

「我們真的能在今晚就飛出去嗎？」蒂依說。

「如果可以找到一架有足夠油料的飛機的話。不過我大概會等到黎明才飛。畢竟我已經二十年沒飛了，實在不想只靠機器指示而看不見外頭的狀況。」

「我可以幫忙飛嗎？」柯爾問。

「當然可以，副機長。」

蒂依看著窗外疾馳而過的空地，心裡想著能夠飛離這一團混亂，終於可以將孩子們送到安全的地方，感覺似乎太過不真實，她簡直無法想像這怎麼可能。

愛德重踩剎車。

她的身體被往前拋，然後被安全帶用力而疼痛地拉回來，固定在皮椅上。

當她回過神時，她第一個想到的是她摔到後座地板上的孩子們，第二個想到的則是對著吉普車衝過來的好幾個光點。

「後退，愛德。馬上後退——」

擋風玻璃碎裂，愛德倒在方向盤上的同時，蒂依感覺有什麼暖暖的液體噴上她的側臉。汽車喇叭刺耳地長鳴，其他的子彈貫穿玻璃，夜色裡到處都是槍聲。蒂依解開安全帶，將排擋桿推到P檔，從前座中央扶手爬到後座，在不斷飛來的子彈中，伸開四肢壓在娜歐蜜和柯爾身上。

「他死了嗎？」娜歐蜜問。

「對。」

槍聲停了。

「你們兩個有受傷嗎？」

「沒有。」

「不要再射了。」柯爾哭叫著。

「你被射到了嗎？柯爾？」

小男孩搖搖頭。

好多腳步聲向吉普車走來，在逐漸接近的手電筒照耀下，蒂依看到大量的透明液體從後座車窗上流下。

「我們得趕快下車。」她小聲說。

她的眼睛已經開始感到灼熱，刺鼻的汽油味愈來愈強烈。

「如果我們下車，他們就會對我們開槍。」娜歐蜜說。

「如果我們不下車，他們會把我們活活燒死在車子裡。他們射破了車頂上的塑膠汽油筒。」

蒂依打開車門，踉蹌地走出去。手電筒的光加上黑暗中她視網膜上深紫色的殘影，讓她不僅看不見來人的模樣，連來了幾個人都不曉得。

「站在原地。」一個男人的聲音說。蒂依站住，舉起雙手。

「拜託。我和兩個孩子在一起。娜歐蜜、柯爾，出來。」她感覺有人靠到她身邊，應該是柯爾，靠在她的右手臂上。

「他們就像我一樣。」柯爾說。

「你在說什麼？」

「他們頭上有光。每一個人都有。」

「坐回去你們的車上。」那男人說。他離蒂依很近，她可以清楚地看到他臉上三天沒刮的鬍子，穿著深藍長褲、皮大衣，和指著她的臉的自動武器。

他晃動機槍，示意他們移動。更多人從他身後的暗處走過來。

蒂依考慮拔出插在她長褲後口袋的手槍。不行，那是自殺行為。

「比爾，檢查一下司機。」

一個矮胖結實的士兵用手電筒照向愛德的車窗。

「已經回歸主懷了，老闆。」

「你的打火機還在吧？你這個老菸槍混球。」

「在。」

「你很珍惜這個打火機，是不是？」

「它是我大哥的。」

「把它扔過來吧！」

「去你的，馬克斯。」

士兵將打火機拋向拿槍指著蒂依和孩子們的男人，不鏽鋼外殼在手電筒的光束中閃閃發亮，馬克斯用左手接住打火機，右手仍然穩穩地拿住AR-15自動步槍。

「你和他們在一起做什麼？小朋友？」

「不要對我兒子講話。」

「閉上你的臭嘴。」

「你是什麼意思？」柯爾問。

「你很清楚我是什麼意思。你難道不想參加我們的行動嗎？」

「為什麼你們不能放過我們？我們和你們無冤無仇。」

馬克斯抬頭看蒂依，眼神裡有明顯的恨意。「上車！」

「不。」

「上車，不然我就對著你和你的孩子的膝蓋開槍，然後再親自把你們塞進去。你可以四肢健全地在裡頭燒烤，你也可以膝蓋骨全碎地在裡頭燒烤。對我來說，只要能享受看著你們燒死的樂趣，一點差別都沒有。」

蒂依說：「我們到底對你……」

馬克斯將AR-15自動步槍的槍口對準她的左膝。

她得在一秒鐘內做出決定，是要掏出手槍，還是最後一次對孩子們說話。

「我愛你，娜歐蜜。我愛你，柯爾。沒有人可以奪走我對你們的愛。」

「我就可以。」馬克斯說。

她拉近孩子們，娜歐蜜放聲大哭，可是她仍然不允許自己移開視線，繼續盯著那個即將謀殺他們的男人。她瞪著馬克斯，心裡想著多年之後，在他臨死之前，在他的良心回顧一生時，他會想起他們嗎？她想著從此之後他是不是一閉上眼就會看到她來索命？可是她看到他回瞪她的眼神，看到他嘴角輕蔑的微笑，她覺得答案應該都是否定的。蒂依的心臟狂跳，幾乎要跳出喉嚨。

突然飛來的子彈讓比爾腦漿四溢。

樹林間傳來如雷的槍響。馬克斯轉向聲音的來源，五、六個他的手下倒地，手電筒紛紛掉落，機關槍的槍口噴出火光。蒂依用力將娜歐蜜和柯爾拉向地面，拉著他們爬離吉普車，爬向馬路的另一邊，然後滾進路旁的大水溝裡。

潮濕、肥沃的泥土味。槍戰愈來愈激烈，他們身後的樹木中了不少子彈。蒂依把娜歐蜜和柯爾的頭往下壓，將柯爾拉進懷裡，在槍林彈雨的喧鬧聲中一次又一次地在他耳邊說著：「媽媽在這裡。媽媽保護你。」她聽不到他的哭聲，可是她可以感覺到他的小身體抖個不停。

感覺上像過了好久好久之後，槍聲終於停了。

他們躺在黑暗中。蒂依瞪著泥土牆。

有人大喊：「撤退！」

慌亂奔跑踩在葉子上的聲音傳來。有人退回森林裡了。

一個男人在附近呻吟，乞求救援。

手槍射了三發子彈的爆炸聲。

AR-15自動步槍還擊。

雙方對戰了五、六分鐘。蒂依突然覺得槍聲聽起來彷彿像兩隻可怕的鳥兒在吵架。她想爬出水溝偷看，可是身體卻不願移動。

又過了一會兒，所有的槍聲都停了。

腳步聲的迴音從森林傳來。

在附近呻吟的男人哀求上帝幫助他。

有人說：「吉姆，在這裡。」

機關槍響劃破平靜的夜。

四聲槍響還擊。

腳步聲愈來愈靠近水溝。

「你確定我們解決了所有人嗎？」

一個女人回答，「沒錯。他們一共有九個人。我數了一、二、三、四、五、六……」她大笑。

「嘿！你要上哪兒去？」手槍射出一發子彈，響起爆炸聲。「那裡還有一個快死的。」

「不要開槍，麗茲。」

「為什麼？」

「拜託，求求你，我好痛啊！」

「我真是他媽的好同情你啊！為什麼我不能殺了這個混蛋？」

「馬蒂耶斯說要捉一個活的。」

「凱伊，司機死了，可是我看到三個人影下了車。一個女人，兩個孩子。」

「槍戰開始時，他們就爬進樹林了。也許現在早跑得不見人影了。」

腳步聲越過泥土路，停在水溝旁。

女人對著樹林大喊：「女人和兩個孩子？你們在嗎？我們是好人，所有的壞人如果不是死了，就是希望自己已經死了。」

蒂依動也不動，她不想驚嚇到任何人，只是輕聲說：「我們在這裡。就在你的腳下。」

女人單膝跪下。「有人受傷嗎？」

「沒有。」蒂依雙手往泥地用力一撐，坐了起來。「謝謝你。你們來的正是時候，他們正要活活燒死我們。」

「你們現在安全了。」女人伸出手，和蒂依握手。「我是麗茲。」

「我叫蒂依。」

「這兩位是？」

「這是柯爾。這是娜歐蜜。」

「嗨！柯爾。嗨！娜歐蜜。」

麗茲穿著一件式的黑色連身衣，烏黑的長髮在黑色棒球帽下綁成馬尾。即使蹲著，蒂依也看得出她很高大結實，她有稜有角的下巴線條充份說明了她是個有堅強意志力的人。

「來！我們離開這裡吧！」麗茲說：「你想和我們一起走嗎？」

「走去哪兒？」

麗茲微笑。「離這裡不遠。」

蒂依牽著柯爾和娜歐蜜的手，跟著麗茲和其他人在手電筒的指引下穿越樹林。兩個人拖著受傷的士兵走在最後，滿樹林全是他的呻吟聲。雖然自己差點死在那群人手上，但蒂依卻對他的痛苦感同身受，心裡很想去治療他。她長久接受醫療訓練，助人的衝動已經根深蒂固地成了她的特質之一，她不禁懷疑她這一輩子是否還會改變。

走了四分之一英里後，他們停下腳步。

有人說：「我們到圍牆邊了。」

對講機傳來一個飽受靜電干擾的聲音，「周圍已經淨空。」

「我們救回一個女人和兩個孩子。我會讓麗茲把他們安頓在十四號房。派一個人送食物和水過去。順便送幾件乾淨的衣服。」

「收到。」

蒂依注意到圍牆一圈一圈的鋒利鐵片反射著寒光。

其中一個男人站到一塊下垂的鐵絲網旁，拉起來讓大家從下面爬進去。他們跟著照做，繼續走了五十英尺後，終於走出樹林。明亮的月光下，蒂依看到空地上好幾棟小屋宛如衛星似地圍繞著一棟很大的拱形鋼構屋。

麗茲放慢腳步，陪著他們一起走。

「你們一定累壞了。」她說，「我們會先把你們安置在小木屋裡。我想告訴你們，不用再擔心了，你們在這裡很安全。你看到那裡。」她指著空地盡頭、森林邊緣矗立的幾座二十英尺亮的木造眺望塔。「每一座塔上都有一個全副武裝的守衛戴著夜視鏡在輪值。你們睡著時，他們會確保這裡的安全。」

他們走向小木屋群眾的區域。

「我不懂。這裡到底是什麼地方？」蒂依問。

「這裡是我們的家。」

小木屋很乾淨，但是比托格沃蒂徑頂峰的屋子更小。裡頭有兩張床、一張書桌、一把推進書桌下的椅子和一個五斗櫃，還有洗手臺和淋浴間。

「入夜之後，發電機全關了。」麗茲說。她拉開最上層的抽屜，拿出五、六根蠟燭和一盒火柴。一分鐘後，溫暖的燭光照亮整個房間。

她走到蒂依面前，仔細看著她的臉。

「你身上都是血。我會叫人送桶水過來，讓你稍微清洗一下。要等到早上蓮蓬頭才會有熱水。」

「謝謝你，麗茲。」

「我先離開。食物很快就會送來。」

蒂依脫下胸罩、內褲，突然發現自己臭得不得了。她彎腰，把臉浸到水桶裡，用毛巾擦掉乾涸的血跡。她用力刷洗腋下，稍微清洗一下手臂和大腿，可是頭髮還是糾結成塊，而且好油膩。

柯爾睡著了。蒂依和娜歐蜜坐在另一張床上，狼吞虎嚥地吃著送來的食物，兩個人一致同意托盤上的水果、乳酪和餅乾是她們這一生中所吃過最棒的美食了。

蒂依把手槍藏在床墊下。她們爬進棉被裡，過了好一會兒，體溫終於讓床墊和被單間的空氣暖了起來。蒂依伸手摸了摸睡在角落的女兒。

娜歐蜜輕聲問：「你認為爸爸死了嗎？」

蒂依覺得彷彿有人拿了根長釘戳進她的胃。

到了明天，他就離開四天了。

「我不知道，娜歐蜜。」

「嗯，你感覺到他死了嗎？」

「我不知道，寶貝。我連想都沒辦法去想這個可能性。拜託先讓我睡一下吧！」

窗外出現曙光時，她才進入夢鄉。蒂依爬起來，拉上窗簾，又爬回床上。她試著入睡，可是她的思緒卻不聽控制地瘋狂亂轉。她再爬起來，走到窗戶旁，從兩片窗簾的縫隙看出去。外頭已經有幾個人在走動，長長的草地上結滿白色的霜。光天化日下看，草原上凌亂地散布著二十多棟和他們睡的這棟一樣只有一個臥室的小木屋、三棟大一點的A型架尖頂屋和中央的巨大拱形鋼構屋。森林邊緣停放了幾個嚴重鏽蝕的貨櫃，上頭全是松針，彷彿它們已經被扔在那裡幾百年了。遠方的高山從松樹林探出頭來，蒂依坐在桌面上看著天色變亮，兩個半小時後那個叫麗茲的女人走向他們的小木屋時，她仍坐在那裡。

主要拱形建築約有五十英尺寬，一百英尺長，完全沒有窗戶。光禿禿的電燈泡從天花板垂下來，波浪狀的鋼板將所有的聲音融合成一種空洞、金屬共振般的迴音。許多廉價折疊桌靠牆擺放，在中央空出一條寬敞的走道。一走進入口就看到一個大黑板上寫著：馬鈴薯煎餅佐培根乳酪烘蛋。

麗茲領著他們走向一張空桌。

「已經有好幾個星期我們不能進城補貨，現在我們只能靠MRE過活了。」

「什麼是MRE？」柯爾問。

「就是即食口糧（Meal Ready to Eat）。軍隊用語。還好我們去年買了兩貨櫃。」

蒂依可以感覺到來自四面八方的好奇眼光。她試著將視線集中在塑膠桌面上的一個汙點，不去理會內心的惶恐。她覺得自己好像又回到初中第一天上學在沒有朋友的餐廳吃中飯。

一個少女站到他們的桌子旁，手上提著一個裝了棕色小包裝袋、塑膠餐具和一疊錫碗的籃子。

「歡迎。」她說。

在早餐後，一個鬍子刮得很乾淨、薄薄金髮幾乎變成全白的男人站起來對大家講話。他穿著牛仔褲、格子襯衫和黑色羽絨背心，站在桌子上，好讓每個人都能看到他。

「我相信你們全聽到昨晚的槍聲了。我很高興地向大家報告，麗茲、麥克和他們那一組人成功驅逐了在營區附近設下路障的士兵。」

大家鼓掌叫好。

有人大喊：「幹得好！」

站在桌上的男人舉起手，群眾立刻安靜。

「我方沒有任何人員傷亡，而最棒的是我們活捉了其中一名士兵。他傷得很重，可是還活著。麗茲和麥克在這次的行動中，同時也拯救了三條生命。」他指著入口處。「蒂依，請你和你的孩子們站起來和大家打個招呼。」

蒂依牽著柯爾的手，戳了一下娜歐蜜，三個人一起站了起來。

「謝謝。」蒂依低頭看著麗茲。「謝謝你，也謝謝不知道坐在哪裡的麥克，還有所有昨晚參加行動的人。我很確定，如果沒有你們，我和孩子們早就死了。」

「請你上來這裡好嗎？」桌上的男人說。

蒂依繞過她的椅子，踏上中央通道。當她走到男人站著的桌子時，他伸出手將她拉上去，然後一隻手臂環著她的腰，頭靠到她的耳邊輕聲說：「蒂依，我是馬蒂耶斯・肯納。請你先自我介紹，然後說出你們逃亡的過程。」

她看著下面五、六十張望著她的臉。

擠出一個虛弱的微笑。

「我叫蒂依。」她說，「蒂依．科爾克拉夫。」

一個坐在遠處的人大喊：「大聲一點！我聽不到！」

之後，馬蒂耶斯帶著她參觀營區。早上九、十點的太陽照亮了整個樹林。草地上的晨露幾乎消失。他帶她去看水井、溫室、養雞場和因冬季降臨已經不能耕種的農地。

「十二年前，我買下這片九十英畝的土地。」他說，「我賣掉公司，和幾個朋友從博伊西搬來這裡。很大的決心，是不是？」

「是什麼原因讓你做出這個決定？」

「我想過得像個自由的人。」

「你以前不自由嗎？」

他對瞭望塔上握著狙擊步槍的大鬍子男人揮揮手。「早安，羅傑。」

「早安。」

「沒有狀況？」

「沒有狀況。」

馬蒂耶斯領著蒂依走進樹林，一邊走，一邊用右手解開腰側掛著大左輪槍的槍套。

「羅傑在九年前來找我。他以前是個年收入三百萬美金的投資銀行家，可是卻過得非常不快樂。這片通電圍牆設在樹林內緣五十英尺，把我們整個營地圈在裡頭。我們在重要的地點裝設了不少動作感測器。六個警衛日夜巡邏。如果我發現你是間諜，或者你騙了我，我會當著你的面殺了你的孩子，然後等一天之後，再殺你。」

他停下腳步，看著她。

她可以聽到身後的圍牆輕聲嗡鳴。他們站在陽光下，她看著他棕色的眼睛反射出綠草地的亮光。她的膝蓋一軟，突然覺得她需要坐下。

「我只是一個來自阿布奎基的醫師。」她說，「努力想保護我的孩子。我說的一切都是真的。」

他們又開始往前走。

「十天前，我們派人出去偵查。」

「結果沒有回來？」

他搖搖頭。「外面現在是什麼情況？」

「像一場可怕的噩夢。你沒辦法分辨誰是好人、誰是壞人，直到他們出手想殺死你。」

「不是只是軍隊叛變？」

「不是。他們集結在一起，組成車隊四處移動。他們可以一眼就看得出來誰沒被感染。我們經過了好多被燒成平地的市鎮，數目多到我都記不清楚。」

「兩、三個星期前，我們不得不槍斃五個自己人。他們突然殺了三個人，殺得我們措手不及。是病毒感染嗎？你知道根本的原因是什麼嗎？」

「不知道。」她說，「只知道它爆發的速度非常快。」

他們越過一條路。蒂依注意到樹葉上有淺淺的輪胎痕。

「你們有車嗎？」她問。

「有。」

她看到前頭有輛車在移動。其中一個警衛開著車沿圍牆巡邏。

「我們有兩個孕婦。可是營區裡沒有醫師。」

「我很樂意幫忙。」

他們從樹林轉回空地，經過一群站在草地上的孩子們，每個人都帶著自己的小黑板。

「我們對這裡的教育很引以為傲。」他說，「當然，我們很歡迎娜歐蜜和柯爾來一起上課。」

下午時，蒂依幫兩名孕婦檢查，還去看了一個有點發燒、咳得很厲害的十五歲男孩。即使時間很短，但能重新和她之前的生活產生連結，還是讓她得到一點安慰。

「我不喜歡這個地方。」娜歐蜜說，「我覺得這些人不正常，好可怕。」

蒂依躺在小木屋的床上，和孩子們一起蓋著棉被。小男孩已經睡著了。

「那麼，你會同意現在比快餓死時好嗎？」

「我猜是吧！」

冷空氣從窗框漏進來。窗外的天空一片黑暗，只能隱約看到雲杉樹林最上層的輪廓。

「我們要住下來嗎？」娜歐蜜問。

「至少住個幾天。恢復體力再走。」

「這裡是民兵組織之類的嗎？」

「我猜是。」

「所以他們大概是反政府和歧視黑人的極右翼嘍？」

「我不知道。我沒問過他們，也不打算問他們。」

「我寧願去加拿大。」

「拜託不要想這麼遠，一天一天打算好嗎？至少在他們還給我們東西吃時，忍耐一下？」

半夜突然有人來敲門。

蒂依驚醒，倏地坐了起來，睜開眼睛看看四周。屋子裡完全沒有燈，而她在上床前已經吹熄了蠟燭，現在房間裡一片漆黑。她記不得她周遭有什麼東西，甚至不記得她身在何處，直到聽見馬蒂耶斯·肯納的聲音從門的另一邊傳來。

「蒂依。起來。」

她爬過柯爾，光著腳站上冰得要死的地板。

在伸手不見五指的情況下摸索前進。

房門內側並無任何鎖，所以她只是握住木頭把手，稍微拉開了門。

「很抱歉吵醒你了。」馬蒂耶斯在她拉開的一寸寬門縫中對她說：「不過你是個醫師。」他微笑。在星光下，她注意到他的左臉有一道暗色的汙漬。「有時候醫院也會在半夜傳呼你，對吧？」

「很少。我有自己的診所。」

「嗯，很抱歉打擾你了。可是我們真的需要醫師的幫忙。」

「出了什麼事？」

「你先換好衣服。我就在這裡等你。」

＊＊＊

她跟著他穿過空地，沒有月亮的夜空，星星閃耀著寒光。他們來到一棟在樹林邊、一半埋在泥土裡的水泥小屋。蒂依一看，還以為是躲閉暴風雪的避難所。

馬蒂耶斯領著她走下臺階，來到一扇鋼門前。

她站在最後一個臺階上，心裡不禁有些遲疑。「我們來這裡做什麼？」

「你待會兒就知道了。」

「我不喜歡這樣。」

「你以為我們提供給你和你孩子的食物、飲水、住處都是免費的嗎？」他推開門。一陣夾雜著鮮血、糞便、皮膚燒焦的臭味湧向蒂依，讓她想起年輕時在急診處輪值的回憶。她轉頭做好心理準備，才將視線轉回去。

那個男人，或者該說是他的形骸，赤身裸體地躺在石頭地板上，被和從拱形建築裡拿來的一張折疊椅銬在一起。他失去意識地躺在一灘在燭光下看起來和機油一樣黑的血泊中。

麗茲坐在另一張折疊椅上，滿身大汗，看起來十分開心。她的大腿上橫放著一支大約一寸寬、一端用水電黑膠帶捆了好多層的鐵桿。手指握在黑膠帶上的痕跡明顯可見。麗茲身旁的地板上鋪了一張毯子，上頭擺了好幾把刀子、一個鑽孔機、一個裝滿冰水的桶子和一個小噴燈。

「你為什麼要這樣做？」蒂依問。她一定沒把心裡的厭惡感隱藏好，因為麗茲回答她：「這是那天在我們出現前，要燒死你和你孩子的那個男人啊！」

「我知道他是誰。」

「我們在搜集情報。」馬蒂耶斯一邊說，一邊關上鋼門。「不幸的是，幾分鐘前，麗茲打了他之後，他就昏倒了。」

蒂依盯著麗茲。「你打他哪裡？」

「右手臂。」

「能不能麻煩你看他一下，醫師？」馬蒂耶斯問。

蒂依走向那個叫馬克斯的人，在石頭地板上仍逐漸擴大的血池邊緣蹲下。她伸出兩隻手指放在他的手腕上，感覺他微弱的脈搏。檢查右壁二頭肌骨折處慢慢擴散的瘀青，像一道病態的彩虹，紅色、黃色、藍色、然後黑色，一圈又一圈。他的下腹側有個彈孔，摸起來相當灼熱腫脹，她猜大概子彈應該是打穿了他的肝。

「她沒殺了他，是吧？」馬蒂耶斯問。

「還沒有，但她打斷了他的右臂肱骨。他大概是痛得受不了才昏過去的。」他注意到馬克斯的雙腿，拚命地想壓抑愈燒愈旺的怒火，冷冷地說：「如果你再燙他，他會因為失去太多體液而休克死亡。我的意思是，毫無疑問，他明天或後天一定會因敗血症而死，可是如果你繼續燙他，他今晚就死定了。」

「很有用的消息。」

「還有什麼其他需要我幫忙的事嗎？」蒂依一邊問，一邊瞪著地上這個差點就謀殺了她的孩子的人，可是心中仍然覺得不忍。

「馬克斯提到柯爾也受到感染。」

蒂依轉頭。「你開什麼玩笑？」

「馬克斯告訴我們，當你們在路障下車時，他看到柯爾的頭上有光。」

「胡說八道。」

「確實有這個可能。事實上，我也希望是這樣。但為了保險起見，麥克現在正在詢問柯爾。」

「你在刑求他。他什麼話都說得出——」

「你這麼想？」

蒂依跳起來，往鋼門走。就在她的手要握上門把時，有人從後頭攻擊她，將她推向冰冷的水泥牆上。

「很公平。那麼我們就去找他們吧！」

「沒有我在場，誰也不准問我孩子任何話。」她氣得發抖。

「只是一般的談話。」馬蒂耶斯說。

「我他媽的一定會殺了你們，如果你碰了——」

麗茲在她耳邊說：「不要急，蒂依。」

她被夾在麗茲和馬蒂耶斯之間往前走。蒂依的左手臂被緊緊鉗住，她猜只要麗茲想要，直接讓她骨折也不是問題。從她住的小木屋的窗戶可以看到裡頭現在點著蠟燭。如果她能掙脫束縛，她會立刻向它飛奔。他們走得愈近，她可以感到自己的心跳愈激烈。

他們跟著馬蒂耶斯爬上三個臺階，來到門口。

他推開門，「進行得如何？」

蒂依掙開麗茲的手，推開馬蒂耶斯，跑進小木屋。

柯爾坐在床上，麥克跨坐在一張從前門拉過去的椅子上。娜歐蜜也起來了，靠坐在窗戶旁。從女兒的表情，蒂依看得出來她真的很害怕。

她爬到床上，將兒子擁入懷中。

「你沒事吧？夥伴？」

「沒事。」

「娜歐蜜？」

「我沒事，媽。」

「每個人都沒事，這位太太。」麥克說。他聲音中顯然刻意練習過的平穩和權威感，還有他刮得乾乾淨淨的臉和梳得油亮的金髮，不禁讓她聯想到她最討厭的那種警官。

「沒有我在場，你不准詢問我兒子任何事。」

麥克對她的法律要求置若罔聞，反而轉頭看著馬蒂耶斯。

「問他關於極光的事。」

馬蒂耶斯看著柯爾。「來，告訴我關於——」

「不要回答，柯爾。你用不著對這個人說一句話。」

「你錯了，蒂依。」馬蒂耶斯說，「你真的認為我無法擺脫你，和你兒子私下談談嗎？你可以回答我，柯爾。柯爾，喔，天啊……沒事的，不要哭。一切都會沒事的。」

柯爾把頭埋進蒂依的胸前，她可以感覺到他小小的身體在顫抖。柯爾正努力克制自己，不想在這些陌生人面前哭出來。

麥克說：「小男孩告訴我，五、六個禮拜前，天空出現奇怪的東西。」

「所以他說的和馬克斯說的一樣。」

「對，而且，很顯然看到那個光的人之後全被感染了。」

「你看到那個光了嗎？柯爾？」

柯爾不肯看他。

「小男孩有沒有看到那個光？」

「他說他看到了，可是他的爸媽和姊姊沒看到。」

「他沒有任何問題。」蒂依說，「他不會對任何人構成威脅的。」

馬蒂耶斯瞪著蒂依。「我們刻意與世隔絕，不看新聞，甚至不看氣象預告。告訴我這到底是怎麼回事。」

蒂依親了親柯爾的頭頂，一邊輕拍他的背，一邊說：「幾週前，出現了一場超大極光，美國本土的四十八州和墨西哥北部都看得到——」

「而你們卻沒看到？」

「它不算是什麼大新聞，報導的篇幅只和一場大流星雨差不多。我們本來打算熬夜等它，可是時間太晚，傑克和我爬不起來。」

「但你兒子看到了。」

她的眼睛全是淚水。「柯爾當天睡在朋友家。他們全家設了鬧鐘，在凌晨三點時爬起來看。」

馬蒂耶斯微笑。「你騙了我。」

「我是怕你會——」

「你把一個受感染的人帶進我們營區裡。」

「我兒子沒有感染。」

「那是你說的。可是柯爾已經承認他看過那個光。馬克斯也說他昨晚看到小男孩的頭上有光。

他怎麼可能沒有感染？」

「我是他媽媽。我對我兒子的狀況最清楚。他一點都沒有變。他沒有敵意。」

「你應該了解，我必須對住在這裡的六十七個人負責。我不能只聽你的一面之詞就相信你。」

「那麼我們離開。」她說。

「事情如果這麼簡單就好了。」

「你是什麼意思？」

「你知道我們營地的位置。你參觀過我們保全系統的運作。你真的相信我會放過得知這麼多寶貴資訊的你回去外頭的戰場嗎？」

「如果我們要走，你又能拿我們怎麼樣？」

「蒂依。」馬蒂耶斯往前走了兩步，在床邊坐下，伸出手沿著她的脛骨往下滑，然後用手指輕輕圈住她的腳踝。「這裡的憲法是我寫的。這裡的民法和刑法都是我發明的。我就是這裡的神。」

他放開她的腿，轉頭望向麥克。

再望向蒂依。

「我想，以目前的情況，我們兩個出去外面單獨談一談可能對大家都好。」

「你下地獄去吧！」

他降低音量。「你要為你的孩子著想，蒂依。」然後以幾乎是耳語的氣音說：「如果你表現得太憤怒，只會讓你的孩子更害怕。」

麥克的對講機響了。

「麥克，趕快回來。」

麥克把對講機從腰帶拿下來，舉到他的嘴邊。

「可以等一下嗎？布魯斯？我現在有點忙。」

「有好幾個動作感測器都在響。」

「聽著，我沒有要批評你的意思，因為我知道你對這個任務還是新手。不過麋鹿或花鹿經過的話，感測器也會響的。」

「不，這次不是。」

「你怎麼知道？」

「我們的通電圍牆剛才出現了缺口。」

「你是說有人剪斷鐵網嗎？」

「我相信是，因為現在……」他的聲音愈來愈小。

麥克說：「布魯斯，重複你的話。你的聲音不清楚。」

「我現在戴著夜視鏡，看著南方的樹林……那裡確實有不少人影。」

「有幾個人？」

「看不出來。」

「士兵嗎？」

「我不知道。他們趴在地上匍伏前進。」

馬蒂耶斯站起來，一把搶過麥克的對講機。「布魯斯，我們馬上來。用第八頻道廣播，叫大家立刻就戰鬥位置。就像我們練習時那樣，只要你看得清楚就開始對入侵者開槍。」

「收到。」

馬蒂耶斯把對講機還給麥克，往前門走。「麗茲，守在外頭。如果他們試著離開，你就馬上開槍。」

蒂依將點燃的蠟燭從五斗櫃拿到地板上，然後和柯爾一起坐下。

「下來！娜歐蜜。我不想要你待在窗戶邊。」

女兒爬下床，「如果繼續待在這裡，我們一定會被殺的。」

蒂依爬過娜歐蜜的床，抬起床墊。

「還在嗎？」娜歐蜜輕聲問。

「在。」

蒂依拿起槍，把床墊慢慢放回去。她退出槍匣檢查，仍舊是滿的。她咳了幾聲，掩飾將槍匣裝回去和上膛的金屬碰撞聲。

「你們兩個，立刻穿衣服。」她小聲下令，「把他們給你們的所有衣服都穿上。」蒂依走到衣櫃從衣架上拉下三件皮大衣，分別遞給娜歐蜜和柯爾，然後穿上自己的。

她在兩個孩子之間蹲下。柯爾穿上大了一號的健行長靴，奮力地和長鞋帶搏鬥。

「帶柯爾過去那邊，兩個人一起伏在床墊後，不要亂動，等我回來叫你們。」

「你要去多久？」

「最多兩分鐘。」

蒂依走到大門，試著讓自己拿槍的手不要抖。

她回頭看了一眼躲在床後的孩子們，卻只能看到娜歐蜜露出的一點點頭髮。

她透過門板，向外喊著：「麗茲？你在外頭嗎？」

沒人回答。

蒂依把手槍放入皮大衣的前頭口袋，拉開門。

小聲地喚著：「麗茲？」

那女人蹲在離小木屋十英尺處，看著遠方的樹林，背對著門。蒂依考慮現在就拔出槍來射她，可是她對自己的瞄準技術沒信心。

「麗茲？」

女人轉頭看她。「他說了，你們不能離開屋子。」

「我必須和你談一談。」

麗茲站起來，開始往小木屋走。她的脖子上掛了一條帶子，她的右手握住尾端的自動手槍，對準蒂依。她深深吸了一口氣，卻覺得她狂跳的心臟還是得不到充分的氧氣。

麗茲在臺階前停下腳步，就在她下方兩英尺。「什麼事？」

蒂依喘不過氣來，頭昏腦脹。

「你能不能帶我們去比較安全的地方？」

「馬蒂耶斯叫你們待在裡頭，所以你們就待在裡頭。現在，立刻回去，不然我就會給你一點顏色看。」

在黯淡的星光下，蒂依不確定麗茲會不會注意到，但她還是突然將視線移向樹林，然後刻意皺起眉頭。等到麗茲回頭望向蒂依在看的方向時，蒂依從皮大衣口袋掏出半自動手槍，讓麗茲的頭轉回來時，就看到槍口指著她的臉。

麗茲睜大了眼，罵了一聲：「婊子！」

蒂依扣下扳機。

麗茲立刻垂直倒下。蒂依呆呆站著，一動也不動又驚又畏地瞪著她。從活生生的人到草地上成大字形軀殼之間的距離居然是如此短暫。她知道她可以站在那裡，一直站到太陽出來都還不能接受自己剛才殺死了一個人。她知道四十年後她也還是無法接受自己殺過人。也許到她死亡的那一刻都不能。

樹林突然傳來一聲槍響，爆炸的火光隔著草地都可以看見。接著森林各處響起槍聲，爆炸的火光像螢火蟲似地閃爍。一時之間，夜色裡盡是槍聲和男人們大吼大叫的戰鬥聲。

她轉身跑回小木屋內，找到仍然遵從她的指示躲在床墊下的孩子們。

「我們要走了。趕快！」

到處都是人。影子在黑暗中跑來跑去。除了人聲，還有零星的槍聲。她領著孩子從小木屋的側面離開，一陣機關槍的爆炸聲打碎了前門。

「緊緊跟著我。」她一邊說，一邊拉住柯爾的手往樹林方向走。娜歐蜜跑在他們旁邊。五十碼左右的距離，他們遇上許多穿著睡衣、滿臉惺忪、從小木屋踉蹌跑出的人，其中還有幾個一邊跑，一邊為步槍和散彈槍上膛。

他們跑進樹林。蒂依拉著娜歐蜜和柯爾趴在葉子上。

從她趴著地方看出去，情況一片混亂。

槍戰正在好幾個地方上演。

瞭望塔不斷冒出射擊的火光。

沒有明顯的戰術。

只是一堆人試著想殺死對方，並且努力不要被對方殺死。

「你們準備好了嗎？」

「我們要去哪兒？」娜歐蜜問。

蒂依站起來。「來就是了。」她把手槍收進口袋，「抓著我的手。」

他們慢慢跑過樹林。

營地的方向傳來一個女人的尖叫聲。

「為什麼他們要這樣叫？」柯爾問。

「和我們無關。我們要趕快繼續跑。」

他們跑過樹林，繞著營地外緣。戰火愈打愈熾烈。

好幾顆子彈射進他們之前三步的雲杉樹幹上。

蒂依把孩子們壓在地上，用身體掩蓋他們。

「有人受傷嗎？」

「沒有。」

「沒有。」

「前面有個洞。爬進去。馬上。」

他們在樹葉中掙扎爬過最後幾步，爬下一個大洞。高大濃密的樹葉遮住了星光，他們棲身的洞穴幾乎黑到什麼都看不見。說是洞穴，其實只是個比森林地面低兩英尺的矮坑，剛好夠他們三人擠在一起。蒂依跑得一穿汗，可是就在心跳平緩下來時，她知道很快就會覺得冷了。她把孩子們拉到身旁，然後盡可能地用葉子蓋住他們。

「我們現在得保持安靜。」她說。

「要安靜多久？」柯爾問。

「直到再也沒有槍聲為止。」

槍戰進行了一整夜。偶爾有片刻的寧靜，但很快就會再被爆炸聲打破。有時他們聽到踩在附近葉子上的腳步聲，還有一次蒂依甚至看到兩個人影從他們的藏身之處的上方跑過去。

黎明來臨前，槍聲終於停了。過了一會兒，他們聽到許多雜亂的啜泣和哀求聲，聲音愈來愈大，然後在聽起來像兩把小口徑手槍一前一後輪流發出的二十五聲槍響後，什麼聲音都沒了。

日出時，營地和樹林安靜得叫人窒息。樹稍的天空已微微變亮，雖然她的孩子正輕輕打鼾，但蒂依整晚未眠。她小心地從柯爾和娜歐蜜的脖子下抽出她的雙臂，在結霜的葉子上翻身，爬到矮坑邊緣。

火藥產生的煙霧在營地上方飄盪，像一層髒兮兮的水氣。她藏身在樹林內十碼處，可以清楚看到攻進來的士兵。她算了一下，至少有二十名大兵在草地上走動，不時有人蹲下確認躺在地上的人是否真的死了。

營地上到處都是屍體。超過兩打以上的人倒在中央拱型鋼構屋前，幾乎全是女人和小孩。她縮回洞裡。

娜歐蜜翻身，睜開了眼睛。蒂依將食指壓在她的嘴唇上，示意她安靜。

他們沒有冒險爬出洞穴，反而繼續躲在樹葉裡，聆聽、有時觀察營地士兵的動靜。中午時分，蒂依聽到一陣騷動，悄悄將頭伸出地洞。她看到馬蒂耶斯被一群士兵追著跑過草地，其中一個停下來從腰間拔出槍，瞄準扣下扳機。

馬蒂耶斯應聲倒下，大聲哀嚎。在逐漸消失的槍聲回音中，蒂依聽到士兵們哄堂大笑。有人說：「射得好，杰德。」

她看著他們走近，更多人靠過來。他們在離她五十多碼的一棟小木屋後圍著馬蒂耶斯。

「這隻老鼠是從哪個洞爬出來的？」

「後頭有個活板門，上頭用草蓋住了。」

「還有其他人嗎？」

「只夠他一個人容身。」

馬蒂耶斯還在哀嚎，有人便說：「你不過是屁股中彈而已。閉上你狗嘴，等我們真的給你一點顏色看時，你再來哀嚎還不遲。」

他們真的給他顏色看了。整個下午，持續到晚上，他們都在給他顏色看。馬蒂耶斯的尖叫聲斷斷續續傳入樹林，蒂依只能祈禱他中間沒有聲音的時候是昏了過去。她很怕柯爾的好奇心會讓他做出什麼不該做的事，所以她將小男孩抱在胸前，雙手摀住他的耳朵。一部分的她實在很想知道到底正在發生什麼事，猜想她的想像力描繪出的畫面應該比實際發生的更糟。另一部分的她試著強迫自己想點別的，回憶或者幻想都好，可是營地不時傳來人類受苦時赤裸裸的尖叫哀求聲，她真的無法不去想像他們到底在對他做什麼。

天色變暗之後，星光在樹頂閃爍，一陣陣帶著甜味的煙霧飄進樹林。馬蒂耶斯以整天最大的音量尖叫了三分鐘，然後，什麼聲音都沒了。

柯爾和娜歐蜜動也不動，兩人很快地便墜入夢鄉，輕聲說著夢話。蒂依轉身俯臥地面，已經在這個洞裡待了將近二十個小時，她的關節僵硬得叫人難受。

她往上爬，透過樹林偷窺。

空地中央升起熊熊營火，好幾個人圍在火堆旁，臉色紅通通的，另外一些人忙著拆下小木屋的木板丟進大火裡。她突然明白，他們是打算利用它來燒屍體。

馬蒂耶斯被扔進熊熊火焰裡。即使距離超過六十碼，她還是可以清楚看到他被綁住的大樑直直插在營火之中，而且她想像中的折磨遠遠不及他實際遭受的。

士兵們的笑聲聽起來喝了不少酒。

不知從何處，傳來一個女人的啜泣聲。

蒂依縮回矮坑裡，喚醒兩個孩子

他們躡手躡腳地來到已經不再發出嗡鳴的圍牆前，順著它穿過樹林。營火燒得更猛，熊熊火焰直上三十英尺。蒂依轉頭，看到一個全身赤裸的士兵拿著一根燃燒的樹枝跑過草地，將它扔上一棟小木屋的前廊。

其他的士兵歡呼表示嘉許。火舌吞噬小木屋的側牆，屋頂像融化的手指迅速下滑，他們全走到屋子旁圍觀。然後小木屋裡傳來了慘叫。

「繼續跑！孩子們！」蒂依說，「不要聽。」

她聽到屋子裡的人不停地拍門，哀求放他們出來，士兵們居然還和他們對話，嘲諷裡頭的人。蒂依怒火中燒，她幾乎想衝進營地，也許在他們阻止她之前，她可以殺死一、兩個壞蛋，可是天啊！在這一刻，她覺得即使如此，也值得了。

「媽媽，你看！」

娜歐蜜停在圍牆的一個大洞前。昨晚士兵應該就是從這裡鑽進來的。鐵絲網被剪下一片，粗鐵絲全被往外彎。

「小心點，娜歐蜜。」蒂依說。她一把抱起柯爾，跟在女兒身後從鐵絲網破洞鑽出去。

當他們通過後，她放下柯爾。三個人趕緊往外跑，空地傳來的尖叫聲愈來愈小。

娜歐蜜一邊跑得上氣不接下氣，一邊哭個不停。突然間，她不跑了，反而說：「我們必須幫助他們。」

「寶貝，如果有任何希望，即使只有一點點，我們會幫他們。可是現實是，沒有。我們只會跟他們一起被殺。」

「他們會痛嗎？」柯爾問。

「會。」

「我聽了受不了。」娜歐蜜說。

「來！我們必須繼續跑。」

＊＊＊

過了一會兒，他們跑出樹林，來到路障上方約一百碼處。蒂依從皮大衣口袋掏出手槍，朝著停在路上的汽車走過去。

沒有燈光。四處靜悄悄的。

樹林傳來模糊但劇烈的慘叫，以及遙遠矇矓的火光。

兩輛悍馬仍然停在路中央。死掉的士兵也都還在原處。

他們走到愛德的吉普車旁。

「輪胎還有氣。」她說。

車頂行李架上的所有塑膠汽油桶，只有一桶是滿的，沒在槍戰中被打穿。

「我們要開這輛吉普車嗎？」娜歐蜜問。

「如果它的引擎沒壞的話。有什麼問題嗎？」

「愛德還坐在駕駛座上，嗯，他聞起來味道有點重。」

蒂依從車子後頭繞過去，站到娜歐蜜身旁。

「不，柯爾，你待在原地別動。」

「為什麼？」

「你用不著看。」

「看什麼？」

「愛德死了，柯爾。沒什麼好看的。你待在原地，拜託。」

她用手臂摀住口鼻，想像溫度要是再高一點，情況會有多糟。

愛德靠著轉向柱，全身浮腫，他的頭貼在方向盤上。蒂依抓住他的左手臂。他已經死了好幾天，屍僵早就過了，所以她用力一拉，愛德的屍體便輕易地彎曲離開駕駛座，掉到泥土路面上，可是他的雙腿卻還卡在車子裡。

「娜歐蜜，來幫忙。記得不要去看他的臉。」

她們合力將他拉出車子，拉向路旁，一路拉進樹林裡。蒂依在後車廂找到幾件襯衫，她將它們攤開放在駕駛座上，蓋住黏稠的黑血。

樹林那頭再也沒有任何尖叫聲。

「聞起來還是很臭。」娜歐蜜說。

「我們把所有的車窗搖下來。冷空氣會將臭味全吹出去的。」

他們從貯物箱抓了一些巧克力棒和小包裝餅乾。柯爾坐在副駕駛座，把整個後座讓給娜歐蜜躺下來睡。蒂依爬上車，將駕駛座往前調，直到她的腳碰到踏板為止。她立刻發現她沒辦法開車。五顆子彈穿過擋風玻璃射死了愛德，彈孔附近的碎玻璃阻礙了視線。

蒂依下車，爬上引擎蓋，用力跺踏擋風玻璃。她努力了好一會兒，卻只能跺掉方向盤上方比較脆弱的玻璃，形成一個洞。

鑰匙一轉，引擎就發動了。她打檔，開亮停車燈，輕輕踩下油門。他們慢慢往前滑。蒂依聽著平順的機械聲，完全聽不出引擎受到破壞的徵兆。油錶和溫度錶看起來也很正常。

她小心地避開悍馬和士兵屍體，然後加速駛上泥土路。冷風如同冰泉似的從擋風玻璃的破洞灌進來。吉普車滿是汽油和腐屍的臭味，駕駛座上還有不少碎玻璃戳穿了她的牛仔褲，可是至少他們逃出來，離營地愈來愈遠了。而且在這一刻，是安全的。

十五英里之後，泥土路和州際公路交叉。星光下，不管是東向，還是西向，整條公路上一輛車都沒有。她加速駛上交流道。半英里後，時速增加到八十英里。然而，過快的速度讓從擋風玻璃灌進來的空氣變得強烈，她的雙眼乾澀，似乎快瞎了，於是，她踩剎車，減成四十英里。

兩個孩子都睡著了。

四面八方，完全沒有人煙。

每隔幾分鐘，車子就經過一個里數路標。

一望無際的遠景和高速公路直直的車道給了她安全感。能遠遠就看到你要接觸的下一步是什麼，讓她覺得安心。只可惜無法持續太久。

午夜之前，她轉上八十九號公路的北向匝道。

她開了二十英里，穿過一個被燒光的無人小鎮，終於覺得精疲力竭，不得不在一個水源保護區駛離公路。

她將引擎熄火，讓孩子們留在車上睡覺。蜷曲在副駕駛座的柯爾和躺在後座的娜歐蜜都睡得很沉。蒂依打開後車廂，翻出愛德的睡袋和地圖，刻意讓車蓋開著保持空氣流通。

蒂依走到湖邊，攤開睡袋。草地上散落著巧克力棒和洋芋片的包裝袋，顯然是之前來露營的人留下來的。

她脫下靴子，鑽進睡袋，拉上拉鏈。

她把地圖拿出來看。如果開高速公路的話，大約再兩百七十五英里就會到加拿大邊界了。中間只有大瀑布城一個大城市，不過她可以繞過它，而且，事實上這樣還比較省時間。

她收起地圖。

這片廣大、貧瘠的土地連棵真正的樹都沒有。到處都是山艾樹，視野一望無際。北方連綿的高山頂峰的白雪在星光和月亮下閃閃爍爍。

沒有聲音。沒有風。水面平靜到她可以在湖上看到天上的星星。

她躺回睡袋，口裡唸著先生的名字。滾燙的眼淚順著臉頰滑落。他不在身邊已經五天了。她靜靜地躺在那裡，試著感覺他是不是死了。單從邏輯的角度來看，他似乎不可能還活著，而且她也確實覺得自己離他好遠好遠。可是，不管怎樣（雖然她很清楚沒有任何事實根據，極有可能是她在自我欺騙），她不認為他已經死了。她總覺得傑克一定有辦法逃過劫難。他一定還活著。在同一片星空下。

貨櫃裡臭氣衝天，混合了糞便、尿液、嘔吐物、體臭、鮮血和比這些都還可怕的東西。傑克靠著金屬牆，他的左手抽痛，痛得不得了，讓他不禁祈禱自己能趕快再昏倒。貨櫃的後門被關上之後，裡頭一片漆黑，傑克可以感覺到他的肩膀和左右的人擠在一起，大家的身體隨著貨櫃車的行駛而左右晃動。周圍的聲音雜亂，前方貨櫃車的柴油引擎咆哮著，下方大輪胎駛過路面的隆隆聲，嬰兒的嚎哭聲，女人的哭泣聲，還有六、七處低沉耳語的對話聲。

一個坐在他對面、靠著另一側金屬牆坐的男人說：「你才剛被抓進來。我們現在在什麼地方？」

「懷俄明州的山上小徑。離傑克遜鎮不遠。你知道他們要把我們帶去哪兒嗎？」

「沒有人知道任何事。」

「你怎麼被抓的？」

「兩天前，我在丹佛遇到他們。」

「有人死在這裡嗎？」

「有，那就是為什麼貨櫃裡這麼臭。屍體被堆在前面。」

車子開始下坡，傑克的耳壓隨之降低。他左手無名指剩下的一小截在他的長褲上滴血，他把手放進外套裡，試著用內衣包紮傷口，但在他碰觸到參差不齊的指骨時，一陣白熱的灼痛讓他差點就吐了出來。

嬰兒繼續哭，他猜大概哭了半個小時了。

他最後忍不住問：「有人抱著那個嬰兒嗎？」

「對不起。」一個女人的聲音說，「我試著安撫她——」

「不，不，我不是在抱怨，我只是……我什麼都看不到，我只是想確定有人抱著她。」

「有。」

沒有一個地方有光透進來。

貨櫃車轉進一條似乎彎彎曲曲的馬路，但過了一會，急轉彎逐漸平緩。

有人在他手裡塞了個塑膠水瓶，說：「喝一口就好。」傑克毫不猶豫地舉到嘴邊，喝了一口。

他將它傳給旁邊的人。

「謝謝。」一個老太太的聲音。

每過一秒，他離妻小就愈遠。他想到他們被孤單地留下，和他一樣餓、一樣渴、一樣害怕，他就想立刻飛奔回到他們身邊，或者現在就死去也好。他很努力地不要去想，可是蒂依和孩子們躺在大水管裡猜測他到哪兒去了的畫面卻一直在腦子裡揮之不去。當他們發現他一直沒回去時，一定會先搜索工地，然後很快的，他們就會開始叫喚他的名字。他們的聲音會傳進森林裡。一開始，大概還很鎮定。他幾乎可以聽到他們的叫聲，想到這裡，他的心都快碎了。他沒有告訴他們他要去哪兒。那時他自己也不知道他要去哪兒。也許，他們會沿著上坡路走到山徑，可是到時那裡已經什麼都沒有了，他早就不在了。蒂依會很慌張失措，娜歐蜜會大哭。要是柯爾弄懂發生了什麼事，可能連他都會哭出來。他們會不會以為他拋棄他們了？他們會不會以為他走進森林裡，受了傷或死了？他們會找他找多久？等到他們終於放棄時，他們又會是什麼心情？

傑克睜開眼睛。貨櫃車的柴油引擎熄火了。嬰兒也不哭了。他的頭靠在他右邊的老太太削瘦的肩膀上。他感覺到她的手輕輕地扶著他的臉，聽到她在他耳邊輕聲說：「很快就會過去的。很快就會過去的。」

他抬起頭。「對不起，我無意——」

「沒關係的，我不介意。你一邊睡，一邊哭呢！」

傑克擦乾眼淚。

貨櫃後門被拉開，光線和冷風一起鑽進貨櫃裡。兩名士兵拿著槍站在斜坡上，其中一個大喊：

「所有的人，立刻站起來。」

他身邊的囚犯們全扶著牆搖搖晃晃地起身。傑克也掙扎地站了起來。

他走下金屬斜坡，站在草地上，頭昏腦脹，昏點跌坐在地。

斜坡下有個士兵指著一片空地，「你肚子餓嗎？」

「餓。」

「馬上就有東西吃了。」

「為什麼我們會被——」

士兵卻用手上的**AR-15**自動步槍抵住傑克的胸膛。「繼續走。」

傑克轉身，踉踉蹌蹌地跟著群眾走。每個人走過空地，加入從另外四輛貨櫃車運來的人潮。傑克估計，囚犯至少有兩百人。大家看起來都很憔悴、很混亂。他在群眾中搜索坐在他右邊、肩膀借他靠的老太太，可是他沒看到任何符合他想像模樣的女人。

傑克轉頭往後看，隱約看到五、六棟建築。雖然天色太暗無法確定，但建築物外頭似乎停了好幾架小飛機和五、六架私人噴射機。

到處都有士兵拿著槍，要求囚犯走向空地遠方約四分之一英里的一群帳篷。

「熱騰騰的食物和溫暖的床。」有人喊著，「趕快走！」

傑克想找出那個切斷他手指的傢伙，可是沒有找到。

他們越過飛機跑道的瀝青路面。快到帳篷了。然而就在不到五十碼的前方卻出現了一堆廢土和一輛挖土機。

傑克聞到空氣中食物的味道。

走在前面的人在土堆前停下，他聽到士兵在大喊，要所有的囚犯一個接著一個併肩站好。

一個士兵推了他一把，說：「站好，不要他媽的亂動。」

「為什麼？」

「因為我們要檢查。」

「檢查什麼？」

「閉上你的狗嘴。」

傑克和一堆衣衫襤褸的人站成一排，其中有幾個忍不住開始啜泣。

士兵們紛紛退後。他聞著空地另一端飄來的食物香味，覺得自己餓得快昏倒了，頭重腳輕。

傑克回頭望向帳篷，眼角瞄到新近被翻出的好幾千立方英尺的泥土。他和其他囚犯就站在大坑邊緣。

他又看了看挖土機。

等他弄懂現在的狀況時，把他們趕到空地中央的二十幾個士兵已經舉起手上的AR-15自動步槍。

有人說：「喔，我的天啊！」

幾個囚犯拔腿就跑，一個士兵扣了四下扳機。那四個人應聲倒下，所有的囚犯放聲尖叫。還是有人試著想逃，其中一個士兵大喊一聲，二十幾把自動步槍瞬時全部開火。

可怕的噪音。子彈打進人肉的聲音。機槍瘋狂的爆炸聲。囚犯的尖叫聲。一個接著一個，人們倒進大坑裡。大概過了兩秒鐘吧？槍口的爆炸火花照亮了夜空，士兵們開始逼近，但仍持續開火。

他覺得像有人用力打了他的肩膀一拳，然後傑克的視線往上看到反射著夕陽暖光的雲朵底部，他隨著身邊的人倒向大土坑。鮮血四濺，混合了糞便、尿液和鮮血的腥味籠罩，彷彿成了恐懼的具體指標，溫熱的血噴在他身上，順著臉頰流淌，其他人的手腳在他周圍擺動。然後槍聲停了。接下來是好幾秒的沉默。傑克的耳朵還沒從之前的震驚恢復，過了好一會兒，他才慢慢聽到四周瀕死的人發出的哀鳴。如果傑克相信地獄的存在，他現在聽到的就是地獄了。這麼多人全處在極度的痛苦之中，呻吟、哀嚎、啜泣、尖叫。有人呼天喊地，有人默默承受，有人詛咒兇手，有人哀求他們住手，也有人只是不斷地問為什麼。然後，害怕得不得了的傑克逐漸發現一個事實——我還活著，我還活著。

一個聲音從大土坑裡對著洞外哀求：「天啊！請再補我一槍，殺了我吧！」

傑克的肩膀痛得像火在燒。

他可以看到士兵們站在大土坑邊緣。傑克一邊想著他的孩子們，一邊拉了好幾具人體蓋在自己身上。機槍再度發出爆炸聲，火光四射，他可以感覺到掩蓋住他的人體在強力的掃射下不停震動。他怕死了，心裡一直等著下一秒子彈就會貫穿自己，可是居然沒有。

這一次，當槍聲停下來時，呻吟聲只剩一半。

傑克全身抖個不停。

他努力控制自己不要動。

附近兩個士兵在聊天。

「——我希望伙夫不要再煮絞肉餅了。討厭的死胖子啊！」

「不過我很喜歡他的起司焗烤通心粉呢！你這樣罵他很沒禮貌耶。」

「喔，是嗎？喂！你那邊有個人還在爬。」

兩聲槍響。

「好了，兄弟們，今天抽籤是誰抽到負責善後的？」

夕陽的餘光已經漸漸從天空撤退。大土坑裡的呻吟聲幾乎不見了，他的四周只剩絕望的呼吸聲。

「尼森、麥特、瓊斯和克里斯。」

「哼，那麼就趕快下去啊！是在等什麼？等天黑是不是？我們今晚要開慶祝派對呢！天啊！明年春天這裡的草地一定會綠油油的。」

傑克可以聽到士兵們走開的腳步聲，愈來愈小的交談聲，但大土坑裡還是有人在移動。

蓋在他身上的其中一個人突然動了一下，大土坑另一端發出槍響，一聲、又一聲，最後一顆子彈差點就射到他。

他看著一個士兵爬下土坑。他們全拿著裝上三英尺長鏈鋸機導板的電鋸，穿著白色塑膠圍裙，戴著全罩式安全帽。傑克看著他從最上一層的受害者開始動手，只要還在移動的，他就走過去用電鋸了結掉。

傑克努力躺直，動也不動，不去管肩膀上灼痛的傷口。

蓋在他身上的一個人突然坐了起來。雖然光線昏暗，傑克還是看到長長的黑髮滑下她的背部。她在哭。傑克伸出手，想將她拉下來，可是拿著電鋸的士兵已經看見她，開始跨越別的屍體朝這裡走來。

傑克聽見她短短地叫了一聲，然後士兵揮動他的超大電鋸。

她倒回傑克身上，鮮血如瀑布般流下來，遮蔽了他的眼睛，讓他窒息，他動也不動地躺著，等著士兵走開，等著電鋸聲離他愈來愈遠。

有人大喊：「瓊斯，你來看這傢伙。身上一個彈孔都沒有。毫髮無傷，卻躺在這裡裝死。真是幹他娘的。」

電鋸的引擎咆哮，接下來好幾秒響起傑克這輩子聽過最可怕的尖叫聲，然後電鋸又安靜下來。

士兵們在大土坑裡四處走動了十多分鐘，然後關上電鋸，離開土坑，聲音愈走愈遠。

傑克繼續保持不動，很久很久。他身上的大片鮮血變得又黏又冷，整座開放式的大墳場裡沒有一點聲音。

他的肩膀抽痛著。

頭頂的雲層漸漸灰暗，天空幾乎沒有絲毫亮光。

他推開壓在身上的無頭屍體，坐了起來。

遠處的帳篷外熊熊營火燃燒著，五、六十個男人圍在火光旁，他們的笑聲和聊天聲隨風傳過了空地。

傑克爬到大土坑的最上層。還有一、兩個人沒死，在他爬過他們身上時呻吟，其中一個還開口請他幫忙。他肩膀上的傷讓他幾乎沒辦法將體重壓在他的右手上，可是他還是爬到了大土坑的最後面，爬上了草地。

他繼續趴在地上，穿越空地，在銜接黃昏和黑夜的短暫灰色天光中匍伏前進。爬出大土坑一百碼後，他累得精疲力竭，只得停下。還有五分之一英里才到樹林，可是他已經喘不過氣了。他翻成側躺，看著帳篷旁的營火和士兵，燃燒的火光反射在他們黑色皮靴上，照得它們閃閃發亮。

傑克繼續爬。

他又爬了二十分鐘才爬進樹林，再往裡頭爬了十英尺，他才停下。雖然胃裡除了好幾個小時之前在貨櫃裡喝的那口水之外什麼都沒有，他還是乾嘔了好久。

他爬向最靠近他的一棵雲杉樹，躲進低垂的樹枝裡。

黑夜來臨後，森林裡伸手不見五指。

他用左手摸了摸右肩，很痛、很燙，不過沒有上一次中彈時那麼糟。他看不到傷口，但在他用手摸著肩膀背面時，他覺得他摸到了子彈穿出的地方。他的皮膚上有個小小圓圓的燒焦疤痕。

雖然肩上的槍傷很痛，他卻覺得自己的神智和身體彷彿分開了，彷彿他的靈魂出了竅，像是刻意要將剛才在機場發生的事和他為此而有的激動情緒分開似的。他感到壓在心上的石頭不見了。他看著自己聆聽士兵的對談。看著自己背靠著大樹幹，側躺在溼潤的土地上。看著自己的眼睛閉上，看著這一天發生的慘劇潛伏在他腦子裡，以石像般的耐心等著將來回頭摧毀他。

睡到半夜時，從空地傳來的噪音驚醒了他。傑克想了好一會兒，才明白那是挖土機發出的聲音。從雲杉的樹枝看出去，他辨別出它反射著月光的駕駛艙，隱約看得出來它正在將泥土鏟回大土坑裡。

他閉上眼睛，可是另一陣聲音卻不肯讓他睡去。那是一種像在暴風雪中樹枝被折斷的「啪！啪！」一聲音。他好累、好累，累到不願去想。可是他突然明白那是什麼，之後就再也睡不著了。那一定是大土坑裡死人的骨頭在挖土機沉沉的重量下碎裂的聲音。

傑克因胃痙攣而醒來，陽光透過樹稍灑落地面。他從雲杉樹下爬出來，頭昏腦脹，全身痠痛，猜想著自己昨夜不知流失了多少血。

他左手無名指外露的骨頭比肩膀上的槍上痛得更嚴重。

草地上全是在閒聊的士兵。許多人的距離近到令他不安，其中還有幾個人牽著狗。

他跌跌撞撞地站起身子，開始往樹林深處走。他走得很慢，完全失去方向感。濃密的松樹林似乎怎麼走也走不完。

到了正午，他還沒遇上任何馬路、水源或人煙。天色開始變暗時，森林的地勢緩升。黃昏時分，他發現自己來到一個滿是樹木的陡坡。他坐下，全身顫抖、精疲力盡。

醒來時，他感到一輩子從來沒有這麼冷過。他全身結滿霜，蜷曲在陡坡上，痛苦地看著陽光緩緩爬上山頭，一寸一寸移向他躺著的地方。

兩個小時後，終於等到光線照到他身上。他閉上雙眼，面對明亮的金光，享受溫暖的包圍。他不再發抖。衣服上的霜也全蒸發了。他坐起來，抬頭望向陡坡，開始往上爬。

他設法前進。手腳併用。全心全意，什麼都不想。一心往上。再往上。

傍晚，他躺在長滿白楊樹的山坡上。如果有人告訴他，他會花上一整年的時間來爬這座山，說不定他真的會相信。他失去控制思緒的能力。口渴的感覺凌駕一切。他突然想到如果他沒有在十秒鐘內爬起來開始走，一定會連爬都爬不起來。他知道自己已經瀕臨什麼都不在乎的臨界點。

午夜時，他踉踉蹌蹌地走出森林，走進一個空地。左側是往上拔高一千英尺的山壁，右側卻是在雲杉樹間陡降的險坡。天氣晴朗，月兒高掛，亮得猶如白晝。他心裡想，這是個高爾夫球場吧？一個很陡的高爾夫球場。然後他注意到有棟極小的木屋座落在半山腰。山坡上立著一根根的鋼筋，中間連接著鋼纜。他望著下坡，看到一個大招牌，黑色的鑽石旁寫著「艾瑪格蘭」。

傑克的腳絆倒自己。

下一秒他的側臉便撞上又冷又乾的枯草地，望著下頭的陡坡。從他所在的制高點可以看到三座山，森林上方的岩壁和皚皚白雪在月光下閃閃發亮。

他閉上眼睛，不斷告訴自己起來、起來，繼續走，繼續爬；必要的話用滾的下山都行，因為停下來就是死路一條，要是死了，他就再也看不到他的妻小了。

他大聲地叫出她的名字，他的喉嚨頓時被痛苦地掐緊，感覺像裡頭裝滿了碎玻璃，又乾又腫。他唸著女兒的名字。唸著兒子的名字。他撐起身體，坐著喘氣好一會兒。然後他站起來，跌跌撞撞地走下山坡。

傑克行屍走肉地走了兩小時，爬下一千英尺後，終於到達黑漆漆的小木屋。他四肢併用爬完臺階，還得伸手握住木頭門把才能拉起身體。門鎖著。他爬下臺階，撬起一塊人行道旁的石頭。他實在太虛弱了，試了四次才把大門旁的正方形窗戶撞出裂縫。第五次，終於打穿玻璃，整扇窗戶從窗框上掉下來。他攀爬進去裡頭的餐廳。除了從高而細長的窗戶灑入的月光外，一片漆黑。再次進到室內的感覺好奇怪。好幾天來他一直都待在戶外。後頭的烤架在入秋後已經被塑膠布覆蓋。他一跛一跛地走向飲料機，嘴巴開始分泌口水。他壓下每一個鈕，可口可樂、檸檬汽水、橘子汽水、檸檬汁和沙士，可是機器完全沒有反應，顯然裡頭是空的。

他穿過餐桌，走到介於酒吧臺和禮品店間的穿堂。酒吧和禮品店全拉下鐵門，上了鎖。他離開月光照得到的區域，走進黑暗裡。

他隱約看到前方有兩扇門，可是往前走時，門卻消失了，但他還是伸出雙手，張開，繼續緩緩前行，直到碰到牆面才停下。

他用力一推，門開了。

什麼都看不到，但他知道他進到洗手間了。他聞到馬桶特有的味道。

他張開手沿著牆摸索，找到電燈開關，按下。

還是一片黑。

他聽到門輕輕地關上。他往他覺得是水槽的方向移動，卻撞上一面牆。轉身，往反方向走，卻已經搞不清楚東西南北。他碰到一個洗手臺，雙手開始瘋狂地找尋水龍頭。他扭開水龍頭，可是，沒有一滴水出來。

花了好幾分鐘，他發抖的雙手才找到廁所的門。他拉開門，跪了下來，雙手摸索著馬桶冰涼的白瓷表面。他的手指在馬桶裡摸到了冷得刺骨的水。

他完全沒有去想這些水已經在這裡多久了，也沒去想其他人坐在這個馬桶裡尿尿、大便、嘔吐，甚至沒考慮用來刷洗它的工業級化學藥品。他只是低下頭，將嘴靠向水面，大口大口地喝，並且在液體滑下他腫脹的喉嚨時，心裡想著：它是多麼的甜蜜可口。

細細長長的一道光束。傑克瞪著它，好久好久。他的臉貼著磁磚地板。冷，卻還不到冰的地步。他慢慢想起他身在何處，他怎麼到這裡的，也開始準備面對他還沒死的事實。至少，他相當確定他還沒死。

他爬出廁所。燃燒似的口渴消失了，可是饑餓的痛楚卻在他站起來時加倍襲來。他的腳上長滿了水泡，他很怕它會惡化成更嚴重的傷口。

他慢慢走向放置擦手紙的塑膠盒。拉出一大截紙巾，撕下來。

他在黑暗中摸索，然後拉開洗手間的門，光線像一列火車似地衝向他的太陽穴。

他一跛一跛地走進在白天裡看起來很正常的大廳，坐下，開始包紮他左手無名指的傷口。

他的手已經放在門把就要往外推時，他才猛然意識到自己剛走過了什麼。他退回裡頭，心裡有些害怕再轉身時它就會消失，像海市蜃樓一樣，可是一回頭，它還在。

他衝回餐廳的破窗戶旁，從地板上撿起石頭，抱回大廳，用力將它擲向玻璃。

他伸出雙手把每一樣拿得到的東西都拉出來。小包裝的洋芋片、巧克力棒、脆餅、餅乾等等，直到整個自動販賣機空了，所有的東西全散在地板上為止。

他撕開一包多力多滋。

洋芋已經過期走味，可是濃烈的調味仍舊刺痛了他的味蕾。他坐在透過前門射進來的溫暖陽光中。吃光之後，他又開了一包如果是以前他連吃都不願意吃一口的洋蔥圈。他狼吞虎嚥，沒多久就又吃完了。

他從馬桶喝了不少水，然後灑了多天來的第一泡尿。

他從水槽下的大垃圾桶抓起鋪在裡面的塑膠垃圾袋。

回到大廳，他把二十多包零食扔進垃圾袋，背在肩後。

自動販賣機對面的牆上掛著一面超大的鏡子。他之前就注意到了，可是現在卻感到它在呼喚他。鏡子裡的身影完全不像他認識的人，他的臉頰削瘦，滿臉鬍子。他看起來像是生鏽了，蓋滿乾涸的血跡，像個殭屍遊民。

他看到一排自行車架立在度假村入口外頭，只剩一輛登山車孤零零地站在架子上。輪胎有點沒氣，座墊上全是鳥大便，可是看起來應該還能騎。他跨上自行車，把他的食物袋緊緊綁在手把上。他順著人行道滑下，穿過空盪盪的停車場，轉進羊腸小徑，然後便以三十五英里的時速迎風衝下山坡。他在褪色的柏油路面飛馳，帶著松香的清涼空氣狂吹他的臉。持續的車胎嗡鳴聲占據了他的腦袋，掩蓋住之前發生的一切，讓他錯以為自己不過是個度假中的尋常騎士。

騎了十英里後，地勢又降了好幾千英尺，傑克壓下剎車，讓登山自行車停下。一大群牛正在前頭過馬路，他看著牠們經過。他騎出高山森林，來到沒有樹木的丘陵地帶，空氣不但變得溫暖，還帶著鼠尾草的濃濃香味。

他繼續騎了十英里，山徑不斷地往東降低。丘陵已經被他拋在身後一英里遠，高山則在更後頭十五英里，他騎在晴朗蔚藍的天空下，騎在一片開闊貧瘠的荒漠中。

下坡路變平之後，自行車騎起來就有些費力了，可是比起用長滿水泡的腳慢慢走或四肢併用地爬上山，還是輕鬆許多。

到了傍晚，他已經離開山區超過二十英里，騎上了八十九號北向公路。他大腿前側的股四頭肌痠痛得不得了，臉頰也因風吹和曬傷而變得紅通通的。

在公路上騎了一英里半後，他聞到微風中帶著一絲水氣的味道，心裡想他最近的嗅覺變得異常發達，應該是差點渴死所引發的再發育吧？

他騎上小斜坡的最頂處，一眼就看到水池。在傍晚的天空下，水色看起來黑如墨汁。夕陽的餘輝靜靜地灑在他剛騎出的山區的山脊上。

他將登山自行車扔在長草的路肩，爬下山坡來到湖邊。跪下來喝水。水很冷，帶著淡淡的甜味，完全沒有馬桶水那種特有的金屬消毒味。

他吃了一條花生巧克力棒、兩包烤肉醬洋芋片和一包巧克力豆餅乾當晚餐。

他縮在岸邊的草地上，雖然覺得冷，可是至少不渴也不餓。他看著夕陽落到高山後，星星在愈來愈暗的夜空中漸漸發亮。他身上乾掉的血漬不斷發出惡臭。

在他意識到之前，他已經開始哭了起來，兩行熱淚從他的臉頰滑下。他還活著，而且看起來應該還可以活上好一陣子不是問題。所以現在他必須做出選擇。

他可以往南回到懷俄明州，也許可以在路上遇到他的妻小。可是到今天，他們已經分開四天了，說不定他們早就離開、找到交通工具或遇到什麼他不敢去想的可怕命運。蒂依是會想盡辦法找他，還是會努力將娜歐蜜和柯爾送進加拿大呢？

他從口袋掏出黑莓機。好幾個星期了，手機早就沒電了。

他按下啟動鈕，輸入蒂依的手機號碼，貼上耳朵。

「嗨，寶貝。我在蒙大拿州的一個湖邊，大約是在博茲曼北方三十英里。這裡很美，非常安靜。我正看著星星漸漸出現。我真心希望你和孩子們都平安。過去幾天我過得很辛苦。」

一條魚在湖心躍出水面。

「我想我會繼續往北，朝大瀑布城前進。畢竟，那裡是我們的老地方。我在那裡和你度過了一段好快樂的日子。」

「我不知道要怎麼做才能找到你，寶貝，所以請你好好照顧自己，做出明智的選擇。沒有你，我不願意離開美國，蒂依。」

從湖心傳來的漣漪這時才開始抵達岸邊。

他將黑莓機收回口袋。

水面又是一片平靜。

然後，他閉上雙眼。

微風吹過草地的窸窣聲。陽光灑在他的眼瞼上。太溫暖了，應該已經不是黎明了吧？他僵硬地坐起來，全身痠痛。全靠意志力才能支撐自己站起來。十點左右的太陽高高掛在空中。他爬上草地斜坡，回到公路。往北看、往南看全是一望無際的荒漠。沒有車子駛來。沒有車子駛離。只有無聲的開闊大地。地平線如此遙遠，天空如此遼闊，孤單在其中的他顯得多麼渺小。

他脫下全身衣服，赤裸地跳進冰冷的湖水裡。他往下潛，一直游到離岸十碼外，非浮出水面換氣不可時才探出頭。他游回岸上，抓起發臭的衣服，帶著它們走到水深及腰處，把上頭的血漬和髒汙洗掉，然後用其中一件上衣刷洗身體。

傑克溼淋淋地繼續往北騎。騎了好久好久，直到衣服全乾了，直到再也騎不動。他終於在傍晚時分停下。他不知道自己騎了多遠，可是一整天他都沒有遇見一輛汽車、看到一棟房子，而世界看起來和二十四小時之前一模一樣，空曠的大地、無垠的天空，以及渺小得不得了的自己。

黎明時分，傑克已經在長長的緩坡上騎了兩英里，他按住剎車，在公路上停下來。他瞇起眼睛，想讓近視的視線稍微聚焦。看不出來有多遠。一英里？也許兩英里吧？在荒漠中要計算距離根本是不可能的事。

一輛汽車停在馬路上。其中一扇車門開著。

接下來十分鐘，傑克動也不動，只是盯著那輛汽車。

他騎上登山自行車，開始爬坡，每隔幾百碼就停下來張望，觀察在近一點的距離會不會看到什麼之前沒注意到的細節。

是一輛新型休旅車。白色。車身上滿是灰塵和子彈孔。幾個車窗的玻璃被射穿了，柏油路面上散著碎玻璃和血漬。四個輪胎的氣都不足，不過沒被子彈射破。猶他州車牌。

傑克在離它後保險桿十英尺處停住，從自行車下來。

周遭全是死亡的味道。

不知道為什麼，他剛才居然沒看到山艾樹裡女孩的屍體。休旅車的滑門開著，看起來她是在逃跑時被射死的。長長的金髮掛在樹枝上。他不打算上前細看她的年紀，但從他站的地方，她看起來相當小。可能不超過十歲。

一個女人坐在副駕駛座，腦漿噴滿了她的頭靠著的車窗。後座兩個十多歲的雙胞胎兄弟堆疊在一起。駕駛座是空的。

***

傑克爬上駕駛座。鑰匙仍插在鑰匙孔裡。燃料指針停在四分之一處。

他轉動鑰匙。

引擎發動了。

他把男孩子從後座、他們的媽媽從前座拉下去，讓他們並排躺在荒漠裡。他不想去碰，可是無法就這麼讓那個可憐的女孩臉朝上、赤裸地掛在山艾樹上。

他在那裡站了很久，低頭看著他們。

日正當中，蒼蠅開始享用大餐。

他開口講了幾句話。又突然住了口。沒有意義。不管說什麼都改變不了他們的悲劇。也許只是想讓自己好過點吧？可是沒有任何言語可以貼切地表達出他的心情。

他將自行車放進後車廂。

他繼續往北，時速穩定地維持在五十英里。音響播放著海灘男孩合唱團（Beach Boys）的歌，他讓它繼續播，直到再也受不了為止。

他經過一個被燒光的小鎮，然後再往北十五英里，在另一個小鎮的外圍，他急轉方向盤避開一個獨自走在公路中央的人。

他停下車，從後視鏡看著一個男人跌跌撞撞地走向他。他似乎完全沒在注意外在環境，連剛剛幾乎被車子撞上都不曉得。他沒帶槍，沒背背包，他的手上是空的。說是手，其實更像是有關節的爪子，因為他的手指全彎曲著，動也不動。

傑克將排檔桿推入停車檔。

那個人走得愈近，看起來愈可怕。他的臉被曬傷，變成深紫色，髒兮兮的白色牛津襯衫濺滿血，一邊袖子不見了，腳上的皮鞋眼看就要和鞋底分家了。

他經過傑克的車窗，彷彿什麼都沒看到，只是一直往前走，沿著雙黃線不斷地踉蹌前行。

傑克推開車門。

「嘿！」

那人沒有回頭。

傑克下車，在他身後追趕。「先生，你需要幫忙嗎？」

沒有反應。

傑克和他並肩走，想和他對看，最後終於放棄，一個箭步搶在那人之前。男人停下來，灰色的眼睛看著比無垠荒漠更遠的地平線。

完全沉浸在另一個世界。

「你受傷了嗎？」傑克問。

他顯然聽到他的聲音，因為至少他抬頭看他，但是仍然沒有開口。

「車上有些食物。」傑克說，「我沒有飲用水，可是這條路會帶我們穿越小貝爾特山脈。進入山區後一定可以找到水源的。」

男人只是呆呆地站在那裡。他的身體微微發抖，彷彿他的軀幹深處有場山洪正在爆發。

傑克伸手握住他沒有袖子裸露在外的那一隻手臂，感覺到陽光聚集的熱氣讓它發燙。

「你應該和我一起走。在這裡你會死的。」

他牽著那個人走到副駕駛座，讓他坐進去。

「很抱歉味道不大好聞。」傑克說，「很臭，不過比走路強多了。」

男人似乎根本沒注意到有什麼味道。

傑克為他扣上安全帶，關上車門。

他們很快駛入另一個被焚毀的小鎮，短短的主要街道沒有幾秒就開完了。山脈就在北方，公路蜿蜒進入山區。傑克瞄了男人一眼，看到他伸手觸摸副駕駛座車窗上的腦漿，用食指在玻璃上把它推開。一包洋芋片和巧克力棒放在他的大腿上，他沒有要開來吃的意思，彷彿沒意識到它們在那裡。

「對了！我叫傑克。」他說，「你叫什麼名字？」

男人看著他，從他的表情，傑克看不出來他是不知道，還是沒有力氣回答。他的皮夾從長褲側口袋鼓出來，傑克伸手一拉，翻開。

「猶他州普若佛市的唐諾．麥薩。很高興認識你，唐諾。我是從阿布奎基來的。」

唐諾依舊沒有任何反應。

「你不餓嗎？來！」傑克伸手拿起唐諾膝蓋上的巧克力棒，撕開包裝袋。他將它舉到唐諾面前，示意他接過去，可是他只是瞪著它。

「你想聽點音樂嗎？」

傑克打開音響，海灘男孩合唱團的歌聲傾瀉而出。

他們開進山區。傑克很不喜歡再度駛進蜿蜒的道路。這麼多死角，你永遠不知道會不會在下一個轉彎就措手不及地遇上路障。

過了中午不久，他們經過一個山村。村子很小，可能在被燒毀之前就沒人住了。六、七棟屋子。主要街道上有兩、三棟建築。空地上和山坡上種著一些長青樹，芬多精的香味從儀表板的通風口吹進來，讓傑克精神為之一振。

到了村子北緣，傑克將車停在路肩，引擎熄火。他推開車門，可以聽到樹林間傳來的流水聲，聞到清水香甜的味道。

「你需要喝點水，唐諾。」傑克說。

男人只是呆呆地瞪著擋風玻璃。

傑克拿起放在前座中央扶手的環保杯。

傑克倒掉杯子裡剩下的咖啡，洗乾淨，裝滿溪水。

端回去休旅車，拉開唐諾的車門。

「喝起來清甜可口。」傑克說。

他將杯口靠向唐諾被陽光曬得龜裂的嘴唇，傾斜杯身。大半的水沿著脖子流進胸膛的襯衫下，可是至少他反射性地嚥下了一些。

傑克想再讓他多喝點，可是他一點興趣都沒有。

「我們下午就會到達大瀑布城。」傑克說，「是個大城市。我以前住過那裡。」

他不知道他說的話唐諾到底聽進去多少。

「我在五天前被迫和妻小分開。」傑克瞄了一眼唐諾的左手無名指，看到他戴著一個黃金指環。「你的家人在哪兒？唐諾？」

沒有回答。

傑克啜了一口水，溪水夾帶的沙粒黏上他的舌尖。

「讓我猜猜你的職業。我太太和我以前老愛玩這個遊戲。」傑克低頭研究唐諾的皮鞋，雖然現在破爛得不得了，但顯然是高級的奢侈品。至少要好幾百塊美金。傑克翻看唐諾的襯衫衣領後的標籤。「Brooks Brothers（譯註：深受專業人士喜愛的美國經典服裝品牌）。好。」然後他看著唐諾的雙手。沾滿血漬，仍像鳥爪似的彎曲著，但看得出來這不是一雙在戶外謀生的手。「你讓我聯想到廣告界。」傑克說，「我猜對了嗎？你是不是在普若佛市的廣告公司或行銷公司上班？」

沒有反應。

「我猜你一定猜不到我是做什麼的。這樣好了。我給你三次機會……」

傑克沒把話說完。他的心裡突然意識到自己的大意而打了個寒顫。他幾乎不想印證真相，可是恐懼並無法阻止他的好奇心。

他打開置物箱，在一堆黃色餐巾紙、塑膠餐具、銀行存款單之間翻找，直到看見裝在透明塑膠套裡的汽車保險卡。他打開，瞪著小卡片上的保險條款和金額，以及被保人。

唐諾・華特・麥薩。

安琪拉・雅各布斯・麥薩。

傑克看向唐諾。

「喔！我的老天爺。」

他們繼續在山區前進，傑克試著將注意力集中在公路可以看得見的最遠處，以防有什麼情況突然出現，可是他卻不斷想到唐諾，猜測他們一家到底出了什麼事。他想不出為什麼他能難毫髮無傷地逃走。他絕不會丟下他的家人。是那些壞人故意要讓他活下來嗎？在他眼前殺死他的家人，然後叫他徒步在公路上走？

傑克眨眨眼，讓眼淚滑下。

他看著靠在車門上的唐諾。他臉上的表情說明了他的心已經死了，剩下的只是一具空殼。傑克想告訴他自己好好處理了他們的屍體，或者至少他盡力了，以莊重的心送他們最後一程。他想說點什麼冠冕堂皇、意義深遠、安慰人心的好聽話，像是即使出了這麼悲慘的事，但只要彼此相愛，他們之間的情感是誰也奪不走的，不管經過任何痛苦、折磨、分離，甚至死亡，他們的心永遠是在一起的。雖然他還是相信這些，可是他什麼都說不出口。他只是伸出手，將手指伸進唐諾僵硬彎曲的手指間，一邊開出山區，一邊緊緊握住他的手不放。

傍晚時分，大瀑布城就在前方幾英里處。夕陽落到平原盡頭。一切宛如灑上金粉，明亮輝煌，和傑克想像中的一模一樣。

他放開唐諾的手。他的頭靠著副駕駛座的車門，睡得很沉。

燃料指針就快掉到零了。

他在心裡盤算是應該直接開進城，還是繞路而行時，他看到第一個告示牌。原本是賭場廣告看板的大招牌現在被塗上白漆，寫上大大的黑字：

你已經進入狙擊手的射程。四百碼後準備停車。

傑克移開踩油門的腳。

在公路的同一側，另一個告示牌出現在一百碼後。

三百碼後停車。服從命令，否則會被槍擊。

傑克看著後視鏡，看到五、六輛車跟在他的車子後。他完全沒查覺到它們是從哪兒冒出來的。

兩百碼。引擎熄火，並且……

他看到四分之一英里外有個設置在公路分流道前的路障。超過二十輛的汽車、卡車。沙包。非常堅固的防禦工事。他的車經過好幾輛停在路肩滿是彈孔、燒成黑炭的汽車。

他媽的不要動。

跟在他後頭的車群拉近車距。其中一輛越野吉普車的車頂中空，兩個拿著機關槍的男人站在後座，準備射擊。

傑克踩剎車，讓休旅車完全停住，將排檔桿推入P檔，熄掉引擎。

越野車在他後頭三十碼處停住。

傑克望著唐諾，伸手要推醒他，然後又想，為什麼要叫醒一個待會兒就要被殺的人？

公路中央出現六十個穿著防彈衣的武裝男人，大步走向休旅車。其中一個一隻手上握住一條狗鏈，拖著一個瘦弱的男人，另一隻手拿著通電的趕牛刺棒。

傑克覺得他們看起來不像軍隊，因為他們沒有那種獨斷專橫的自信。彷彿他們排練過了，所有的人在休旅車前方保險桿三十碼處停下，最高的那個人舉起擴音器。

「你們兩個，下車。」

傑克抓住唐諾的手臂。「來吧！我們得下車了。」

唐諾動也不動。

「唐諾！」

「再過五秒鐘，你不出來，我們就開槍了。」

傑克推開車門，下車站到公路上，舉高雙手。

「在車子裡的那個，下車，不然——」

「他聽不見你說什麼。」傑克大喊。「他精神渙散。」

「臉朝下，趴在地上。」

傑克跪下來，俯臥在被陽光曬得暖暖的粗糙柏油路上。聽著他們的腳步聲走近他，可是他不敢動，也不敢抬頭看他們。他只是俯臥著，心臟貼著柏油路噗通噗通地跳，心裡居然很冷靜地想，難道這就是他即將命喪黃泉的地方嗎？

男人們在離他數英尺處停下腳步。

其中一個走上來，傑克感覺到他的雙手在他的側身和雙腿兩邊遊移。

「沒帶武器。」

「去檢查車子裡的那個。你！坐起來！」

傑克坐起來。

「班尼在哪裡？」

其中一個衛兵拖來一個被矇住眼睛的男人。他全身赤裸，被打個半死，身上和臉上滿是瘀青，雙手被銬住，一條鐵鍊鎖在兩腳腳踝之間。

滿臉鬍子的高個子拿著一把大左輪槍指著傑克的臉，問他叫什麼名字。

「傑克。」

「你車上有炸彈嗎？」

「沒有。」

剛才幫傑克搜身的那個人從副駕駛座車門旁探出頭來，「這個身上也沒帶槍。」

留著鬍子的男人瞪著傑克。「傑克，我想介紹你認識班尼。」拉住班尼狗鍊的人用力一扯，將班尼拖到只離傑克一英尺。「聽好了！如果班尼喜歡你，我就會開槍將你的腦漿打散，讓它濺到馬路上。如果他不喜歡你，我們再來好好談一談。」他看著班尼。「你準備好了嗎？要開始工作了！」

班尼點點頭。他不斷地在流口水。

「班尼，我要把你的遮眼布拿掉，介紹你認識我們的新朋友。」

班尼在柏油路上撒了一泡尿。

「如果你表現好，我會給你喝水、吃點心。你會乖乖工作嗎？」

班尼發出一個不像人的聲音，然後留鬍子的男人對牽著他的人點點頭，班尼的遮眼布便被取下。野人在傑克面前伏低。他的雙眼周圍全是又黑又黃的瘀青，可是看起來神智很清楚，而且相當警覺。他離傑克的臉不過數英寸。他身上臭得不得了，彷彿被埋在自己的大便裡好久，然後他瞪著傑克的後腦勺。

傑克抬頭看著拿左輪槍的人。「你們在搞什麼——」

他沒看到班尼的動作，可是一眨眼他已經壓在自己身上，想用牙齒咬斷傑克的喉嚨。三個人一起撲向前才將他拉開，在被趕牛刺棒電擊了五、六下之後，班尼才倒在公路上，蜷縮起來，以胎兒的姿勢抱著自己呻吟。

傑克雙手撐地倒退爬向休旅車，試著想平靜下來。拿左輪槍的男人走向他，說：「沒事了。其實這是一件好事。如果班尼爬到你的大腿上，對你撒嬌，你現在早就死了。」

「他到底是什麼東西？」

「班尼是我們的狗。受感染的寵物。他幫我們檢查每一個想進城的人。對了，我叫布萊恩。」

他伸出手拉傑克站起來。

「這個城市安全嗎？」傑克問。

「安全。我們估計還有一萬到一萬五千人在裡頭。很多人離開，打算往北越過國界到加拿大，不過那條路並不好走。我們重兵防守這裡，封鎖了每一條進城的路。」

「城裡沒人受到感染嗎？」

「沒有。」

「怎麼可能？」

「那天晚上蒙大拿這一區烏雲密布。」

「你們沒受到攻擊嗎？」

「只有零星的攻擊。只要登高一呼，城裡就有超過五千個有槍的人準備要出來拚命。」

傑克看看四周，原本跳得很激烈的心臟慢慢平緩下來。

「上個星期有一個女人帶著兩個孩子來這裡嗎？」

「應該沒有。你有照片嗎？」

「沒有。」

「是你的太太和小孩嗎？」

傑克點點頭。

「你是過去三天來唯一踏上這條馬路的人。他們會到這裡和你會合嗎？」

「我不知道。我不知道他們人在何處。我們在懷俄明被迫分開了。」他望著其他人。「你們有人看過他們嗎？」

回答他的是一片「抱歉」聲，加上許多人搖頭。

「我兒子受到感染。」傑克說，「但他沒有任何症狀，也沒有暴力傾向，不過他的確看過那個光。他只有七歲。你會讓他進城嗎？」

「怎麼可能他和其他感染者不一樣？」

「我不知道，可是他就是不一樣。他叫做『柯爾』。」

「我們會留意是否有符合你描述的人出現。」布萊恩說，「如果他沒有危險性，我們會放他們進城的。」

「你發誓？」

「我們不殺小孩。」布萊恩指著擋風玻璃內的唐諾。「是你的朋友嗎？」

「他今天早上一個人走在公路中央，我在白硫礦泉鎮外差點撞上他，就把他撿起來了。他需要送醫治療。」

「嗯，城裡有些學校設立了收容所。你可以在那裡找到醫師。」

「城裡有個空軍基地，對不對？」

「沒錯，可是出事之後，它就被封鎖了。我猜這也是可以理解的，畢竟他們可是有好幾個『義勇兵』核彈的地下發射窖。」

傑克爬回休旅車的駕駛座。

「你會讓我進城嗎？」

「當然。」他幫傑克關上車門。「慢慢開。」

過去十年，傑克曾經五、六次經由大瀑布外圍開車去卡特班克探望當時住在那裡的老爸。可是自從和蒂依在十六年前搬到阿布奎基後，他就再也沒回來過了。雖然現在的情況非常特殊，但再度回到這裡還是讓他心裡充滿了懷念之情。

車子開在安靜的街道上，傑克發現他看到城裡沒有燈光的區域心裡會害怕，因為那代表了它沒有防禦能力。

在黃昏盡頭的藍光中，他經過一家他和蒂依住在這裡時，常在星期五晚上光顧的冰淇淋店，看起來幾乎沒有任何改變。

他開向醫院，將車子駛進急診室入口。又黑又暗，一個人都沒有。

他繼續開車。

街道上空無一人。要是有街燈的話，他對這個城的地理觀念就能派上用場。如果看得到周圍景物，也許深藏在記憶裡的印象就會復活。可是城裡的外緣和城外的荒漠一樣黑。他開了三十分鐘，在腦子裡不停地搜索記憶，東逛西晃地想找一個看起來像收容所的地方。

當他看到遠方似乎有窗戶透出微弱的光線時，引擎已經開始發出怪聲。車子愈來愈接近光源，建築物的形狀也慢慢浮現時，他認出它是一所高中。好幾個人在主要的紅磚建築臺階上或站或坐，他們手上的香菸發出在黑暗中幾乎看不見的小紅點。

傑克將休旅車駛到路邊，熄掉引擎。

他又覺得渴了。

「唐諾。」他說，「我們到收容所了。他們可能會有熱騰騰的食物。乾淨的水。床鋪。我會找個醫師來看看你。我們已經在安全的城市裡了。大家會好好照顧你的。」

唐諾靠向車門。

「唐諾？你醒了嗎？」傑克傾身，伸手握住他的手。

冰冷而放鬆。

他的脖子已經沒有脈搏。

傑克走上臺階，進到學校。蠟燭在置物櫃內燃燒，裡頭的味道比遊民收容所更糟，充斥著刺鼻的體臭和髒汙的衣服臭味。走廊上放著一張又一張折疊床，到處都有人在輕聲交談或打呼。嬰兒的哭聲傳來。他沒有聞到任何食物的味道。

他在兩側都擺了床的長廊上前進，到處都是打開的行李箱。他走在中央，不時被別人換下來的髒衣服絆倒。

五分鐘後，他終於穿過擁擠不堪的走廊，來到體育館的入口。一個女人坐在折疊式的桌子後，就著燭光在唸一本圖書館精裝版的《金銀島》。她以一種「不要胡說」的正經態度抬頭看傑克。可能是個數學老師吧？或者更糟，是校長？傑克猜測著。

「你是新來的。」她說。

「是的。」

「你是大瀑布城的居民嗎？」

「阿布奎基。我在找我的家人。我太太叫蒂依。她很嬌小，棕色頭髮，四十歲，是個美女。我兒子叫柯爾，他……」在他說出柯爾的名字之後，他突然想起班尼和入城公路上的路障。

「先生？」

「他七歲。我女兒叫娜歐蜜，她十四歲，長得和媽媽非常像。」

「你覺得他們在這裡嗎？」

「我不知道。我們被迫分開了，可是我想他們可能會到大瀑布城來——」

「我不記得有這樣的人，可是話說回來，這個收容所裡有兩千多人。聽好，我真心希望我能給你一個床位，可是我們已經飽和了，而且我也不知道什麼時候才會有更多的食物送過來。空軍基地之前用卡車運了不少即食口糧來，可是我們也有五天沒見到他們了。」她的語調空洞，聽起來很疲倦。傑克心想，你還從沒見識過真正的地獄。

透過敞開的大門，他望向體育館內。到處都是席地而睡的人。

「附近有停屍間嗎？」他問。「我車上有個死人。一個我今天早上撿到的男人過世了。」

她搖搖頭。「我不知道該怎麼回答你。我們這裡也是一團亂。」

「如果你看到我的家人，請告訴他們我來過這裡找他們。」

傑克將車開到一個占了整個街區的公園。他解開唐諾的安全帶，將他從副駕駛座上拉下來，將他拖離休旅車。他用盡力氣將他拖到一塊大石頭旁，四周圍繞許多花盆，花朵都枯萎了。然後他把唐諾放在草地上，將他的兩隻手交叉疊在胸膛。

他在黑夜中坐著，陪伴他好久好久，因為他覺得就這樣放他孤單地躺在那裡有點過意不去。他一直在想自己還能為他做些什麼，雖然他完全想不到還有什麼可以做。微風吹動空盪的鞦韆，其中一個不停吱吱作響，讓傑克聽了心情更為煩躁。

過了一會兒，他說：「我只能做到這樣，唐諾。對不起。我對發生在你身上的一切感到遺憾。」然後他站起來，走回休旅車。

他朝著河流的方向開過十五個路口，引擎發出怪聲，汽缸點火故障。他想開到河邊，可是車子顯然撐不了那麼久。

幾個路口外的市政中心的大石柱反射著微弱的月光。當他看到它們時，他才發現自己身在何處，便把休旅車在馬路中央停下。他不敢相信地瞪著廣場，在沒有電力的黑夜裡除了五層樓高的戴維森大樓外，什麼都看不見。他在想，自己怎麼會到現在才發現呢？

他推動排檔桿，轉動方向盤。把車子駛上人行道的邊緣，駛入兩排巨大常綠行道樹之間的廣場中央。

傑克熄掉引擎，靜靜坐在黑暗中，聽著引擎冷卻的聲音。他獨自在黑漆漆的廣場上，一條人行天橋連接左右兩側的大樓。噴泉應該就在附近，只是現在沒在流動。

和他想像的一模一樣，即使經過了這麼久。

他推開車門，踏上水泥地。很冷。一大片雲飄過，遮住了月亮。這樣的寂靜在荒野中的感覺和在城市裡完全不同。沒有一輛車，沒有一個人，甚至沒有街燈或高壓電線的嗡鳴。太過黑暗。太過安靜。一切感覺是這麼的不對勁。

終於，他覺得累了。精疲力竭。一整天的情緒震盪。他想睡了，想要失去意識幾個小時，想要暫時忘記悲慘的現實，他從不知道睡覺的吸引力居然有這麼大。

休旅車仍然充滿了死亡的味道。

他把所有的窗戶打開，將前座椅背壓到底，躺下，閉上雙眼。

當他的眼睛再度睜開時，第一個映入眼簾的是擋風玻璃那頭高達三十英尺的辦公大樓。一大片雲倒映在暗色玻璃幃幕上。他坐起來，又餓又冷。推開門，踏上廣場。十八年前，有家咖啡店就開在下一個路口，他幾乎可以聞到記憶中他們的法式烘焙咖啡香，感覺到它熱騰騰的水蒸氣怎樣在像今天這樣的早晨拂上他的臉。

他走向中央大道。他不記得今天是幾月幾日，真怪。但至少他很確定現在是十一月。天空看起來就像冬天的樣子，冷冽的空氣也是。雲朵低垂，充滿水氣，似乎正在討論是要下一場雪呢？還是下場雨就好。

大道上北向、南向都沒有車。一、兩家商店顯然被搶劫過，碎玻璃散在人行道上。除了被風吹過馬路的落葉，沒有任何東西在移動。

傑克走回休旅車，往裡頭看。傑克判斷唐諾的小女兒應該是坐在第三排，她為自己安置了一個舒適的窩，iPod、雜誌、書和一隻顯然到哪兒都要帶著的髒兮兮企鵝娃娃。

他從第三排座椅的地板上撿起一本素描簿，瞪著上頭畫了一半、看起來和他遇到這輛車時非常相似的蒙大拿荒漠景色。她很有天份，雖然只用了黑色簽字筆畫出高聳的山脊、綿延的山艾樹和一條穿越荒漠的孤寂公路，但畫得栩栩如生。他在想不知道他們一家遇上壞人時，她是不是正在畫畫。山麓上一條直線突兀地停住，山腳的部分一直沒有畫完。她用來畫畫的黑色簽字筆躺在地毯上，沒蓋蓋子。

傑克從地板上撿起一個雪茄盒，打開盒蓋。

簽字筆、彩色鉛筆、小罐的廣告顏料、炭筆、水彩筆、橡皮擦和一個只有十歲男孩才會送給十歲女孩的、中間可以放照片的心形鍍銀吊墜。

他不敢打開吊墜。這實在是太令人難過了。

整個早上，他不斷地寫著她的名字。又大又粗的字母寫在休旅車的白色滑門上十分明顯。他用了三種顏色描粗每一個字母，然後拿出白色的廣告顏料罐，將她的名字漆在周圍的辦公大樓的深色玻璃上。

他走到馬路上，觀察他創造出的視覺效果。

即使走到五十碼外，蒂依的名字依舊顯眼。

過了中午不久，市區起了薄霧，他坐在方向盤後，看著水珠一顆一顆在擋風玻璃上凝結。

傑克打了一陣子瞌睡，再度醒來時，不但天色全黑，而且開始下起大雨。他爬到最後面，在小女孩的位子上張開手腳躺下來，用一張還帶著她味道的毯子包住自己。雖然很餓，但他覺得應該要理性分配垃圾袋裡剩下的有限零食，畢竟今天早上他盤點時，只剩十二包了。

雨滴打在休旅車的車頂，發出規律而悅耳的聲音。他想著他的太太、女兒、兒子，一直想到他太悲傷、無法再想下去為止，然後他閉上眼睛，墜入夢鄉。

他在半夢半醒之間聽到雷聲，感覺車窗在震動。傑克身體縮在毯子裡，臉露在毯子外，躺在那裡豎耳傾聽，等著下一聲到來，心裡想著也許是自己在做夢。

巨大的聲響再度傳來。可是並不是雷聲。

那是一個比雷聲更低沉、更集中的響聲，而且不是從天空傳來的。

他從後座爬出來，拉開滑門。

走過廣場，站上馬路。

接近中午的清晨。低垂的雲層掛在空中。柏油路面還是溼的。

他又聽到了。第三聲。很遠。也許是在城外。他以前從沒聽過，至少沒有親耳聽到過，可是他知道那是炸彈的爆炸聲。

富國銀行一樓的玻璃幃幕多日前被打碎了。傑克從那裡鑽進大廳。黑漆漆、靜悄悄。他看著空曠的銀行櫃檯、裹著絲絨的排隊繩、商業貸款和住宅貸款部門的招牌。男士、女士廁所之間的牆面上掛著飲水機。他走過去，壓下按鈕，沒有反應。他走進女廁，打開水龍頭，沒水。馬桶裡倒是有水，可是他還沒渴到那個地步。不過知道馬桶裡有水，至少讓他心裡覺得踏實了點。

＊＊＊

他穿越廣場，走向戴維森大樓。入口的對門鎖上了。玻璃還好好的。他用力地從水泥框裡拔起一棵至少五、六十磅重的小冷杉，抱著跑向大門，以丟鉛球的姿勢將樹扔向玻璃。

直接穿透，玻璃應聲碎裂灑在大理石地板上。

他慢條斯理地拔下冷杉的樹枝，對終於有點事能占據他的思緒感到開心。拔完樹枝後，他脫下一件外層的襯衫，將它撕成許多細長的布條。然後他打開休旅車的引擎蓋，找到機油箱，轉開蓋子，將襯衫撕成的布條一端塞進去。他把吸了油的長布條纏在樹幹尾端，對它能不能成功非常沒有把握。他在好幾年前一個以遇難生存為主題的電視節目看過類似的作法，可是他一直在想自己彷彿忘了什麼步驟。

他把休旅車燒紅的發光點菸器壓在長布條一塊乾燥的角落上。

一小朵火苗升起，慢慢吞噬布面，然後傑克的手工火把開始燃燒。

成功了。很完美。

他大笑起來。

傑克走到四樓的樓梯口，火光照亮了樓梯的水泥牆。他推開門，踏上一條鋪了地毯的走廊。他順著走廊前進，一個個銅製名牌映射著火把的光芒。他在一個玻璃上寫著「財務顧問」的房間外停下腳步。火光中，他可以看到一個等待區、數張椅子、放滿雜誌的小桌子。傑克試著開門。鎖上了。他將火把放在防火的地毯上，舉起電梯旁的金屬垃圾桶，用力扔向大玻璃。

外頭的日光透過辦公室窗戶滲了進來。他看著牆壁上一整排露齒微笑的營業員照片，拿著火把走進員工休息室，拉開冰箱的門。一打毫無疑問已經壞掉的優格、一盤包在錫箔紙的食物、一份裝在保麗龍盒沒吃完的外帶餐點散發出腐屍般的臭味。

飲水器放在冰箱旁邊。

他把火把放進水槽，在地板上蹲下，嘴巴湊上出水口，一直喝到他的胃都痛了才停。

他走進一間角落辦公室，坐上大桌子後的皮椅。雙腳放上桌面，看著桌上相框裡的照片。一隊穿綠色足球衣的小男孩。戴著太陽眼鏡尖叫、正在泛舟的一家人。三個喝啤酒喝得臉紅通通、勾肩搭背站在高爾夫球道上的男人。他讓皮椅旋轉，滑向玻璃窗。他可以看到西方半英里外的密蘇里河。雲層覆蓋下的水呈灰綠色。河流後的平原。還有在廣場上孤零零站在雨中反光的休旅車。

辦公桌的玻璃桌面上有個塑膠公文匣微微跳動。

整棟大樓都在搖。

兩秒鐘後，他聽到爆炸聲。

城市南方好幾英里外的草原竄出黑色煙霧。

他抱著半滿的大水罐走下樓梯，走出大廳。

天空飄著細雨，氣溫低到每一口他呼出的空氣都化成霧。

他爬進休旅車，用小女孩的毯子裹住自己。閉上眼鏡。雨滴輕輕地敲打著金屬車頂。

「我的一天」他心裡想，「火和水。」

黑夜中，他突然醒來。

傳來的不再只是爆炸聲，還有槍響。聽得出來是在市區內。

他爬到前座，從擋風玻璃往外望。

天空轉亮。他看到前方低矮的雲和從雲裡飄下的雪。

再度變黑。

不知道是什麼型號的炸彈爆炸聲延遲了幾秒鐘後終於傳來。

地平線閃過更亮的光芒。

然後又變黑了。

這一夜，他再也睡不著。

透過擋風玻璃，傑克望著天空忽暗忽明，握成拳頭的雙手從兩小時前就緊緊抓在方向盤上。感覺就像等著颱風登陸一樣，颱風眼愈接近，內心的恐懼也就愈深。戰火逐漸逼近的聲音。

他在駕駛座上坐直身體，推開車門，站到廣場上。白雪覆蓋大地，他把積雪從休旅車的滑門刷下來，不讓它遮住蒂依的名字。

這時，他才意識到自己在哭。要是守城的自衛隊不讓柯爾進來怎麼辦？這裡已經非常靠近加拿大國界了，蒂依還會冒險進城嗎？不，她應該會繞過去，試著趕快帶孩子們進加拿大。說不定他們已經死在懷俄明了。說不定他們去了別的地方。他不知道，但他知道的是他們不在這裡。沒和他在一起。

他坐在雪地裡。

他們沒有來。

他們沒有來。

他們沒有——

只距離幾個路口，傳來機槍的連續爆炸聲，「噠噠噠噠……」像電鑽在挖馬路似的。

他拉著滑門的把手，支撐自己站起來，踉踉蹌蹌地走上馬路。人行道旁大多是二到三層樓高的建築，還有幾棵仍有少許橘色樹葉將落未落的樹。

往南走過三個路口，槍支發射的火光在其中一扇頂樓窗戶閃爍。

機槍連續開火超過一分鐘。

當它停下來時，整個城市再度陷入寂靜。

彷彿沒有任何重量的雪花在空中飄盪。

傑克站在馬路上，很久很久，可是沒有人再開槍。

他走回休旅車，突然間覺得餓了，可是他更覺得累，當頭一碰到頭枕，他立刻就睡著了。他睡得好沉，沉到彷彿才過了一分鐘他就又醒來了。他的眼睛乾澀，一時之間不知自己身在何處，然後聽到宛如世界末日的巨大噪音在他的正上方響起。

他從後座偷偷往前望，看到人們匆忙從休旅車保險桿前二十英尺跑過廣場。依照他們的穿著，應該是平民，他心裡想，每個人的衣服都破破爛爛的，看起來好像一堆正在蛻皮的蟲。三個將散彈槍拿在腰際的男人墊後。他們一邊倒退走，一邊開槍，傑克看得出來他們的表情揉合了激增的腎上腺素和可憐兮兮的恐懼。他的腦子裡有個聲音尖叫地要他趴下，可是他卻無法強迫自己移開視線。散彈槍發出巨大的爆炸聲，其中一個男人倒在地上，剩下的平民魚貫跑進戴維森大樓裡。

接下來十五秒鐘，一片空白。沒有聲音。沒有行動。

然後一群身著黑衣的男人衝進廣場。幾個人躲在大花盆後，另外五、六個人則追進大樓。

傑克趴在車子地板上，緊貼地毯，在機槍的發射聲中拉起毯子蓋住全身。耳邊不時傳來人們中彈的慘叫，散彈槍從辦公大樓高樓還擊的爆炸聲，還有子彈打進休旅車側身的金屬磨擦聲。然後，一個車窗爆裂，玻璃散得到處都是，休旅車傾斜，被打中的輪胎氣漏光了氣。

一個男人在很靠近車子的地方尖叫，傑克用手掩住雙耳，嘴裡不停地唸著蒂依的名字。他可以感覺到自己的嘴唇在動，雖然在一片可怕的聲響中他完全聽不到自己的聲音。

突然一個大爆炸震碎了休旅車的所有玻璃，接著四周陷入一片靜寂。

好多腳步聲跑過水泥地。有人大叫。過了一會兒，傑克聽到槍戰聲已經離他好遠。

他又再等了一會兒，才慢慢起身。原本有遮陽效果的玻璃全碎了，車子裡反而顯得明亮。六個男人橫七豎八地躺在廣場上，其中一個還在爬行。

戴維森大樓四樓有個黑色的彈坑在冒煙，火舌開始擴散。

傑克從椅縫鑽到駕駛座，小心而緩慢地推開車門。

戴維森大樓裡還有人在開槍。

他瞪著富國銀行。最多只有二十碼吧？他應該要趕快躲進去。找個辦公室，鑽進桌子下。等到一切平靜了再出來。

他轉頭看了一眼戴維森大樓。一個男人從它的大廳走出來，站到廣場上。他正在打量休旅車。傑克盡可能地縮在方向盤下面。更多人的聲音。有人大聲地在下命令。愈走愈遠。他又慢慢地坐回駕駛座，偷偷從碎裂的擋風玻璃往外看。黑衣人小隊將平民在馬路中央排成一列，拿槍指著他們，強迫他們跪下。

一個綁著紅色頭巾的男人站在俘虜面前。傑克坐在休旅車的駕駛座可以清楚地聽見他在告訴他們，他會很開心地對著他們的頭開槍，而且他相信他們也會很開心有這樣的結果。可是，如果其中有人敢反抗，他的小隊就會利用接下來的一整天折磨他們，直到他們斷氣為止。

五、六個平民開始啜泣。他可以看到他們的肩膀在顫動。可是沒有人敢移動。

綁著紅色頭巾的男人走到第一個平民面前，從槍套拔出手槍，抵住他眉心，開槍。

他一個接著一個槍斃他們，中間停下來重新填裝子彈，傑克看著俘虜的頭往後仰，身體倒下，發現自己居然在仔細地觀察下一個就輪到的人在迎接死亡前臉上的恐懼表情。

先是極度的緊繃，然後放空。三十秒後，被撒上薄薄雪花的馬路上，原本跪著的十個人變成了躺著的十具屍體。黑衣小隊就將他們留在那裡，頭也不回地沿著中央大道往密蘇里河的方向走。看著他們移動的方式，傑克相當確定他們是軍人。

當最後一個人離開他的視線後，傑克才敢大口呼吸，將前額靠在方向盤上休息。

他不能再繼續待在這裡，再待在這個廣場。這個城市被攻陷了。不行。

他一定得離開。

當他抬起頭時，那個戴紅色頭巾的男人卻從戴維森大樓轉角走出來。他不但回到廣場，而且筆直地朝著休旅車走來。傑克的心跳瞬間加速，剎那間整個人被恐懼淹沒。

他用肩膀撞開車門，以閃電般的速度從休旅車跑向銀行，心裡等著槍聲響起，等著碎玻璃噴到他身上。等著。就在他跑到銀行的玻璃幃幕時，聽到三聲槍響，子彈的速度比他想像得更快，可是那時他已經進到室內，還好沒中彈，他心裡想。他左轉，從貸款部門樓梯往上跑。有窗戶可俯視廣場的外圍辦公室透著亮光，但大多數的區域都被黑暗吞噬了。

傑克站住不動。

他可以聽到那個人走進一樓大廳的腳步聲。

現在他跑上樓梯了。

傑克轉進一個很大的開放式辦公隔間。每個隔間裡都有張桌子。隨著距離窗戶愈來愈遠，他的世界也愈來愈黑。

他蹲下來，雙手、雙膝著地，爬進一張桌子下面。什麼都看不到。喘氣聲蓋過了一切。他閉上雙眼，試著想平靜下來。當他的心跳終於漸趨平緩時，他聽到了腳步聲，小的像老鼠一樣，走進貸款部門，往他的方向接近。

他改以慢而長的方式從鼻子吸氣。雖然銀行裡又黑又冷，他的頭皮還是不但冒汗，汗水集結成河從頭髮滑進他的眼睛裡。

那個人大聲吐氣。和他距離不過四、五英尺。

腳步聲在黑暗中愈走愈遠。只能聽到靴子踩在地毯時發出的極小刮擦聲。

傑克的腿好痠。他縮成一團躲在桌子下，木頭緊緊抵著他的脊椎。

接下來五分鐘，一點聲音都沒有。

十分鐘。

二十分鐘。

然後一小時過去了，也許更久。他沒辦法確認。

他傾身向前，利用雙手和膝蓋輕輕地晃動身體，他的腳因為太過麻痺而刺痛。他在黑暗中往外爬出幾英尺，慢慢起身，膝蓋發出喀啦喀啦的響聲。

他轉頭望，看到角落的微光逐漸在消失，心裡想著，我是不是應該再爬回桌子下躲幾個小時？也許那個戴紅色頭巾的男人是去找手電筒了。也許他已經離開，也沒打算再回來。也許他就在轉角處等著我自投羅網。

傑克在辦公隔間裡往前走，回到有光的地方。

他踏入走廊。

走下樓梯，穿過大廳。站在沒有玻璃的窗框往外看，觀察廣場上的動靜。

又下雪了。廣場上沒有任何東西在移動。休旅車上多了好幾個彈孔。幾個死人身邊躺著他們生前使用的武器。他對能再拿到一把槍感到有些興奮。

傑克往廣場走了十步，彎腰解開一條纏在死人手臂上的機槍背帶。

他的指尖碰到背帶時，整個人呆在原地，打了個冷顫。休旅車其中一扇車門被推開了。

傑克放開背帶，站直身體，慢慢轉身。

綁著紅色頭巾的男人坐在副駕駛座，一邊點燃香菸，一邊說：「總算出來了。」他深吸了一口菸。「我忍了好久，就怕你會看到我吐出的煙霧。」

他拿著手槍指著傑克，示意他遠離地上的死人。

「往噴泉走。」他說。

傑克穿越廣場，眼睛一秒都不肯離開那個人，彷彿緊盯著他自己就多少還有點控制權似的。

噴泉直徑約十五英尺，水泥砌成的大圓圈中央立著一個以前會不斷冒出水來的石像。大部分的池水都蒸發了，剩下的一點點死水結了層薄薄的浮冰。

兩個人坐在水泥圓牆上，相隔五英尺。

傑克看到那人的雙手沾滿了血，已經乾掉的血漬像舊瀝青在他的皮膚上龜裂。他看著廣場，休旅車、地上的死人、融雪上的鮮血。

近距離的觀察下，傑克很驚訝地發現那人完全不符合他想像中的樣子。他有一張親切的臉、三天沒刮的鬍子和一雙溫柔的眼睛，微捲的黑髮從頭巾下露出來。傑克注意到他身上的衣服其實不是他原本想像的黑色，而是參雜了深藍的夜襲迷彩裝。

年紀和傑克差不多，也許年輕個一、兩歲吧？

他一邊吸菸，一邊瞪著傑克，手槍對著傑克的肚子放在大腿上。

「蒂依還活著嗎？」

傑克沒有回話。

「你的妻子、小孩在哪裡？傑克？」

好奇心打敗了恐懼。

「你怎麼知道我的名字？」

那人微笑。傑克心裡突然有種似曾相識的怪異感覺。

他說：「基亞安。」

「我看到整個廣場寫滿了她的名字，可是一直到我離開後，才想到也許真的是她。」

「你來這裡做什麼？」

「我和幾個阿布奎基防衛隊的夥伴都被感染了。所以像你們一樣一路往北，殺人、強姦、破壞，無惡不作。真是我生命中最快樂的一段時光了。你在等蒂依和孩子們嗎？因為我們可以一起等，反正我有的是時間。」

「我已經好幾天沒看到他們了。」

「你們分開了嗎？」

傑克點點頭。

「在哪兒分開的？」

「懷俄明。你的家人呢？基亞安。我記得蒂依告訴過我你有小孩。」

基亞安又吸了一口菸。「埋在我們新墨西哥州的家的後院了。」

「我很遺憾。」

「不，沒關係的。是我殺的。」

在昏暗的光線下，傑克看著廣場，心裡的恐懼更深了。

基亞安微笑。「要來根菸嗎？」

「好幾年前已經戒了。」

他從內袋掏出一包皺巴巴的萬寶路紅版，遞給傑克。「來一根吧！不管你為什麼戒菸，我想現在都無關緊要了。不是嗎？傑克？」

傑克的手顫抖。他從菸盒裡倒出一根歪歪扭扭的紙菸和打火機。他叼著菸，試了四次才將火點著。基亞安幫自己再拿了一根。

「你來這裡做什麼？傑克？」他問。「如此遼闊的西部大地，為什麼你唯獨選擇了這個廣場？」

傑克沒有回答，只是靜靜地吸了一大口菸，讓菸草的味道進入他的肺。甜蜜嗆辣。

「你認為蒂依會來這裡找你？是不是？」

傑克吐出菸霧，感覺尼古丁發揮效果將他更往下拉，讓他更貼近現實，就像跌入一個真正的此時此刻和他感覺中的此時此刻之間的過濾器。恐懼感卻和緩了些。

「我可以問你一個問題嗎？」傑克說。

「在你的菸還沒熄之前可以。」

「每天晚上，你在睡著之前，會在腦子裡看到你太太和孩子們的臉嗎？」

「有時候會。」

「你怎麼能夠不自殺？」

「你問這麼蠢的問題，正好完美解釋了為什麼我們要屠殺你們。現在，換你回答我的問題了。為什麼你會來這裡？」

他考慮突然撲向基亞安，但隨著尼古丁快感的發作，他同時也感覺到自己的虛弱和恐懼。

基亞安露出輕蔑的笑容。「你打不贏我的。即使是在你體能顛峰時遇上已經累得半死的我，你也一點機會都沒有。現在，回答我他媽的問題。」

「我會在這裡，因為我的車開到這裡時剛好沒油了。」

「你為什麼要惹我生氣呢？」

傑克繼續吸菸。

「在我這一路往北的旅程中，一直在留意你的綠色路華越野車。」基亞安說，「我一直在追你和蒂依，只不過我沒想到真的會有再見到你的一天。」

「那是什麼感覺？」傑克問。

「什麼是什麼感覺？」

「就是變成……嗯，你現在的樣子。」

「在我們的一生中，傑克，我們一直在追尋，一直在懷疑。你知道嗎？可是現在，我們全都知道了。」

「你的意思是，你以前像個瞎子，但現在你可以看見了？」

「差不多。」

「你現在知道了什麼你以前不知道的事？」

「你在大學教哲學，對吧？」

「對。」

「那麼你應該知道……文字只會曲解真正的意義。而且，就算我可以，也不會告訴你的。」

「為什麼？」

「你沒有看到那個光。我一定要問清楚……你沒有辦法和蒂依聯絡，可是你認為她會來這裡。為什麼？是你們之前有過什麼約定，如果你們走散——」

「我已經在這裡等了三天。她不會來了。」

「她說不定死了。」

「我也一直在想這件事。你有幾個孩子？」

「三個。」

傑克彈了一下菸灰。

「你謀殺他們時，看著他們的眼睛嗎？」

「我哭個不停。他們也在哭，一邊哭一邊問我他們做錯了什麼。我太太一直尖叫。可怕的一天。在你的香菸熄掉之前，我必須知道你為什麼來這裡。得不到滿足的好奇心會殺了我。」

「我告訴你了。我的車沒油了。」

基亞安搖搖頭。「如果我不威脅你，你不會說，是不是？」

「去你媽的光，還有去你的。基亞安。」

基亞安讓手上的香菸滑落地面，在雪地裡發出「嘶——」的一聲熄滅。他站起來，撩起上衣，讓傑克看到他腰間掛著一把插在劍鞘裡的卡巴戰鬥刀。

「等我把你的肚子剖開，拉出你的內臟逼你吃下去時，你就會告訴我了。你不僅會說出所有我想知道的一切，甚至我要你說什麼你也只會照說不誤。只要我想，你會在嚥下最後一口氣前，詛咒娜歐蜜和柯爾，並且請求我以同樣的手法對付他們。」

傑克手上的香菸還有一英寸長，但傑克卻直接把它丟進噴水池裡。

「你自己也知道你無法破壞它，所以你才會這麼痛苦，是不是？」

「你在胡說些什麼？」

「就算我可以告訴你，我也不會說的。」

基亞安解開刀鞘，把手槍放進槍套，拔出戰鬥刀。

「還有一件事……」傑克說，「你和你的下三濫朋友毀了我們的世界，但是你們同時也讓我變成一個好爸爸，讓我重新愛上我太太，為此我得謝謝你們。」

傑克低頭看著水池。

水面上的冰融化了，積水變清澈，噴泉開始流出水來。他抬頭，天空好明亮，蔚藍的不可思議。廣場的中午時分。十幾個人坐在秋天刺眼的陽光下吃午飯。

傑克拿著一杯冰咖啡坐著，還有十分鐘他的午休時間就要結束了。

她坐在十五英尺外的同一張桌子，埋首在教科書裡，一盤吃了一半的沙拉被推到一旁。連續三天，她都在這個廣場吃午飯。連續三天，他無法將自己的視線從她身上移開。

他不是沒向陌生女人搭訕過。沒什麼困難的。他長得帥，身材又高大。對自己很有信心。可是眼前這個女孩有種特別的氣質，讓他不敢輕易行動。當然，她很漂亮，可是這不是主要原因，也許是她身上的白色長袍（不過他不否認自己已經開始對它產生幻想了），也許是她在看書時的專注神情。他痴痴地望著除了翻頁或將落下的赤褐色長髮順到耳後之外，一動也不動的她。他可以對天發誓，她的頭髮一定真的包含了黃金的成分，否則怎麼可能如此閃亮。

他昨天花了整整一個小時才鼓起勇氣，在午休只剩五分鐘時，站起來，雙腿抖個不停，嘴巴又乾又澀，他走向她，聞到一絲不知是洗髮精還是沐浴乳的香味，他馬上知道他一定會說不出話來；

於是他直直走過她的桌子，走進富國銀行，站在暗色的大玻璃後，看著她，直到她將書放進舊背包離開。

現在，又只剩下五分鐘午休就要結束。和昨天一模一樣。他猶豫太久，再度讓自己陷入困境。

他站起來，很快走向她，想趕在自己膽怯之前來到她桌旁。就在離她只剩三英尺時，他感到七上八下，不知如何是好，此時他運動鞋的鞋尖居然被一小塊凸出的水泥絆到。

傑克跌個狗吃屎，當他趴在水泥地抬頭往上看時，卻看到他的冰咖啡不只正順著她的腿往下流，也從她白長袍的邊緣往下滴個不停。

「喔，我的天啊！」他一邊說，一邊狼狽地爬起來。「喔，我的天啊！」當他終於站直身體後，他看到他居然將他手上的冰咖啡就這麼不偏不倚地砸在她的教科書、白長袍、裙子，甚至頭髮上，簡直是將半杯冰咖啡所能造成的損害發揮到了極限。

她怒目瞪視他，可能比他還驚訝吧？傑克嘟嘟囔囔，試著想擠出一句完整的話，結果說出來的卻是：「我真是個徹底的白痴。」

她眼中的怒氣慢慢融化了。她擦乾臉上的咖啡，低頭檢查她的白袍。在這種時候，傑克的腦子裡居然只想著近距離看她更美了。

「請讓我幫你重買一本書，還有一件白袍，還有——」

她揮揮手示意他不要再講下去了。

「沒關係。你還好嗎？你跌得蠻慘的。」

「還好。」當天傍晚他的手肘就出現一大塊黑色的瘀血，可是在這一刻，他什麼都感覺不到。

「別擔心，等我熬過這場丟臉得不得了的慘劇之後，我就會再活過來的。」

她大笑。他從來沒有聽過這麼悅耳的聲音。「喔，用不著這樣，事情沒有你講得那麼糟。」

「事實上，確實很糟。」

「不會啦！不過是——」

「因為我本來是要過來問你，是不是願意和我出去約會的。」

她臉上的笑意瞬間消失。

這真是他一生中最長的空白。

「鬼扯。」她終於說。

「什麼？」

「你這麼說，不過是想捉弄我。」

傑克微笑。「你願意給我重來一次的機會嗎？」

「什麼？」

「重來一次。讓我重新再做一次。」

陽光太強烈，他無法確定，但她看起來像是臉紅了。

「好。」她說。

「我馬上回來。這一次會比較好，我保證。」

傑克走向噴泉。他的心臟跳得好快，快到他幾乎喘不過氣來。他坐下，望著她坐的桌子。她看著他，取下她的太陽眼鏡。他再一次開始走向她，在她的桌子前停下，刻意背對陽光，將她整個人籠罩在他的影子下。

「我是傑克。」他說。

「嗨，傑克。我是蒂依。抱歉我看起來這麼狼狽。剛才有個混蛋把他的咖啡全潑在我身上了。」

她微笑。他第一次和她對視。從來沒有過這種感覺。在這之前，他以為他知道什麼是心靈上的吸引，可是他現在明白了他對以前其他的女人的感覺不過是肉慾，但他很確定他對她卻不是。他們之間有能量在流動。他的神經中樞明確地感覺到它爆出了火花。她有一雙深藍色的眼睛，明亮透徹。後來他想到她的眼睛時，它的顏色和透徹總會讓他聯想到小時候常和爸爸去露營的冰川國家公園裡的湖泊，深邃卻清澈無比，陽光可以一路照射到湖底的石頭，讓湖水閃閃發亮。

可是他卻沒有注意到那時她眼裡的熾熱。那是一股強烈的電流，一個鋪天蓋地的浪潮，彷彿她已經看到未來，看到他們將共同面對的一切：建立一個家庭、擁有一個女兒、一起負擔房貸、早產兩個月的兒子、傑克媽媽的死、八年後的感恩節夜裡奪走蒂依雙親的車禍、許多快樂的時光、漫長的沮喪期、兩顆心逐漸愈離愈遠、背叛、恐懼、憤怒、妥協、停滯，但去除了所有枝節後，他們相識的這一刻的神祕吸引力永遠存在於兩人之間。不因現實生活上的失敗而被抹滅。一切都變了，但一切都沒有變。

這是他在美國大西部的美麗秋日初次和他未來的太太雙眼對視時的想法，日後他常常回憶這個畫面，每一次想起，總覺得它完美得令他心碎。而十八年後，在同一個廣場，當他再度看到他太太的雙眼時，他的感覺依舊不變。

她看起來不像真人，躡手躡腳地在地上的屍體間移動，非常瘦弱，鬼魂似地往噴泉飄過來，臉頰上全是淚水。

基亞安一定從傑克的眼神發現了什麼，因為他剛好在蒂依舉起一把舊左輪槍對著他時轉過身。

「你在這裡做什麼？基亞安？」她問。

「我在等你啊！親愛的。」

槍聲在兩棟建築間產生迴音。

基亞安踉蹌後退，在傑克身旁坐下。

他的手上仍拿著戰鬥刀，傑克一把搶過刀子，站起來面對他。

鮮血從他左眼上的洞不斷地流下。

卡巴戰鬥刀的刀刃毫無困難地滑進他的胸骨之間，傑克讓它一直沒入到只剩刀柄留在外頭。基亞安往後倒，摔進結冰的水池裡，他的身體湧出一朵暗紅的雲，靴子和衣物的重量將他往下拉，僅剩的右眼瘋狂地眨個不停。

傑克轉身，蒂依還在。活生生的蒂依。他撲向她，將她壓在雪地上，拚命吻她，像好不容易找到水源，像好不容易又能再呼吸。他們吻到非停下來喘口氣才分開，兩個人都在哭，像兩個大嬰兒般哭個不停。他用雙手捧住她的臉不敢放手，怕一放手她就會消失，或者他會醒來發現自己在噴泉旁即使死去，而她不過是他死前最後的牽掛。

「你真的在這裡，是不是？是不是？」他說。他不斷重複同一句話，而她不斷告訴他她在，她真的是蒂依。他不願將雙手移開，他無法相信這一切是真的。

「你帶柯爾進城時還順利嗎？」傑克問。他們在第三街上朝北往圖書館走，各背著兩把從廣場死人身上拿下來的機槍，活像在拍什麼三流動作片似的。「幾天前我要進城時公路全被封鎖了。他們不讓任何受感染的人進來，可是我告訴他們你可能會來，還帶著一個受感染的小男孩。」

「我們是昨晚進城的。」蒂依說，「路障已經被摧毀了。我們差點就死在路上，傑克。到處都是炸彈。每個路口都在槍戰。其中有兩、三次我們只差一點點就被擊中。城東成了百分之百的戰場，死亡人數一定超過好幾千。」

他們經過一家被迫擊砲射中的律師事務所。溼淋淋的訴訟文件零亂四散在人行道上。

「你怎麼知道要來廣場？」

蒂依微笑。「那麼，你怎麼知道要來廣場？」

「我跑去難民收容所找你們。可是沒人見過你或孩子們。我把車往市中心開，汽油用光了。就在陷入絕望時，汽車頭燈照到了戴維森大樓。我已經在廣場上等了三天。我不知道你是會來這裡，或者你會繞過這裡把孩子們送進加拿大。我以為你們都死了。」

「當我在高速公路上看到大瀑布城的路牌時，就明白只要你還活著，只要你還有一絲力氣，一定會到這個廣場的。」

「你們有汽車嗎？」

「有。」

「你實在不應該來找我的。你們應該直接開到加拿大才對。」

「你只是說說罷了。你自己就不會這樣做。」

機槍對戰的爆炸聲從十個街口外傳來。

「我今天早上就來了。」蒂依說，「可是那時到處都是士兵。」

「你看到我在汽車上畫的東西了嗎？」

「我一看到就哭了。哭得無法控制自己。我躲起來等士兵們離開，可是就在我要出來時，基亞安繞回來殺你了。我看著他追你追進富國銀行辦公室。我以為……我以為……」她搖搖頭，甩掉負面情緒。「你在裡頭躲了好久。」

「我真不敢相信你居然來了，蒂依。」

她停下腳步吻他。

半英里外，炸彈爆炸。

「來！」她說，「我們得趕快逃離這裡。」

傑克在大瀑布城市立圖書館的歷史資料室裡的沙發旁蹲下。蒂依將手電筒朝天花板照讓傑克利用反射的溫和光芒看著他熟睡的孩子們。他伸出手，輕輕撫摸柯爾的背。

「嘿，夥伴，爸爸回來了。」

柯爾驚醒，眼睛掙扎著要睜開。傑克看到他張得好大的眼睛時，知道小男孩心裡已經放棄爸爸還活著的可能性。

「真的是你？」柯爾問。

「是我。」

柯爾靜下來，想了好一會兒。

「我每天晚上都夢見你，你就像這樣和我說話，然後每一次我醒過來時，你就不見了。」

「你現在已經醒了。我在這裡。而且再也不會消失了。」

他緊緊擁抱小男孩。

「你為什麼在哭？」柯爾問。

「因為我還能擁抱你，我以為再也看不到你了。」

娜歐蜜在沙發另一頭坐了起來。「喔，我的天啊！」她大哭，衝向傑克。傑克將她也擁入懷中。現在他抱著他的孩子們，他想不出來他的一生中還有什麼時候比此時更快樂。

他說他沒事，蒂依不相信，勒令他脫光，拿著手電筒仔細檢查他的身體。她瞪著他右肩上新的槍傷。

「這裡有什麼感覺？」

「這幾天覺得很痠。」

「細菌感染了。你跟我來。」

她領著他走進洗手間，利用紙巾和殺菌洗手乳徹底清潔他的傷口。

「在找到繃帶前，你一定要努力讓傷口保持乾淨。」

她握住他的左手臂。

「這是什麼？」

他慢慢地將左手無名指上纏著的髒布解開。

蒂依看到，倒抽了一口氣。

「我忘了說。」傑克說，「托格沃蒂徑的士兵砍斷的。」

她從水槽抓起手電筒，照在參差不齊的指骨和努力想蓋過傷口的暗痂上。

她又開始流淚了。「這是你戴婚戒的指頭。」她說，「你的婚戒……」

孩子們睡著之後，他和蒂依擠在一張沙發上，談到黃昏。很快的，除了高窗偶爾閃過的爆炸火光外，歷史資料室裡一片漆黑。他們彷彿在看一場沒有雨的颱風，只是即使是遠方的炸彈還是會搖動圖書館的地基，搖得灰塵不斷從天花板落下，灑進他們的眼睛裡。

＊＊＊

傑克睡著了。當他再度醒來時，他仍抱著蒂依躺在沙發上。她的耳朵貼在他嘴邊。他不知道她是不是也睡著了。他對著她耳語，告訴她他覺得好滿足，如果有一天他們能再回到安全的地方，他會用每分每秒來讓她快樂，來愛她，愛柯爾和娜歐蜜。他再也不會自我限制一定要過什麼樣的生活。他一點都不在乎，就算是住在荒漠的拖車裡都沒關係。再窮都沒關係。再苦都沒關係。只要能和她在一起，每一天、每一小時、每一秒。他想看著她慢慢變老，長出一根又一根的白髮。看著她抱著他們的孫子孫女。

她沒有回答，只是在睡夢中嘆了一口氣，緊緊靠著他的身體。

傑克坐起來。整棟建築物在搖動，書本從架子上不斷落下。他的雙耳都在耳鳴。蒂依也起來了，她的嘴唇在動，可是他聽不到她說什麼，然後突然間他又能聽到了，孩子們在尖叫，蒂依在對他大喊。他站起來，幾個街口外的一棟建築燃燒的熊熊火光透過資料室的高窗將房間照得好亮，火勢大到他覺得隔著玻璃都能感受到陣陣熱氣。

他正要開口說話，可是一聲巨響阻止了他。愈來愈大聲，愈來愈接近。不管那是什麼，它顯然正朝著他們的方向來。然後它出現在他們的正上方，宛如上帝放聲尖叫，在火光中，傑克看到孩子們用雙手摀住耳朵，嘴巴開得大大的，眼睛裡全是恐懼。

然後它又不見了，房間裡靜下來，又能聽到遠方機槍的爆炸聲。

傑克喘著氣。每個人都是。

他轉向蒂依說：「我們必須——」

一道灼熱的白光閃過。窗戶被炸開。有什麼打到傑克的胸部，不是爆炸力，也不是聲波，而是兩者可怕的混合體。他仰躺著，覺得臼齒在牙床上都被震鬆了。他告訴自己起來，趕快起來看看孩子們，可是他的腿卻不聽使喚。

悶哼的耳鳴變成了電鑽般的噪音。

他坐起來，大爆炸的亮光太過刺激，眼睛仍在掙扎適應。

圖書館對面的建築直接被炸到，陷入熊熊大火之中，他可以看到鋼筋在火焰裡慢慢地彎曲，然後熔化。

他搖搖晃晃地站著。

蒂依看起來沒事。她坐了起來，滿臉驚嚇，可是他看到她的雙眼已經張開，正緩緩地在眨眼。

柯爾和娜歐蜜以胎兒般的姿勢縮在地板上，還沒恢復過來，仍舊用手護著他們的頭在發抖。傑克伸出手，輕輕拍著他們的背，用手指梳過他們的頭髮，這時蒂依站到他的身邊來。他試著想說什麼，可是卻連自己腦袋裡的聲音都無法聽到。蒂依一把將他的臉拉到面前，讓他能近距離地讀她的嘴唇。

他將機槍帶子掛在脖子上，抱著娜歐蜜走下樓梯。蒂依拿著手電筒走在前面，肩上扛著柯爾。

當他們走到二樓樓梯口時，傑克又聽到那個聲響，不是很清楚，但愈來愈大，大到幾乎是極限時，整棟建築突然猛烈搖動，搖得這麼厲害，傑克簡直不敢相信它居然還沒崩塌。

一樓的所有書架都倒了。他們在書籍中奮力跋涉，空氣中全是舊紙張的灰塵味。爆炸的威力將入口處的玻璃牆震碎。他們踩過厚厚的玻璃碎片，踏進外頭的悲慘世界。對街的殘骸冒出濃密的黑煙，旗桿頂端掛著的美國國旗和蒙大拿州旗也著了火，開始被烈焰吞噬。

蒂依領著傑克走向一輛停在建築物和樹籬之間的綠色Cherokee越野車。位子很巧妙，不容易被發現。

她轉頭看他，大叫：「你來開車。」然後丟給他一串鑰匙。

蒂依拉開後車門，將柯爾放進去。傑克將娜歐蜜交給她。在他太太把女兒放進後座關上車門後，他把嘴巴貼在太太的耳朵旁。

「還剩多少汽油？」

「夠我們開到國界了。」

「你得充當我的狙擊手。」她點點頭。「只要看到會動的，不管是什麼，直接開槍就是了。」

傑克爬上駕駛座，發動引擎。蒂依關上副駕駛座的車門，搖下車窗。

他絞盡腦汁，試著想搞清楚現在的地理位置。

基本上，往北只有兩條路。十五號高速公路到斯威特格拉斯或八十七號公路到哈佛鎮。

他握住排檔桿，緩緩將吉普車駛過冒著蒸氣的草地，開上柏油路面。對街的建築大火散發出熱氣，讓他不禁汗流浹背。

他踩下油門，感覺風和黑煙一起穿過擋風玻璃吹上他的臉。玻璃被槍射穿了，這一點絕對會增加高速行駛的困難度。

在到達下一個路口前，他已經決定要開高速公路往北出城。傑克看了蒂依一眼。她將機槍背在肩上，瞄準窗外。他拍拍她的大腿，用口型說出：「你準備好了嗎？」她點點頭。他往後座看了一眼，發現兩個孩子趴在地板上。他不知道他們是否聽得見，但他還是大喊：「孩子們，不管發生什麼事，千萬別把頭抬起來。」

傑克轉向第三大道，往北開，將油門踩到底。

遠處曳光彈射進低垂的雲層中，讓東方的天空看起來像有放射性灼傷似的。

吉普車在馬路上飆到八十英里時速。沒有車燈，加上不斷吹上臉的強風和黑煙，他幾乎什麼都看不到。

他們飛快駛過好幾個漆黑的街口。這一帶的建築物似乎沒受到破壞。就在傑克伸手要打開車燈時，槍聲從四面八方傳來，子彈打在車身上此起彼落地發亮，像一大團螢火蟲飛撲而來。吉普車每一面都受到槍擊，窗玻璃爆開碎裂。蒂依一邊對著他大喊，要他開快一點，一邊開槍，機槍彈殼不斷地跳出來。

他們駛離攻擊區。

接下來一個街區平安無事。

傑克不確定是自己的聽力進步了，還是有另一場槍戰正在開打，總之槍聲和迫擊砲在引擎的呻吟中變得愈來愈明顯。

到了下一個路口，他望向交叉的橫行道路，看到一輛坦克車夾在兩輛史泰克系列八輪裝甲車中間，往他們的方向開來。

前方四分之一英里，一連串十個密集的爆炸照亮了四個街區。傑克覺得輪胎下的馬路晃動，四周的一切變得比白天更明亮，彷彿太陽光一下子增強了一倍。他可以看到車子經過的每一棟建築都有人衝向窗框，火光之中，他看到了許多沒有武器、認命的、憔悴的臉。

傑克從後視鏡看到其中一輛史泰克系列八輪裝甲車加快速度，衝離了坦克。從它的車身發射出五、六道光，以及低沉但頗具衝擊力的爆炸，像有人在釘釘子似的。兩顆五十口徑的子彈射穿了後車廂，其中一顆更是打入了儀表板。

吉普車駛入爆炸區，前方的馬路消失在兩旁建築的熊熊大火中。

傑克猛轉方向盤，將吉普車往左急轉，開進一條和小學平行的巷子，但密集的炸彈將路上的碎石子炸得都快融了。

巷子裡有許多身上著火從建築物跳樓求生的人。他估計至少五、六十個。他們落在滾燙的地面發出的慘叫讓傑克不禁希望自己是個聾子。

他試著避開他們，可是卻不斷有人在吉普車前踉蹌慢行。史泰克系列八輪裝甲車眼看就要追來了，除了壓過他們、撞過他們之外，他沒有別的選擇。蒂依一直尖叫：「噢，天啊！天啊！」一次又一次，然後，她開始開槍。

離開小學後又開了兩個路口，傑克總算看到指向高速公路的路標，他將方向盤往右轉，用力踩下油門。

街道上空無一人，他們一路尖叫往北，所有的火光和屍體全被框在照後鏡裡。

車子疾馳過河，穿過城市北方的郊區。

傑克終於開亮車燈。

他們以一百英里的時速駛向廣大但至少較為安全的黑暗之中。

往北出了城，除了一片漆黑，以及無窮無盡的大草原外，什麼都沒有。即使離開四十英里，他們還是可以看到整個城市燃燒的火光和曳光彈射向空中的明亮拋物線。傑克在手剎車下找到一副太陽眼鏡，他戴上防風。車子現在往西北前進，時速表不會動了，車子的噪音大到彷彿站在瀑布之下。孩子們，甚至蒂依全趴在地板上不想面對。可是他並不在意。疾馳而過的風代表了每一秒鐘，他們離那個城市愈來愈遠、愈來愈遠，而離加拿大愈來愈近。

傑克看了一眼被子彈射壞的儀表板，想看看現在的時間，然後他注意到一道只比黑色淺一點點的深藍出現在東方的地平線上。

蒂依在副駕駛座的地板上醒來，全身痠痛，餓得不得了。她抬頭望向戴著太陽眼鏡的丈夫。強風將他的頭髮往後吹。他的臉因長時間的風吹變得紅通通的，至於臉上的光，她推測應該是旭日。吉普車不但發出極大的噪音，而且感覺頗為顛簸，如果不是避震器壞了，就是他們已經駛離柏油路面。

她望著他。即使現在一大把鬍子，他看起來還是這麼瘦，她的心漲得滿滿的。她曾經失去他，分開時感受到極度的疏離，但現在他又回到她身邊，就坐在離她不到三英尺的地方。終於，她明白她擁有的是什麼樣的男人，他隱藏在一切表象下的本質，她很肯定這輩子只要和他在一起，她再也不需要別的東西。這個新的體認讓她的心得到前所未有的平靜。

傑克一定是查覺到她的目光，因為他低頭看她，露出微笑，然後皺起眉毛。

他伸手撫摸她的臉。

她擦乾眼淚，搖搖頭，爬上副駕駛座。

一望無際的大草原。觸目所及沒有一棟建築，沒有一條路。他們的車直接駛在草原上。

傑克將吉普車停在草地上，熄掉引擎。

四周寂靜的叫人吃驚，讓她有些不知所措，她的耳朵從昨晚之後一直在耳鳴。

她轉頭看後座。娜歐蜜和柯爾分別縮在自己座位前的地板上。她伸手放在他們的背上，確定有起伏，有呼吸。

「我們現在在什麼地方？」她問。

她的聲音聽在自己的腦子裡很不清楚，彷彿是從什麼遙遠的地方傳來的。

傑克的回答聽起來一樣遠，「哈佛鎮的北邊。我猜國界應該在那個方向，十英里左右吧！」他指著破裂的擋風玻璃另一頭的大草原。外頭全部的東西都結了一層霜。

「你為什麼停下來？」她問。

「引擎的紅燈亮了好一陣子了。而且我也要尿尿。」

傑克對著結冰的草地尿尿，試著適應這個廣大寂靜的世界。吉普車的前保險桿鐵欄杆冒出白煙，他可以聽到引擎蓋下有什麼東西正在發出嘶嘶嘶的聲音。他在想不知道是不是因為他昨晚一直猛踩油門讓水箱過熱了。自從將車子在哈佛鎮北開離柏油路後，他就減慢了速度，選擇駛過大草原，無非是希望這會是一條比較慢，但比較安全的路徑。

他走回吉普車，爬上駕駛座。蒂依在中央把手放了幾瓶水和一包餅乾。他們分食著單薄的早餐，看著太陽從草原上升起。

一個小時之後，引擎才冷卻下來。傑克發動吉普車，繼續上路。他密切注意溫度表，指針上升的速度比他預期的快很多，開了一英里後便超過了中點，兩英里後更是跨進紅線邊緣。最後，在駛了二又四分之三英里後，傑克只得停車熄火。他有些懷疑自己是不是弄壞了引擎，因為前保險桿上的鐵欄杆不停有煙冒出來。

傑克下車，打開引擎蓋。

大把的煙霧和蒸氣竄了出來，聞起來很臭，像有什麼不該燒焦的東西燒焦了。他對汽車維修一無所知，根本不曉得自己在看些什麼。他連水箱是哪一個都分不清楚，而且也不知道它除了不讓車子燒起來外，還有什麼其他的功能。

他讓引擎蓋開著，繞到蒂依的車門旁。

「看起來不大樂觀。」她說。

「確實是。我們得再等上一陣子，等到它變涼才能再走。」

兩小時後，引擎不再冒煙，於是傑克重新發動車子，發現溫度表的指針已經幾乎回到正常值。

孩子們醒了，興奮地發現傑克在滑雪小屋得到的垃圾食物。柯爾咧開沾了巧克力醬的大嘴，滿足微笑。

傑克推動排檔桿，看著以十分之一英里為單位的里程表慢慢隨著車子前進轉動。

一英里後，溫度表的指針又快碰上紅色警戒區，引擎也開始冒煙，草原上的風將煙吹上引擎蓋，吹進車廂內。

傑克停車，熄火。

然後，這成他們的循環模式。一整天。

車子開一英里。

過熱。

等兩小時。

再開一英里。

過熱。

等待。

不停重複。

到了傍晚，他們又停下了，停在一個不深的低窪地邊緣。引擎蓋打開了。沒有風。白色的煙迴旋飄上天空。蒂依坐在副駕駛座打瞌睡。傑克和孩子們躺在又涼又軟的草地上仰望天空。柯爾依偎在他的胸膛，閉上眼睛睡著了。

「我們還差多遠？」娜歐蜜問。

「兩、三英里吧！」

「你真的相信只要一過國界就會有難民營嗎？」

「這就要等我們到了才會曉得了。」

「要是沒有怎麼辦？要是加拿大的情況也和美國一樣怎麼辦？兩國之間並沒有真正畫出一條界線，不是嗎？」

「娜歐蜜，從這裡往北，我們一定會找到一個再也不需要逃命的地方。不管是開車也好，走路也好，甚至是用爬的也好，我們一定會到達安全的地方的。」

她挪近身體，將頭靠在傑克的肩膀上。

「我們就快到了，是不是？是不是？爸爸？」

突然間，他們身後的吉普車側身發出鏘鏜一聲。

「就快到了，寶貝。」

一陣槍響穿過草原。距離很遠。

傑克坐起來。

回音還沒停，仍在繼續。

「是槍聲嗎？」娜歐蜜問。

「應該是。」

傑克轉頭望向吉普車。因為它的顏色很深，所以一時間他看不到彈孔在哪裡，可是他注意到蒂依醒了，正坐直身體。

「媽媽醒了。」他說，「我們離開這裡吧！」

他站起來，走向副駕駛座。一大片灰雲的天空反射在車窗玻璃上。

他拉開副駕駛座的門。

蒂依臉色蒼白，她抬頭看他，眼睛裡全是恐懼。他只看過她的臉上出現過這種表情兩次，兩次都是在生產檯上，彷彿她非常絕望，彷彿她承諾了什麼她盡了力卻做不到的事。

他想不通為什麼。

「親愛的，怎麼了？」

「很痛，傑克。」

她低頭往下去，他也跟著低頭。

她的座位流滿了鮮紅色的血，一看就知道是從動脈流出來的，她用力壓著她的右大腿。

「喔，天啊！」傑克說。

娜歐蜜問，「出了什麼事？」

傑克大喊，「你趕快帶著你弟弟跑到車子的另一邊。」

「為什麼？出了什麼——」

「照我告訴你的話做就是！」

另一顆子彈打中後車門，離傑克不到一英尺。他將右臂伸到蒂依的大腿下，把她抱離座位。

當他抱著她繞過前保險桿的鐵欄杆時，爆炸聲再度響起。蒂依在他把她放在車子另一側的草地上時忍不住呻吟。

「出了什麼事？」娜歐蜜問。

「她中彈了。」

「噢，我的天啊！」她用手摀住自己的嘴巴。

柯爾開始哭了起來。

傑克的手上沾滿了血，變得又溼又滑。溫熱的血聚集在他的指尖，一滴一滴落向地面。

一顆子彈射碎了後玻璃窗。

「娜歐蜜、柯爾，躲到輪胎後面，貼著草地平躺。」他看著太太。「你得告訴我我該怎麼做。」

「我不確定它是不是射穿了股動脈，可是你一定要馬上幫我止血，否則我會產生低血容性休克，然後死掉。」

「我要怎麼做才能把血止住？」

「拿什麼東西把我的大腿綁起來。」

「襯衫之類的嗎？」

「對。請快點。」

傑克一把扯開襯衫，就在他把手臂拉出袖子時，又有一顆子彈打中吉普車。

蒂依在他提起她的腿時痛得尖叫。傑克把一隻袖子繞在她的腿上。

「要綁多緊？」他一邊準備打結，一邊問。

「完全阻斷血液循環。」

「你確定？」

「對。」

他將兩隻袖子在她的右大腿上交叉，打下第一個結，然後用腳踩在上頭，使盡吃奶的力氣勒緊。他一直看著蒂依壓在傷口的右手，試著想阻止隨著每次心跳就湧出來的陣陣鮮血。

「血止住了嗎？」他問。

「還不知道。」她眨了好幾次眼，恍神地瞪著愈來愈暗的天空。他覺得她的眼睛失去了光澤。

「有。」她終於說，「止住了。」

「我可以離開你一下子嗎？」

「為什麼？」

「我得去看看是不是有人追來。」

他打開後座車門。雖然他儘量小心了，可是還是很危險。

他飛快跳上後座，伸手到後車箱抓起兩把AR-15自動步槍和雙筒望遠鏡，然後在另一陣穿過平原的槍聲中伏低身體鑽出車外。

傑克爬到吉普車後頭，俯臥在草地上喘氣，將望遠鏡舉到眼前。

轉動對焦鈕。

遠處的長草隨風搖曳。天色變暗，後方的雲層也跟著愈來愈黑。一隻長耳大野兔豎直身體，只用後腳站著。

他慢慢地掃視地平線。

一輛卡車駛進視線。又舊又破的生鏽載貨卡車。他拿下望遠鏡，估計真正的距離。一英里，也許更遠一點。然後再舉起望遠鏡觀察那輛卡車。

車斗上站著一個女人。她將一把火力強大的步槍靠在車頂，正從瞄準鏡後往傑克的方向看。望遠鏡裡的步槍無聲地發射了。一顆子彈射中吉普車，發出「砰！」的一聲，很有可能是射中了其中一個輪胎。

爆炸聲過了幾秒後才傳來。

在女人動手裝入另一顆銅頭長子彈時，他趴在草地上緩緩後退。突然間，他看到的景象讓他大吃一驚。三個穿著打獵迷彩裝的男人距離他如此的近，近到整個望遠鏡的圓框裡全是他們。一個大約比傑克老五歲的中年人帶著兩個猶如他的翻版的青少年。

兩個男孩手拿半自動手槍，中年人則拿著雙筒散彈槍。三個人的臉都跑得紅通通的。

傑克放下望遠鏡。他們的距離已經不到一百碼了。他不知道自己怎麼會沒立刻發現他們。

他舉起機槍，心裡懷疑還有幾顆子彈可用。

他轉頭看蒂依，孩子們擠在她身邊。

「他們來了，蒂依。」

「幾個人？」她問。

「三個。」

「我可以幫你開槍打他們。」柯爾說。

「我需要你幫忙照顧媽媽。」

傑克伏在右後輪後，手指擱在扳機上。

「這是最後了嗎？傑克？」

「不，不是。」

他慢慢抬高身體直到眼睛和瞄準鏡上的蜘蛛網刻度平行。他已經聽得到他們的腳步聲，正在咻咻咻地越過草地。再過幾秒鐘，他們就會看到傑克一家人了。

他縮回輪胎後。

閉上雙眼，做了三個深呼吸。

然後突然站起來，背著AR-15自動步槍從吉普車的轉角探身出去。三個手忙腳亂地要舉起武器的男人消失在爆炸的煙霧後，平穩的後座力撞上他的肩膀，彈匣退出，槍管冒煙，男人們倒在離吉普車十五英尺遠的草地上。

一顆子彈劃過傑克的腿射中車尾燈，在槍聲傳到時，傑克已經躲回吉普車的另一側。

「他們死了嗎？爸爸？」

「死了。」

他從草地撿起另一把機槍。

「那把沒有子彈了。」蒂依說，「都用完了。」

她聲音中的痛苦令他心碎。

他回到輪胎上蹲下，舉起望遠鏡。天色暗得很快。他花了好幾秒鐘才又看到那輛載貨卡車。可是這一次，他看到的卻不只一輛。它的車旁出現了兩輛卡車。三輛車停在一起，所有的車門全開著。一群全副武裝的人正熱鬥地討論著，他算了一下，八個。

「怎麼樣？」蒂依說，「你看到什麼了？傑克？」

「來了八個人。三輛卡車。」

「我們要趕快離開。」

「怎麼離開？蒂依？我們的車最多再開一英里，不會超過兩英里，就一定會拋錨的。」

「那麼，你打算怎麼辦？」

「和他們對戰。」

那八個人紛紛爬回卡車上。

「他們要來了。」他說。

蒂依掙扎要坐起來。

「你不應該移動的」傑克說。

「那不重要。拉我站起來。」

「蒂依，你不應該——」

「他媽的，拉我站起來。」他伸手拉她站起來，她的右腿褲管被血染成黑色。她利用他當拐杖，一邊呻吟，一邊跛行走向吉普車，拉開駕駛座的門。

她爬上駕駛座。

「蒂依，車子很快就會拋錨。我們不能——」

「我知道我們不能。」

他恍然大悟。

「不行。」

蒂依的目光越過他，看向女兒。「娜歐蜜，帶著柯爾去撿那三個死人的槍。」

「媽。」

「立刻。馬上。」孩子們一離開，她就說，「我沒辦法走，傑克。我極有可能失血過多而死。」

「我們會找到醫師來救你的。」

「我們會在五分鐘內全死光的。」

「蒂依——」

「聽我說。已經黃昏了。天色很快就會變黑。讓我——」

「不行，蒂依——」

「讓我開走吉普。這些卡車會跟在我車燈後面追，以為他們是在追擊我們全部的人。等他們抓到我時，天色早就黑了，你和孩子們——」她的聲音哽咽，「你們就安全了。」

「可是我們幾乎就要到了！親愛的。」

「你們三個要連夜逃跑，傑克。答應我，不要停下來。」

越過吉普車的車頂，在大草原暮色的藍光中，他看到三對車燈逼近。

「不。」

「難道你要看著他們死嗎？你忍心嗎？」

「可是我也不要你死，蒂依。」

「我知道。」

娜歐蜜和柯爾回來了。

他雙手捧住她的臉，親吻她。兩人四目相接，眼淚不停地滑下，可是在孩子們到達前，他們趕緊把淚水擦乾。

「有卡車開過來了。」娜歐蜜說。

「我知道，寶貝。」蒂依說。她望著傑克。他從娜歐蜜手上接過兩把手槍，放在蒂依的大腿上。

「我們會往北走。」他告訴她。「你到北方和我們會合。」

蒂依點點頭。她望向柯爾，眼睛含淚。「給媽咪一個擁抱吧？」小男孩把散彈槍遞給傑克，靠向吉普車。蒂依將柯爾擁入懷中，在他的頭頂吻了一下。她抬頭看著女兒。「娜歐蜜？」

「你們在做什麼？」

「媽媽要幫我們爭取一點時間。」

「我們不待在一起嗎？」

傑克抓住娜歐蜜的手臂，瞪著她，他的下巴顫抖。「給媽媽一個擁抱，娜歐蜜。」

娜歐蜜看著傑克，然後看著蒂依，她張開雙臂擁抱母親，在她胸前啜泣。這時，傑克已經可以聽到卡車隆隆的引擎聲。

雖然還是黃昏，但天色已經很黑，氣溫也已經很低了。

「來，寶貝。」傑克拉開娜歐蜜，「帶弟弟躲進那個低窪地，躺在底部的草地上。我很快就過去。」

「爸爸——」

「我知道。現在什麼都不要想。趕快走！」

娜歐蜜強迫自己打起精神。「來吧！柯爾。我們去看看那裡有什麼好玩的東西。」

「哪裡？」小男孩問。

蒂依看著孩子們跑下低窪，消失在黑暗裡。

「讓我來開車吧！」傑克提議。

「我沒辦法走。」蒂依說，「孩子們得離開我才能去找人來幫忙。他們就只能靠自己了。你想要這樣嗎？」

「蒂依——」

「不要浪費我們最後的時間了。」

他點點頭。

「你知道我待會兒腦子裡要想什麼嗎？」她說。

「什麼？」

「我們在山上小木屋裡度過的那天。完美的一天。」

「在空地上打威浮球。」

她微笑。「請把孩子們帶到安全的地方。讓我死得有價值。」

「我發誓我一定做到。」

「我得走了。」

「你得先不要哭，這樣你才能開車。」

卡車還在一段距離之外。夜色太黑，還看不見車身。可是車燈已經分成六個光點，表示其實離他們也不遠了。

傑克再一次親吻他的太太，將他的臉埋在她柔軟的頸後，用力聞著她的味道。然後，他利用最寶貴的幾秒鐘看進她的眼睛，直到她將他推開，拉上車門，發動引擎。

他在草地上趴下，一邊哭，一邊聽著吉普車開走、加速。十秒鐘後，車子的角燈亮了起來。微弱的橘光。引擎的噪音傳過草原，很大聲，霹靂啪啦的。

傑克看著愈來愈近的卡車，仍對著他的方向駛來。吉普慢慢開走，可是卡車的引擎聲卻愈來愈大，沒有即將轉向的明顯證據。

他回頭看了一眼低窪地，完全看不到孩子們躲在哪裡。

當他再往前看時，三輛卡車都在轉彎。所有的車燈全轉向東方後，他得很費力才看得到它們。

他俯臥在草地上，看著車燈越過草原，引擎聲愈來愈小，燈光愈來愈暗。

他們的吉普車消失無蹤。

卡車也全都不見了。

如果不拉長耳朵，連遙遠的引擎聲都聽不見了。

然後他躺在安安靜靜的草地上，除了風吹過草地的聲音外，什麼都沒有。他拿著散彈槍，站起來，開始往低窪地走。在烏雲的遮蔽下，四周黑得伸手不見五指。不過，即使沒有雲，淚流滿面的他也還是不可能看得見。他在黑暗中呼喊孩子們，在他們回應之後，他朝著聲音的出處走去。

蒂依從後視鏡裡看到三對車燈逐漸逼近她。溫度指針定在紅色警示區，在吉普車的車燈餘光中，她可以看到陣陣白煙從引擎蓋下冒出來，聞起來像有什麼東西燒焦了。她的右大腿抽痛，但她穩定地踩著油門，試著將車速控制在二十英里，可是引擎卻開始失去動力，汽缸點火故障，轉速變得忽快忽慢，但卡車仍緊緊地跟在她後面，而且愈來愈近。

開到一點二英里，轉速指針掉到底線，引擎縮缸，引擎蓋下發生劇烈抖動。蒂落終於將腳從油門上鬆開，讓吉普車慢慢停下來，拋錨，動也不動。

她將鑰匙轉回去。

喘著氣，心臟噗通噗通狂跳。

卡車的頭燈在後視鏡裡愈來愈亮，她已經可以聽到它們引擎的咆哮，猶如充滿凶兆的交響曲。

她感覺不到自己的右腿，但不知道是因為血液循環被切斷，還是現在充斥在她體內的腎上腺素。

她用雙手握住大腿上的兩把槍，一邊舉起，一邊發抖。

其中一輛卡車從她南方一百五十碼處疾馳而過，繼續往前開。

她轉頭，從座位縫隙中往後看。

另外兩輛卡車的頭燈停在她後面一百英尺，動也不動。它們的強光亮晃晃地射進吉普車裡，好久好久。

然後，她聽到連續幾聲遙遠的關門聲，再過幾秒後，車燈熄了。

蒂伊將兩把槍放在副駕駛座上，打開中央扶手的蓋子，伸手去找愛德的瑞士刀。她的大姆指在不鏽鋼刀身折疊處摸索，拉出最長的一把平口刀，把傑克綁在她右大腿上的襯衫割開。

她又可以感覺到自己的腿了，像有千萬隻針和熱氣一起湧入。然後她將手伸入駕駛座和車門之間尋找坐椅調整把手。就在她把駕駛座放平時，第三輛卡車從擋風玻璃前四分之一英里處冒出來，往她的方向移動。

她可以聽到有人在交談，也可以感覺到血一陣一陣地從她右大腿上噴出來，溫熱的血在駕駛座聚集成池，車子裡充滿了鐵鏽的血腥味。她開始頭暈，呼吸急促，全身冒冷汗。

她的手臂滑下兩側，她試著想回憶一家人在懷俄明山丘上的小木屋度過的快樂的一天，可是她的思緒無法集中。當她聽到腳步聲走得很近時，她的頭已經暈到什麼都不能想了，只好安慰自己，她也不想再回憶過去。

好幾個手電筒的光束掃進吉普車，蒂伊終於在腦海中找到了她想看的畫面，她努力地抓牢它，任憑眼睛後的昏眩開始旋轉，回音般的尖叫勒令她「立刻下車」。

大草原上旭日東昇。

三個人影。一個男人、一個小男孩、一個少女。

又冷又累。

他們走了一整夜，現在仍然繼續走，只差幾步就爬到山頂了。

他們站上峰頂。

上氣不接下氣。

他們永遠不會忘記這一幕。

男人將孩子們拉近身邊，指著前方。

一開始，他們看不到他想要叫他們看什麼，因為朝陽剛從地平線升起正四面八方地發出幅射般的光芒。

但在眼睛適應之後，他們看到了。草原上遍布白色帳篷，綿延數里，宛如城市。

好幾千個帳篷。

無數的炊煙裊裊上升飄進清晨明亮的天空，一隊士兵看到了他們。他們爬上山丘走向她的家人，出聲招呼他們三個。其中一個士兵帶著一支藍白相間的旗子在風中飄揚。

她想跟著他們，她願意放棄一切跟著他們，可是他們不等她，已經開始爬下山丘，愈走愈遠，終於，在一片太陽的金光中，她再也看不到他們。

他們在黑暗中跑了三分鐘，然後柯爾突然停下腳步。

「快！」傑克一邊說，一邊伸手去拉兒子。「我們不能停下來。」

「我們必須停下來。」

柯爾不肯移動。

傑克放開娜歐蜜的手，一把抱起小男孩，繼續往前跑。

柯爾尖叫，雙手用力拍打傑克。

「他媽的，柯爾——」

小男孩抓住他的頭髮，想要咬傑克的臉。

他放下柯爾。

「他變得和那些人一樣了。」娜歐蜜大叫。

「看著我，柯爾。」

「我們必須回去。」小男孩放聲大哭。

「為什麼？」

「去救媽媽。」

「柯爾，我們不能回去。太危險了。」

「可是，結束了。」

「你在說什麼？」

「我可以感覺到。」

「感覺到什麼？」

「那個光。已經不在了。」傑克在草地上蹲下，黑暗中他只能看到兒子的影子。

「柯爾，現在不是鬧脾氣的時候。」

「我沒有在鬧脾氣，爸爸。我感覺不到它了。」

「它什麼時候消失的？」

「剛才，就在我們跑步的時候。我可以感覺到它正在離開我。」

「我甚至聽不懂那是什麼意思，柯爾。」

「你必須回去救媽媽。現在沒關係了。那些壞人不會再傷害你們了。」

傑克看著女兒。

「去！快去！」她說。

「真的嗎？」

「如果還有任何機會，我們就不該放棄。不是嗎？」

「聽我說。」傑克說，「你們兩個不要離開這個地方。我可能會到明天早上才回來，因為在黑暗中我也找不到你們。」

「如果你一直沒回來呢？」她問。

「如果到了明天靠近中午時我還沒回來，你們兩個就繼續往北走直到越過國界找到大人幫忙。」

他握住小男孩的雙手。「如果你搞錯了，你就會再也看不到爸爸了。你明白嗎？柯爾，看著我！」

小男孩點點頭。「可是，我沒有搞錯。」

傑克在黑暗中拚命在大草原上狂奔，每跑一步，破爛的布鞋就發出啪啦一聲。他上氣不接下氣，不確定自己是否跑對了方向，更糟的是，除了無窮無盡的黑暗外，他什麼都看不見。

五分鐘後，他停下來，雙手撐在膝蓋上，心臟噗通噗通狂跳。

當他再抬起頭時，他看到了在大草原的遠處有好幾點紅光。更遠的地方則有一對車燈白光。在他狂亂的心跳中，他隱約聽到了引擎聲。

他還在喘氣，但他明白就算休息再久，他也不可能再跑得那麼快，於是他又開始跑，盡全力但緩速前進。他好怕車尾燈會不見，可是它們並沒有消失，甚至看起來就固定在原處，沒再移動。

汗水流進他的眼睛裡，他伸手抹掉，再睜開眼睛時，所有的燈光都熄滅了。

他停下腳步。

連引擎聲都沒了。

只剩一片無聲的黑暗。

突然間，七道閃光劃破黑暗。有那麼短短的一秒，他看到了蒂依的吉普車和包圍住它的三輛卡車。比他以為的近多了，不會超過五、六百碼。他又開始往前跑，然後他聽到了七聲槍響，撕裂了他的五臟六腑，讓他在最後的四百碼裡跑得又恐懼、又痛苦、又自責，也許他不該回來，也許他應該和孩子們待在一起。他就要親眼目睹他太太的死，害他自己喪命，再也見不到他們三個。更傷心的是，他們離安全的庇護之地，原來已經這麼近了。

他在卡車後二十碼處停下，覺得自己再也承受不住了。

他的腦袋裡彷彿有個警報器在鳴笛作響，四周的黑暗如陀螺般旋轉起來。

他傾身彎腰，吐在草地上。

站直身子後，他踉踉蹌蹌地經過卡車，走向吉普車。

駕駛座的車門開著，濃烈嗆鼻的火藥味飄散在空中。他在茫茫煙霧中移動，做好被槍擊的心理準備。

當他看見他們時，他又停了下來，不明白眼前的畫面是什麼含義，懷疑自己一定錯過了什麼重要的事，在跑了這麼遠之後，他缺氧的腦袋沒辦法做出合理的解釋。

他算了兩次。

七個人呈大字型仰躺在吉普車旁。每個人都是頭部中彈而死，他們的槍不是就掉在身邊，就是還握在手裡。

在吉普車頂燈的餘光中，他看到那群人裡的第八個伏在右前輪旁的草地上，滿臉眼淚，上下排牙齒間咬著一把大口徑的左輪槍的槍管。他穿著刷毛背心，戴牛仔帽，散亂的金色鬍鬚遮掩住滿是痘疤的臉。

當他看到傑克時，他把槍管拉出嘴巴。

「我辦不到。」男人說。他伸長手，想把槍遞給傑克。「拜託。」

「拜託什麼？」

「殺了我。」

傑克還在大口喘氣，兩條腿痠得不得了。他伸出手，慢慢的，彷彿如果他動得太快會讓年輕人反悔似的，伸手取過他手上的左輪槍。

傑克走向打開的駕駛座車門，看進裡頭，男人在背後大叫：「你要去哪裡？」

「噢，天啊！親愛的。」

駕駛座被放平，他太太躺在上面，動也不動，雙眼緊閉，鮮血仍然不斷地從右大腿流出來。

「蒂依。」

他低頭看向她的右大腿，看到原本他綁在她右腿上的襯衫已經被割開。

他把左輪槍放在地板上，探頭進去，拉起滿是鮮血的襯衫的左右袖子，比之前更用力地往下壓，直到血不再流。

「蒂依。」他撫摸她的臉。「蒂依，醒醒！」

車外的年輕人不斷哭泣，哀求傑克了斷他。

傑克站直身體，繞過車門。

「哪一輛卡車是你的？」他問。

「噢，天啊！」年輕人又哭又叫。「噢，天啊！我的女兒。我——」

傑克舉起左輪對準那人的膝蓋。「看著我！」

年輕人抬頭看他。

「我的太太需要送醫。你有哪一輛卡車的鑰匙？」

年輕人指著吉普車後方。「那輛載貨卡車。來！」他從牛仔褲口袋掏出一串鑰匙，遞給傑克。

「出了什麼事？」他問。

「你是什麼意思？」

「我到底出了什麼事？」

「我他媽的一點都不知道。」

「你一定要殺了我。想到我曾經做過的事，我受不了——」

「我不會殺你的。」

「可是我能幫助你，讓你不再去想。」

傑克扣下扳機，年輕人尖叫，用手壓著他的膝蓋。傑克只是冷冷地看他一眼，繞過車門，彎腰，抱起躺在血泊中的太太。

他渾身是汗，雙腿因過度疲憊而抖個不停。他跌跌撞撞地抱著蒂依離開吉普車。那個年輕人還在哀求他殺了自己。他差點無法抱著她走完五十英尺。

很舊的一九六六年Chevy載貨卡車。

淺灰藍色。

他拉開副駕駛座車門，將蒂依放在塑膠皮椅上，然後一跛一跛地繞過車頭，爬上駕駛座。

他試了第三支鑰匙才成功發動引擎。

他打開車燈，推動排檔桿，用力踩下油門。

他們在大草原上飛馳。他握住她愈來愈冷的手，一次又一次地呼喚她的名字，彷彿在唸什麼咒語似的。他不知道她是不是還有心跳，還在呼吸，可是他仍不斷地向她保證連他自己都不曉得的事，不斷地告訴她他們就快到達國界，那裡會有許多難民營帳篷在等著他們，其中一定有醫師可以救她。雖然她失去相當多的血，可是她很強壯，已經走了這麼遠了，她當然可以再支持一下，活著親眼見證這個世紀巨變的結束，和家人一起展開全新生活，好好活著去忘記這次經歷裡最糟的部分，看著娜歐蜜和柯爾忘記這次經歷裡最糟的部分，看著她的孩子們堅強、快樂地長大，因為他們四個還要在一起好多好多年，還要一起度過許多和逃跑、死亡、恐懼無關的日子，他心想，天啊！

「拜託——」

親愛的，如果你還有一點點意識可以聽見，請你千萬千萬不要離開我。

「他要從他們的眼中抹去一切淚水。將來不再有死亡，也不再有悲傷、哭泣或痛苦。」

——《啟示錄》（*Revelations*）

工作人員在天色開始變黑時收工。但她卻還留在大土坑裡，輕輕將泥土從她一小時前發現的骨架肋骨中刷出來，完全沉浸在自己的工作裡。遠方傳來的飛機引擎聲打斷她的注意力，她抬頭看著天空，清楚地看到雙引擎渦輪螺旋槳飛機在夕陽的金光中逐漸下降。

她爬出大土坑，走向淋浴區。拉上塑膠布簾。脫下靴子、長及手肘的橡膠手套、所有衣服，站在蓮蓬頭的大水下，讓它沖走腐屍的臭味。

換上乾淨衣物後，她開始走過大空地。

小飛機停在一段距離外，機艙的門慢慢打開。

她加快速度，跑了起來。

一個老人走下飛機的臺階，帶著微笑，一定是飛機還在滑行時就已經看到她了。他把手上的行李扔在地面，張開雙臂等著她跑向他，然後他們在嚴重破損的柏油跑道上擁抱。距離上次見面已經六個月了。

「我的寶貝。」他輕聲地說，「我的寶貝。」

當他們終於放開對方時，她抬頭看他，心裡想著，天啊！去年耶誕節時，他的頭髮就已經這麼白了嗎？可是他卻沒在看她。他的視線看著空地的另一邊，神情相當激動。

「怎麼了嗎？」她問，「爸爸？」

他差點說不出話來，雙眼含淚，聲音哽咽沙啞。

「就是這個地方。」

他們走過空地，往大土坑的方向前進。

「他們把卡車停在這裡。」他說，「六輛貨櫃車。帳蓬設在那邊。」他伸出手指著，「差不多就在你們的帳篷的地方。他們告訴我們，熱騰騰的食物和溫暖的床在等著……」他停下來。「那個味道是不是……？」

「是的。」

「就差不多是現在這個時間。黃昏。那天的夕陽很美。」他繼續走，每走一步，空氣中的惡臭就愈強烈。終於，他們來到墳場的邊緣。

她望著他的臉。他的神情迷離，顯然心智游移回十九年前了。

「他們要我們在這裡排隊。」他說，「他們已經把大坑挖好了。」

「你覺得大概有多少人？」

「應該有兩百個囚犯吧？」他閉上雙眼，她不禁懷疑他在腦海裡聽到什麼，看到什麼。

「你記得你站在哪裡嗎？」

他搖搖頭。「我只記得周圍的聲音和天空的畫面，我透過壓在我上面的人體看著天空。」

「他們使用了電鋸嗎？」

他低頭看她，似乎被這個問題嚇了一跳。

「是的，你怎麼會——」

「我們在猜測為什麼有些骨頭會對半分開。」

老人緩緩在草地上坐下，她跟著坐在他身旁。

「你下去過這個墳場嗎？」

「我在裡頭操作了一整天。這就是我的工作，爸爸。」

他咯咯笑了起來。「你知道我非常以你為傲，寶貝，不過，我的天啊！你的工作可真不是普通的可怕。」

她歪著頭，靠在他的肩膀上，伸出手，兩隻手指輕輕轉動戴在他左手無名指殘餘的一小截上的白金指環。

工作人員在吃完晚飯後升起了營火。

有人在彈吉他。

有人在捲紙菸。

有人開了一瓶酒傳給大家分享。

她坐在老人和澳洲領隊山姆之間，喝了兩口威士忌後，看著橘色的火焰，陷入沉思。夜晚的冷空氣，平衡了她穿短褲的小腿感受到的營火熱氣。

通常，他們不會去談論宛如在地獄逃亡的那三十天，彷彿一切只是聽說，彷彿一切都是發生在他人身上的事。可是有時，像在今晚，她還是會再度感受到強烈的情緒衝擊，緊緊地將她包裹在裡頭，如果她不刻意提醒自己，還是有可能會因此崩潰。

她的爸爸喝得有些微醺，山姆也是，所以她看到山姆鬆開領帶時，又打開耳朵聆聽他們的對話

「……才能對『極光大風暴』有更進一步的了解。」

「你說得對，我確實聽說過不少離譜的理論。」她爸爸說。

「你該不會是指我發表的那個吧？」

「我其實很贊成你的理論。你真的相信那些極光和歷史上的大屠殺和物種滅絕有關係嗎？」

「我相信確實可以找到一些相關的太陽異常的資料。可是沒有一個的規模像那時發生在美國的這麼大。不要忘了，有記錄的人類歷史不過是生命從海裡爬出來之後的一眨眼。這種事也許十萬年才發生一次。也許五十萬年才發生一次。說不定它就是一種最殘忍黑暗的物競天擇。」

「那麼，上天選擇了誰？」她父親問。「誰贏了？我們嗎？」

山姆大笑。「當然不是。」

「受感染的人嗎？」

「大多數受感染的人自殺了，他們自動放棄了被選擇的資格。」

「那麼，究竟誰贏了？」

「你兒子。」山姆說。

「什麼？」

「和柯爾一樣情況的人。那些在十月四日看過可怕的光，可是沒有動手殺人，或者確實殺了人卻能忍住良心譴責繼續活下來的人。他們才是贏家。」

「我在比利時大學的人文學院教書，認識一個神父，他認為那個光是上帝對我們的測試。」

「是對那些看到光的人？還是對那些沒看到、只能逃的人？」

「兩者皆是，山姆。」

「嗯，說到底，就是要『淨化』這個世界，對不對？」

「你這種說法，好像把它當成一件好事似的。」

「對人類來說，當然不是。可是對我們的ＤＮＡ，就完全不同了。你還記得野蠻人攻下羅馬城的歷史吧？很慘，是不是？可是當時的羅馬人貪汙腐敗、不事生產、奢侈浪費。以基因遺傳的角度來看，它反而是一件好事。」

「或者……」老人說，「也許人類只是想互相殘殺。也許人性就是這個樣子。」

山姆停下來，吸了一口菸，在終於長長吐出一口煙霧後，他說：「你會想再回到這個地方來，讓我非常驚訝。」

「為什麼？」

「因為你在這裡看過、經歷過的慘劇。」

「只差一點點，你在那個大坑裡挖到的，可能就是我的骨頭了。」老人說。

「所以我才會說我很驚訝你居然還會想回來。」

「毫無疑問，這裡是個糟糕透頂的地方，可是同樣的，奇蹟也在這裡發生了。我一直記著這一點。」

她累了，開始有點想打瞌睡。她將沒穿鞋的腳伸向營火，將頭枕在爸爸的大腿上。他用手指輕輕梳過她的頭髮，但仍繼續和山姆辯論。就在她快睡著時，她腦袋後方突然有個東西在震動。

「不好意思，山姆。」她爸爸說。

老人從口袋掏出手機，放在耳朵上，「我忘了，是不是？對不起……是的，安全到達了，正坐在營火旁……很難，不過這個決定是對的……對，我很高興我來了……計畫沒變。我們明天晚上會和你們兩個在卡加利會合……噢，我知道。能再團聚實在太好了……對，她在這裡，可是她睡著了……好，我會告訴她……不會，我不會忘記。我們一掛上電話，就會馬上做……晚安，親愛的。」

老人把手機塞回口袋。

她就快睡著了，她的神智在有意識和無意識之間的柔軟地帶裡飄浮。她感覺爸爸擱在她肩膀上的手的重量，以及耳邊過了這麼多年後仍然讓她覺得熟悉而安心的鼻息。

「娜歐蜜。」他輕聲對她說，「媽媽吩咐我告訴你，她很愛你。」